'90 के दशक की महिला पत्रकारों की रोमांचक दास्तान (खण्ड-1)

वाया मीडिया

एक रोमिंग कॉरेस्पॉन्डेंट की डायरी

’90 के दशक की महिला पत्रकारों की रोमांचक दास्तान (खण्ड-1)

वाया मीडिया

एक रोमिंग कॉरेस्पॉन्डेंट की डायरी

गीताश्री

वाणी प्रकाशन

वाणी प्रकाशन

4695, 21-ए, दरियागंज, नयी दिल्ली 110 002

फ़ोन : +91 11 23273167 फ़ैक्स : +91 11 23275710

शाखाएँ

अशोक राजपथ, पटना 800 004, बिहार

कॉफ़ी हाउस कैम्पस, महात्मा गांधी मार्ग, इलाहाबाद 211 001, उत्तर प्रदेश

महात्मा गांधी अन्तरराष्ट्रीय हिन्दी विश्वविद्यालय, वर्धा 442 001, महाराष्ट्र

सुल्तानिया रोड, मोतिया पार्क, भोपाल 462 001, मध्य प्रदेश

www.vaniprakashan.com
marketing@vaniprakashan.in
sales@vaniprakashan.in

VIA MEDIA
by Geetashree

ISBN : 978-93-89563-24-5
Novel
प्रथम संस्करण 2020

मूल्य : ₹ 399

सिटी प्रेस, दिल्ली-110 095 में मुद्रित

वाणी प्रकाशन का लोगो मक़बूल फ़िदा हुसेन की कूची से

हिन्दी की उन सभी पुरखा महिला पत्रकारों की स्मृतियों को सादर समर्पित जिन्होंने जीवन और समाज की बहुआयामी प्रतिकूलताओं से लड़ते हुए हमारी पीढ़ी की महिला पत्रकारों के लिए एक ठोस और ज़रूरी ज़मीन मुहैया कराने में बड़ी भूमिका निभायी।

काबा मिरे पीछे है, कलीसा मिरे आगे

यह मीडिया आतंकित समय है या मीडिया नियन्त्रित। जाने कैसा समय है। मीडिया जैसा भी है, भला है बुरा है, जैसा भी है, मेरा मीडिया, मेरा देवता है। कई कारणों से मीडिया इन दिनों बहुत चर्चा में है। सबके निशाने पर है, सबको लुभाता है, सब उससे आतंकित भी हैं, उससे ख़ौफ़ खाते हैं, उससे प्रभावित भी हैं और उसे अनदेखा भी नहीं कर सकते। इस क़दर मीडिया दिलोदिमाग़ में घुस गया है। मैं उसी की उपज हूँ, वहीं से आयी हूँ, वहीं जीती हूँ अब तक। उस दुनिया ने छोड़ा नहीं मुझे अब तक। जिस दुनिया में जीवन के 24 बसन्त–पतझड़–सावन–भादों...यानी बारहमासा बीते हों, वो भला कैसे छूटे। वो तो मेरी आदत में शामिल है। रगों में बहता है। पत्रकारिता मेरे लिए विद्रोह–भूमि है। सबसे बगावत करके इसे चुना था। जाना था जापान, पहुँच गये चीन। बनना था प्रोफ़ेसर, बन गये पत्रकार। छोड़छाड़ के अध्यापन की गली, हम पहुँच गये पत्रकारिता के महासमर में। सचमुच समर ही साबित हुआ मेरे लिए। बिना किसी ट्रेनिंग के, सिर्फ़ हिन्दी साहित्य के अध्ययन के भरोसे, बस कुछ लिख लेते थे, इस दुनिया ने हाथोहाथ लिया। एक बार जो धँसी तो लौट न सकी। लौटी तो जीवन के सारे बसन्त निकल गये थे। अख़बारों से होते हुए ऑनलाइन पत्रकारिता तक पहुँची और फिर साहित्य प्रेम ने वो दुनिया छुड़वा दी। अब तो फुल टाइम साहित्य प्रेम जाग उठा है।

"काबा मिरे पीछे है, कलीसा मिरे आगे..."

अपनी तो हालत कुछ ऐसी है। अब तो आ गये हैं जनाब, क्यों लौटें पीछे। एक जो दुनिया पीछे छूटती जा रही है, उसकी आन्तरिक

सच्चाइयाँ, विसंगतियाँ, अन्तर्विरोध सामने आना चाहिए। बाहर से लोग किस तरह देखते हैं, भीतर क्या चलता है। जनता के पक्ष में खड़ा मीडिया, अपने मूल चरित्र में कितना अन्यायी है उनके प्रति,जो अपना समूचा जीवन खपा देते हैं उसके पीछे। एकमात्र पेशा है जिसमें आप कभी ऑफ़लाइन नहीं होते, हमेशा ऑनलाइन रहते हैं। चौबीस घण्टे की ड्यूटी होती है। कभी भी, कहीं भी जाने को तैयार रहें। आपकी छुट्टियों पर भी आपका हक़ नहीं रहता। अनुबन्धों वाली नौकरियों में अनेक भय, संशय और पाबन्दियाँ होती हैं। उनके साये में काम करना पड़ता है। सम्पादक नाम का प्राणी हाथ में तलवार लिए हर वक़्त क़त्ल के लिए तैयार रहता है। क्योंकि उसके सिर पर भी मैनेजमेंट की तलवार लटकती रहती है। मैनेजमेंट को बिज़नेस चाहिए, लाभ चाहिए। क्योंकि वे कारसेवा नहीं कर रहे हैं। उनका धन्धा है, चाहे गन्दा है।

नब्बे के दशक में अचानक मीडिया के द्वार महिलाओं, दलितों और मुस्लिमों के लिए पूरी तरह खुल गये थे। वैसे तो हरेक फ़ील्ड में महिलाओं के लिए दरवाज़े खुलने शुरू हो गये थे।

सत्तर के दशक से ये शुरुआत हो चुकी थी। लिंग समानता के तहत महिलाओं को मुख्यधारा में लाने की अन्तरराष्ट्रीय पहल को याद करना चाहिए।

लैंगिक समानता और महिलाओं के सशक्तीकरण का समर्थन करने के लिए संयुक्त राष्ट्र ने वर्ष 1975 में पहली बार महिला दिवस को आधिकारिक मान्यता दी थी। मैक्सिको में आयोजित हुए महिलाओं के सम्मेलन में कई देशों ने स्त्री को समान अवसर दिये जाने के घोषणा–पत्र पर हस्ताक्षर किये थे जिसमें भारत भी एक था। संयुक्त राष्ट्र ने महिला दिवस को एक थीम 'सेलीब्रेटिंग द पास्ट, प्लानिंग फॉर द फ़्यूचर' के साथ मनाया था। यहीं से स्त्रियों की दुनिया बदलने लगी, ख़ासकर विकासशील देश में ज़्यादा असर दिखाई देने लगा।

यहाँ हम सिर्फ़ पत्रकारिता की बात कर रहे हैं।

अंग्रेज़ी पत्रकारिता में भारी संख्या में महिलाएँ आयीं। एक नेशनल अख़बार में 'टॉप टू बॉटम' महिलाएँ ही महिलाएँ भरी हुई थीं। हिन्दी पट्टी में अँगुलियों पर गिने जाने लायक संख्या थी। जो भी थोड़ी–बहुत थीं, उनमें ज़्यादातर डेस्क पर काम कर रही थीं। रिपोर्टिंग में उनकी

संख्या बहुत कम थी। नब्बे के उत्तरार्द्ध में नयी लड़कियाँ आयीं जिन्होंने रिपोर्टिंग में अपने को साबित किया, ख़ूब जम के काम किया और प्रशंसा बटोरी। पत्रकारिता की कँटीली राह पर जिन्हें चलने में मज़ा आया, वे टिकीं, जो चुनौतियाँ नहीं स्वीकार सकीं, या अन्य कारणों से, वे किसी और काम में लग गयीं।

प्रिंट मीडिया में महिलाओं की संख्या कभी बहुत सन्तोषजनक नहीं रही। इसकी कई वजहें हैं। एक तो ऑड टाइमिंग सबसे बड़ी वजह, दूसरा दफ़्तर का माहौल, फ़ील्ड में दौड़–भाग, छुट्टियों का टोटा, राजनीतिक रिपोर्टिंग में अरुचि, परिवार का दबाव और काम में भेदभाव का माहौल। लड़कियों को कमतर मानने की मानसिकता मीडिया जैसे उदार पेशे में भी ख़ूब रही है। महिलाएँ मजबूरी थीं। क्योंकि अचानक से भूमण्डलीकरण के बाद महिलाएँ फ़लक पर आ गयी थीं, हर तरफ़ उनका जलवा दिखाई देने लगा था। विश्व सुन्दरियों ने देश का झण्डा बुलन्द किया था और राजनीति में भी दख़ल बढ़ा। अख़बारों में बाक़ायदा महिला बीट पर काम शुरू हुआ और मण्डल कमीशन, बाबरी मस्जिद के विध्वंस के बाद तो मुस्लिम बीट, दलित–पिछड़ी राजनीति बीट शुरू हुए। सबसे ज़्यादा ख़बरें इन्हीं इलाक़ों में थीं। अख़बारों के ब्यूरो में इन तीनों समुदाय से एक– एक रिपोर्टर रखे गये। सम्पादकों को ये समझ में आ गया था कि किसी क्षेत्र की विश्वसनीय ख़बरें चाहिए तो उसी दुनिया के लोग होने चाहिए। उनकी पहुँच भी होगी और ख़बरें भी सही होंगी।

प्रिंट में फिर भी महिलाएँ ज़्यादा नहीं आयीं। जब टी.वी. चैनलों का दौर शुरू हुआ तो लड़कियों के दिन फिर गये। फिर तो उनका प्रवेश सबसे आसान हुआ। वहाँ के मानदण्ड प्रिंट की दुनिया से अलग थे। वहाँ अलग कौशल की ज़रूरत थी। देखने, बोलने की दुनिया है वो। प्रिंट मीडिया की ज़्यादा गम्भीर और श्रमसाध्य दुनिया थी। यहाँ देखने, बोलने का काम नहीं। यहाँ तो ख़बरों को सूँघने, ढूँढ़ने और उन्हें लिखने का कौशल, विश्लेषण का कौशल चाहिए था। उस दौर में कई नये अख़बार भी शुरू हुए थे। वहाँ भी महिला पत्रकारों की ज़रूरत थी। एक बड़े अख़बार में, पत्रिका में महिला सम्पादक के होने से भी फ़र्क़ पड़ा था। समाज में वैचारिक स्तर पर बहुत बदलाव हुए। राजनीति ने समाज को बाँटा तो मीडिया पर भी उसका असर दिखा।

नब्बे का दशक प्रिंट मीडिया के लिए सबसे महत्त्वपूर्ण दौर साबित हुआ। उसी दौर में देश में कई बड़ी–बड़ी घटनाएँ हुईं जिन्होंने समाज, राजनीति और मीडिया तीनों पर बहुत असर डाला। तीनों के चेहरे और चाल अचानक से बदल गये। कन्धार–कांड (हवाई जहाज़ हाईजैक), कारगिल युद्ध भी उसी दौर में हुआ। राजनीतिक दलों की मिली–जुली साझा सरकारें बनीं। देर–देर रातों तक स्टेरिंग कमेटी, स्टैंडिंग कमेटी की बैठकें चलीं और संसद का सत्र भी। सत्ता की अस्थिरता का दौर था। इस वक़्त महिला पत्रकारों ने पुरुष पत्रकारों के साथ क़दम–से–क़दम मिलाकर काम किया। चाहे कारगिल की रिपोर्टिंग हो, कन्धार मसले पर देर रात होने वाली बैठक कवर करने का मामला हो या अयोध्या में कोई बैठक हो, हर तरफ़ महिला पत्रकारों ने मोर्चा सँभाला। देर रात होने वाली ड्यूटी को चुनौती की तरह स्वीकारा और काम किया। कुछ महिलाओं को मैंने नाइट ड्यूटी की वजह से काम छोड़कर जाते देखा। उनका परिवार उनके साथ नहीं था। वे परिवार नहीं छोड़ सकती थीं, पत्रकारिता छोड़ गयीं। कई रोती हुई पत्रकारों को मैंने जाते देखा है। मीडिया ने कहीं रियायत नहीं की, न ही महिला पत्रकारों ने छूट ली कि वे नाइट ड्यूटी नहीं करेंगी।

'मी टू' का आज बहुत शोर है...सारी कहानियाँ उसी दौर की आज बाहर आ रही हैं। उस दौर की सहज ही कल्पना कर सकते हैं कि तब क्या–क्या झेला होगा महिला पत्रकारों ने। जो लोग ये आरोप लगा रहे हैं कि तब क्यों नहीं बोलीं, ऐसे निर्मम लोगों को कौन समझाये कि उस वक़्त लड़कियाँ पत्रकारिता जैसे जोख़िम भरे क्षेत्र में आ रही थीं, यही बहुत था। मध्यवर्गीय परिवार ने आसानी से आने नहीं दिया था। छोटे–छोटे क़स्बों से, अपने परिवारों से लड़–भिड़कर, ढेरों चुनौतियाँ लेकर वे महानगरों में पत्रकारिता करने आयी थीं। वे पीछे नहीं लौट सकती थीं। वे कुछ और नहीं कर सकती थीं, सिवाय पत्रकारिता के। जो मीडिया में हैं, वे जानते हैं कि पत्रकारिता बिना पैशन के सम्भव नहीं। ये सभी पेशों से अलग तरह का पेशा है। मानें या ना मानें। जिसने जिया है, भोगा है, वही बता सकता है। दूर से हम सिर्फ़ जजमेंटल हो सकते हैं, न्याय नहीं कर सकते।

इसी दुनिया की अन्दरूनी कथा लेकर हाज़िर हूँ मैं। इस उपन्यास का कालखण्ड–1993 से 2005 तक का है। इसमें कई पीढ़ियों की

महिला पत्रकारों की उपस्थिति है। इनकी कहानी यहीं ख़त्म नहीं होती। उसके आगे भी कथा है, इसके बाद भी कथा है। दूसरों की ख़बर देने वालियों की ख़बरें मैं दूँगी। जब तक अन्दर थी, साहस न था, अब बाहर हूँ तो तटस्थ होकर लिख सकती हूँ।

ऐसी कथाएँ बेशुमार हैं। एक उपन्यास में ही ख़त्म न होंगी। ये तो छोटा–सा बयान भर है। महागाथाएँ भी बाक़ी हैं मेरे दोस्तो। मैं उपन्यास–त्रयी पर काम कर रही हूँ। इसके बाद दो उपन्यास और। महिला पत्रकारों की दुनिया का खुलासा करती हुई कथाएँ, सच–सच बयान, कल्पना बस नमक जितनी।

मुझे मत ढूँढ़ियेगा... मैं नहीं मिलूँगी। न मैं अनुपमा जैसी धैर्यवान, न अनुराधा जैसी सजग, साहसी, न शालिनी जैसी सुयोग्य चतुर, न मैं रंजना जैसी अनभिज्ञ, नादान। ये लड़कियाँ नहीं, मानवीय स्वभाव हैं, प्रवृत्तियाँ हैं, जो किसी भी लिंग में पायी जाती हैं। यहाँ कथा अलग–अलग स्वभाव की लड़कियों के बहाने चलती है। मैं अलग हूँ...सबसे अलग।

रश्मिरथी में दिनकर जी ने कहा है न–

"सब जन्म मुझी से पाते हैं, सब लौट मुझी में आते हैं..."

ये सारी लड़कियाँ मुझसे निकली हैं मगर अपनी–अपनी राहें पकड़ी हैं। मैं उनके व्यवहारों में मिलूँगी, उनकी रणनीतियों में नहीं। मैं तो अपने हर किरदार में होती हूँ। उन किरदारों में भी होती हूँ जिन्हें दूसरे रचनाकार रचते हैं। मैं स्त्री हूँ, किसी भी स्त्री की काया में फिट हो जाती हूँ। इस उपन्यास के किरदारों में मैंने बस इतना किया कि जहाँ–जहाँ ये कमज़ोर पड़ीं, मैं सँभालने आ गयी। निर्भयता, स्वावलम्बन, स्वाभिमान मेरे स्त्री पात्रों का मुख्य गुण है।

बहुत स्वतन्त्र हैं इस उपन्यास की लड़कियाँ। दुस्साहसी, बेबाक, खुली हुई, एकदम स्पष्ट, अपने लक्ष्य को लेकर, सम्बन्धों को लेकर, बन्दिशरहित, स्वतन्त्रचेता लड़किया हैं जो उस दौर में पत्रकारिता में आयीं जब पत्रकारिता के द्वार उनके लिए खुलने लगे थे। उन्होंने लड़–भिड़कर, काम करके अपने लिए जगह बनायी। लेकिन कभी बहुत उच्च पदों पर नहीं पहुँच पायीं। उनका संघर्ष आज भी क़ायम है। ये वो जुनूनी और भली लड़कियाँ हैं जो लीक से हटकर कुछ करना चाहती

थीं, अपनी अलग पहचान बनाना चाहती थीं, जो इतिहास अपने दम बनाने निकली थीं, जिन्हें बाद में बुरी लड़कियाँ बना दिया गया। भली लड़कियाँ इतिहास नहीं बनातीं। ये सब की सब इतिहास की राह पर हैं। इनके बिना पत्रकारिता का इतिहास नहीं लिखा जा सकेगा।

इनकी कहानी मैं लिख रही हूँ, आगे दो और किताबें। इसलिए कि दुनिया दूर से मीडिया को कोसती है, पत्रकारों पर अँगली उठाती है, उन्हें पता ही नहीं कि किन दुश्वारियों में, सीमित संसाधनों और दबावों में पत्रकारों को काम करना पड़ता है और वे भी इसी समाज से आये हैं, दूसरे ग्रह के प्राणी नहीं हैं। ख़ासकर महिला पत्रकार जिन्हें सबसे ज़्यादा भेदभाव झेलना पड़ता है, उनकी कथा मैं कहूँगी। दूसरों की ख़बर देनेवालियों की कथा भी तो सुने समाज। जैसा समाज, वैसा उसका मीडिया।

इसे पढ़िए, और एक ख़ास कालखण्ड के मीडिया का चेहरा पहचानिए।

जैसा भी बना, उपन्यास आपके हाथों में है। मेरी मेहनत कितनी सफल, विफल हुई, ये आप बतायेंगे। हम कोशिश कर सकते हैं।

क़दम–क़दम पर मेरा हौसला बढ़ाने, मुझे प्रेरित करते रहने वाले चर्चित कथाकार, जानकीपुल जैसे पॉपुलर साहित्यिक ब्लॉग के मॉडरेटर, छोटे भाई प्रभात रंजन को स्नेहिल धन्यवाद। लिखने से पहले, जब मैंने सोचा भर था, तब उपन्यास के नाम पर बहुत माथापच्ची हुई, प्रिय उपन्यासकार पंकज दूबे ने तीन साल पहले मीडियाफ़रामोशी नाम सुझाया था, जो मैंने कई जगह उजागर कर दिया, हाल में फ़रामोशी किसी की किताब पर देखा। तो यह नाम ठप्प कर देना पड़ा। गुपचुप काम न करने का ख़मियाजा तो भुगतना ही था। अन्त में प्रभात ने ही ये नाम सुझाया। स्नेह वाला आभार।

इस किताब के सम्पादक, मेरे प्रिय कवि प्रभात मिलिन्द का बहुत–बहुत आभार, जिनके बहुमूल्य सुझावों ने किताब को बेहतर बनाने में बहुत मदद की।

उषाकिरण ख़ान दी ने डाँट–डाँट कर लिखने में भिड़ा दिया और अर्चना वर्मा दीदी तो जब तक पास करती नहीं, हम आगे बढ़ते नहीं। दूसरे उपन्यास में बहुत कड़ी परीक्षा दी मैंने। ये बड़ी–बड़ी कसौटियाँ थीं मेरे सामने। पता नहीं, कितना तप कर निकली हूँ। आप बताइए...

मेरे साथी अजीत अंजुम और मेरी बेटी जिया (आहना सिंह) के संग–साथ के ि ा एक क़दम चलने का सोच भी नहीं सकती, लिखना तो दूर की बात।

एक लाइन कथा सुनकर ही उत्साह जताने वाली प्रिय किताब वाली अदिति माहेश्वरी गोयल को जादू की झप्पी।

धन्यवाद और आभार के अनेक सिलसिले हैं...उन दोस्तों को भी शुक्रिया जो मीडिया पर उपन्यास लिखने को प्रेरित करते रहे।

–गीताश्री

"It is our biology to trust what we see with our eyes. This makes living is carefully edited, overproduced and photoshopped world very dangerous".

– BRENE BROWN

मैं अनुराधा : दिल्ली बरास्ता शिमला

दफ़्तर का यह एक आम दिन था। बस अफ़रातफ़री कुछ अधिक थी। पत्रिका का ताज़ा इश्यू निकाले जाने की तैयारी अपने आख़िरी दौर में थी। प्रूफ़ देखा जा चुका था। कवर पेज भी फ़ाइनल हो चुका था। बस डिज़ाइनिंग और स्पेस मैनेजमेंट के काम को आख़िरी टच दिया जा रहा था। वातानुकूलित कक्ष में आदमी के बोलने से अधिक की बोर्ड के खटखटाने की आवाज़ें अधिक गूँज रही थीं। एडिटोरियल स्टाफ़ की आपसी बातचीत भी बस काम भर हो रही थी। अनुराधा भी अपनी स्टोरी लिए सम्पादक के केबिन से बाहर निकल आयी थी। राजीव ने उसे कुछ फेरबदल करने की हिदायतें देते हुए अनुपमा के पास भेज दिया था।

अपने मिज़ाज की पंजाबियत और अक्खड़पन के बावजूद अनुराधा अनुपमा से बिना ज़रूरत मिलने और बातचीत करने से गुरेज़ करती थी। अनुपमा के चेहरे से हर वक़्त एक सायास गम्भीरता टपकती रहती ग़ोया पॉवरगेम अभी तक उसकी मेहनत के बदौलत ही निकल रहा था। लिहाज़ा कुछ डिस्कस करने की ज़रूरत पड़ने पर अनुराधा भी अनुपमा की बजाय सीधे सम्पादक से बात करना मुनासिब समझती थी। अनुराधा की यह आदत अनुपमा को और नागवार गुज़रती थी। राजीव चतुर्वेदी भी हँसते–हँसते उसकी प्रॉब्लम्स सुनता और उसे सॉल्व भी करता था। अनुपमा को राजीव और अनुराधा का यह बर्ताव अपनी सीनियोरिटी की खिल्ली उड़ाने–सा लगता था।

अनुराधा को देखते ही पता नहीं क्यों अनुपमा को अतीत की प्रेतछायाएँ घेर लेतीं और हज़ार कोशिशों के बावजूद उसके मन का कसैलापन बाहर प्रकट हो ही जाता था। अनुराधा को अनुपमा का यह रवैया समझ में नहीं आता था क्योंकि उनमें कुछ भी कॉमन नहीं

था जो दोनों की टकराहट की वजह बनता। न उम्र में और न काम में। अनुपमा सीनियर थी जबकि अनुराधा उसकी तुलना में नयी थी। अनुपमा एडिटोरियल टीम का हिस्सा थी जबकि अनुराधा एक रोमिंग कॉरेस्पोंडेंट। अनुपमा अन्तर्मुखी और सॉफ़िस्टिकेटेड थी तो अनुराधा थोड़ी खिलन्दड़ और बात–व्यवहार में थोड़ी अनगढ़। फिर अनुपमा के मन में यह एकतरफ़ा दीवार और संशयग्रस्तता क्यों? अनुराधा को कोई ठोस जवाब नहीं मिल पाता था, बल्कि उसने अब इस मुद्दे पर अपनी तरफ़ से सोचना भी बन्द कर दिया था।

फिर भी एक ही ऑफ़िस में होने के कारण दोनों एक–दूसरे से टकरा ही जाते थे। लेकिन दोनों का संवाद ऑफ़िस–रुटीन से आगे कभी नहीं बढ़ पाया। वजह चाहे जो रही...अनुराधा की बुझती हुई चाहत या फिर अनुपमा की बेमुरव्वत आदत!

''बॉस ने कहा है, यह स्टोरी एक नज़र देख लीजिए थोड़ा कॉम्पैक्ट करना होगा।''

अनुपमा की आँखें मॉनिटर पर और अँगुलियाँ की–बोर्ड पर टिकी थीं, ''रख जाइए। अभी बिज़ी हूँ। एक घण्टे में देख लूँगी।''

अनुराधा को उसका यह रूखा जवाब अजीब लगा। 'आख़िर ऑफ़िस मैनर्स नाम की भी कोई चीज़ होती है! इस तरह एक घण्टे उसे ब्लॉक करने का क्या मतलब? पाँच मिनट का तो काम था!' उसने एक नज़र ऑफ़िस में दौड़ायी। वह किसी टेबल की तलाश में थी जहाँ बैठकर एक घण्टा बिता सके।

"इस लड़की को मुझसे प्रॉब्लम क्या है? जब देखो मुझे घूरती रहती है ! लगता है, मैंने उसकी भैंस खोल ली है या खेत से फ़सल काट ली है...''

अनुराधा ने ऑफ़िस–पॉलिटिक्स से आमतौर पर दूर रहने वाले और सिर्फ़ ज़रूरत भर बातचीत करने वाले डिज़ाइनर सुबोजित दत्ता से सवाल किया। उसका संकेत अनुपमा की तरफ़ था। वह अरसे से नोटिस कर रही थी कि अनुपमा उसे बेमतलब घूरती रहती है। उसकी आँखों में अनुराधा अपने लिए ग़ुस्सा और उपेक्षा का भाव देखती थी। कई बार उसके जी में आया कि सीधा उसी से पूछ ले। लेकिन वह निजी टकराव से बचना चाहती थी सो उसने किसी और से ही पूछना

बेहतर समझा। पूरे दफ़्तर में सब के सब उसे घुटे हुए और पक्के घाघ लगते थे। दत्ता अपनी कॉर्नर की सीट पर बैठा पूरे दिन टेबल पर रंग–बिरंगी पत्रिकाएँ फैलाये, पत्रिका के पेज डिज़ाइन करता रहता था। वह कम्प्यूटर की स्क्रीन को भी इस एंगल में घुमाये रखता कि किसी के आते–जाते भी उसकी नज़रों से बेवजह आमना–सामना न हो जाये। जिसे काम होता वह ख़ुद ही उसकी टेबल तक जाता, ख़ुद किसी के पास वह नहीं के बराबर आता–जाता था। अनुराधा ने यह आदत भाँप ली थी और इसीलिए उसे दफ़्तर का सबसे सेफ़ स्टाफ़ भी मानती थी। किसी और से न पूछकर सीधा दत्ता से ही पूछ लेना उसे इसीलिए ठीक लगा।

दत्ता ने चश्मा ऊपर सरकाया–"अभी आप नये आये हो, आस्ते–आस्ते सब समझ जाओगे..."

उसकी अँगुलियाँ हमेशा की तरह माउस से खेल रही थीं। वह ज़्यादा बात करने के मूड में फ़िलहाल नहीं था।

"ओके...नो प्रॉब्लम...लेट्स सी... मैं भी कोई अनडिज़र्विंग नहीं हूँ इस दफ़्तर के लिए। टेस्ट दिया है... पास हुई हूँ। एक्सपीरियंस्ड हूँ। घाट–घाट का पानी पी चुकी हूँ।"

दत्ता ने जोश से भरी इस नयी आयी लड़की को देखा और मुस्कुराने लगा। माउस छोड़ उसने कोई पत्रिका उठा ली। अनुराधा भी दोबारा अपनी सीट पर जाकर बैठ गयी। उसे सब कुछ ठीक–ठीक फ़ील नहीं हो रहा था। कुछ तो गड़बड़ है इस ऑफ़िस में भी। क्या यहाँ भी उसे उन्हीं दुश्वारियों का सामना करना होगा जिनका अब तक करती आयी है! दिमाग़ में अब तक का जिया हुआ रोमांचक जीवन अचानक सिलसिलेवार घूमने लगा...

यहाँ आने को लेकर कितनी ख़ुश और उत्साहित थी। अब तक दिल्ली के न जाने कितने अख़बारों–पत्रिकाओं में एप्लाई कर चुकी थी..., कई–कई रिजेक्शंस झेले तब कहीं जाकर यहाँ बात बनी थी। कितनी ख़ुश हुई थी जब पहली बार इस पते से आयी चिट्ठी उसकी हथेलियों में फड़फड़ा रही थी। कुछ पल के लिए वह नहीं समझ पा रही थी कि चिट्ठी हवा से फड़फड़ा रही है या उसकी हथेलियों के काँपने के कारण। कमज़ोर तो पहले से ही हैं उसकी हथेलियाँ और अब तक

इतनी दफ़ा काँप चुकी हैं कि अब उनके काँपने का एहसास तक नहीं होता उसे। पन्ने पर सिर्फ़ चार लाइनों की मुख़्तसर–सी इबारत थी। दिल्ली से बुलावा था। फ़ाइनली दिल्ली... वाओ...! घाट–घाट का पानी पीकर उसका हाजमा कब का ख़राब हो चुका था, तब जाकर कहीं पत्रकारिता के मक्का से बुलावा आया था। मुख्यधारा की पत्रकारिता के लिए दिल्ली मक्का–मदीना ही तो है!

जहाँ इतना कुछ देखा...तो अब ज़रा इसे भी आज़मा ले। चिट्ठी लिए हुए वह पलटी थी। कमरे को एक नज़र जी भर देखा और एक गहरी–ठण्डी साँस ली। ये उसका आख़िरी तबादला है, अनुराधा ने सोचा। अब उसे कोई कहीं नहीं भेज सकेगा। उसके सपनों का सम्पादक उसे बुला रहा था। वही सम्पादक जिसके साथ काम करने के सपने वह कॉलेज के दिनों से देखती आयी थी। वह सपना अब पूरा हो रहा है। वह दिल्ली जा रही है। यह गोल्डन चांस उसे यूँ ही नहीं मिला था। यहाँ तक पहुँचने के लिए न जाने कितने पापड़ बेले थे! कितनी चिट्ठियाँ लिखीं, मेल किये थे! प्रकाश जोशी ने भी कितनी मेहनत की, तब जाकर उसे सपनों के सम्पादक के साथ काम करने का यह मौक़ा मिल रहा था।

उसने अपने दोनों हाथ उठाये और 'याहू...' करते हुए उछल पड़ी। इतनी देर में उसे यक़ीन आ गया था कि जीवन में कुछ अच्छा घटित हो चुका है।

चलो अनु डियर... अब बाँध लो अपना बिस्तर...छोड़ो भूतों के पाँव, छोड़ो हॉरर फ़िल्मों सरीखे स्टेशनों की टिमटिमाती रौशनियाँ, छोड़ो नाले–नहर का पानी...खेत–खलिहान...चमगादड़ों और बन्दरों की टोलियाँ...छोड़ो सब...चलो, अब वहाँ चलो जहाँ उसके सपनों का उन्मुक्त, खुला और निरभ्र आकाश उसके इन्तज़ार में है। पिछले पाँच सालों का घाव टभकना यह सब सोचते हुए थोड़ा कम हुआ था।

कमरे में रखे एक–एक सामान को वह देखने लगी। सब यहीं छोड़ दूँगी...कुछ अपने साथ नहीं ले जाऊँगी...एक भी याद नहीं चाहिए अपने साथ...ये पाँच साल...मैं अपनी ज़िन्दगी से मिटा देना चाहती हूँ...ज़मीन पर लगा बेड, एक छोटी–सी कुर्सी, एक पोर्टेबल रंगीन टी.वी., किचन के कुछ मामूली सामान और यह क़स्बा। सिरहाने कुछ

बेतरतीब पड़ी हुई किताबें, लैपटॉप और एक डायरी मोटी...और थोड़ी अधफटी–सी। यह डायरी कितनी बार हाथों से गुज़री है...! कितने आँसू दर्ज हैं इसके पन्नों में, कितने अबोले दर्द सहे हैं इसने! कितनी बार उसके सिरहाने का तकिया बनी होगी, और बाँहों का सहारा! डायरी कई बार इतनी सगी हो जाती है जितनी अपनी परछाईं भी नहीं होती। हाथ से लिखने का अभ्यास ख़त्म होने के बावजूद डायरी के पन्ने पर लिखते समय उसकी अँगुलियाँ कभी नहीं थकीं। गोरा, आधे–अधूरे, शह और मात, इजाडोरा की आत्मकथा, सेकेंड सेक्स, ग़ालिब जैसी अनगिन किताबों के बीच से झाँकती हुई डायरी को उसने झुककर उठा लिया। पिछले पाँच साल से इसमें वह तमाम बातें दर्ज थीं जो उसने अपनी ज़िन्दगी में झेला–भोगा। 'इसे फाड़ दूँगी...नहीं–नहीं!!... इसे अपने साथ ले जाऊँगी...नहीं,...पढ़कर तकलीफ़ होगी...बुरा दौर था जीवन का...गया...अतीत को साथ क्या रखना। अब नया जीवन शुरू होने वाला है उसका। न चाहकर भी भूलना ही होगा सब...!'

फाड़ना चाहती भी थी, लेकिन फाड़ नहीं पाती। कोई मोह था जो बाँधे था उसे।

एक बार डायरी को सीने से लगाया उसने...उसके कवर पर हाथ फेरा और पहला पन्ना पलटा...पाँच साल की नौकरी...10 शहर और 20 सम्पादक। अजीब ट्रेजडी। हौले से हँसी अनुराधा...। और अब 21वें सम्पादक के पास जा रही थी।

अपने पहले सम्पादक को कैसे भूले...पाँच साल पुरानी घटना। डायरी के पन्ने पर लिखा तो था सब। बीस साल की लड़की। एक क़स्बेनुमा शहर से आयी ठेठ पंजाबन। उसने अपना ही लिखा हुआ पढ़ने की कोशिश की...। भावुकता में अक्षर कितने टेढ़े–मेढ़े हो जाते हैं! अब तो और भी नहीं लिखा जाता। टाइपिंग ने डायरी लिखना भी छुड़ा दिया। उन दिनों कैसे डायरी लिखा करती थी सीने के बल लेट कर! लैपटॉप पर कैसे टाइप करे। सारी भावुकता काफ़ूर हो जाती है और बचा रहता है सिर्फ़ उसका मलबा। पहले का लिखा अब किसी दूसरे लेखक की रचना की तरह आनन्द भले दे, लेकिन घाव तो अपना ही टभकता है। 'पहला सम्पादक।'...यही था डायरी के पहले चैप्टर का नाम!

"हाँ जी,...बोलो जी..."

"मुझे आपसे मिलना है जी..."

"क्यों जी?"

"मुझे नौकरी चाहिए...पत्रकार बनना है जी..."

"अच्छा...अन्दर आ जाओ..."

रिसेप्शनिस्ट ने उसे अन्दर भेज दिया। अक्खड़ स्वभाव की लड़की जिस आत्मविश्वास के साथ अन्दर घुसी, रिसेप्शनिस्ट भी देखती रह गयी। बिल्कुल ख़ाली हाथ। न कोई बायोडाटा की फ़ाइल और न पेपर की कटिंग्स।

कुर्सी पर बैठे सम्पादक नाम के प्राणी ने चश्मा उतारा और उसे घूरा। मानो पूछ रहा हो कि यहाँ क्या ख़रीदने या क्या बेचने आयी हो।

"हाँ जी...बैठिए...बताइए...। बायोडाटा वग़ैरह...कुछ लायी हैं...?"

"नहीं...सर।...मैं तो घर से किसी और काम के लिए बाहर निकली थी और यहाँ आ गयी।"

"क्यों...क्या इसे परचून की दुकान समझ लिया है...?"

"नहीं जी...बहुत दिनों से मन था आपसे मिलने का। मेरे घरवाले चाहते नहीं हैं कि मैं पत्रकार बनूँ। किसी एनआरआई से शादी कराके विदेश भेजने के चक्कर में हैं। लेकिन इससे पहले ही मैं आज घर छोड़ आयी और अब मुझे नौकरी चाहिए। मैं घर लौटना नहीं चाहती।"

सम्पादक उजबक की तरह उसका मुँह ताक रहा था।

"और जी...आपका अख़बार मेरा फ़ेवरेट है जी। मुझे इसका फ़ीचर पेज पसन्द है जी। वैसे फ़ील्ड रिपोर्टिंग भी अच्छी लगती है मुझे। आप कराके देख सकते हैं सर।"

"क्या?" सम्पादक की आँखें अचरज से फैल गयीं, "तुमने घर छोड़ दिया! अरे...ऐसे कहीं एकदम से नौकरी मिलती है? किसने भेज दिया तुम्हें यहाँ? बिना किसी टेस्ट के कैसे रख लें तुम्हें?"

'ओह...अजीब केस है!' सम्पादक ने जैसे अपने आपसे कहा।

अनु निःशब्द खड़ी रही। ना सिर झुकाया। ना आँखें चुरायीं। बस ताकती रही टुकुर–टुकुर। सम्पादक जी उठ खड़े हुए थोड़े–से झुँझलाए हुए। 'अजीब मुसीबत गले आ पड़ी' टाइप कुछ सोचते हुए से लगे।

"तुम क्या सचमुच पत्रकारिता करना चाहती हो? पढ़ाई–लिखाई क्या है तुम्हारी? हिन्दी जानती हो ठीक से?"

"जी...कविताएँ भी लिख लेती हूँ।...कुछ–न–कुछ लिखती रहती हूँ सर। आप कहेंगे तो अपनी डायरी दिखा सकती हूँ लाकर..."

सम्पादक जी की आँखें एक बार के लिए सिकुड़ीं, फिर फैल गयीं। वे मुस्कुरा पड़े।

"बैठ जाओ..."

वे ख़ुद भी बैठ गये थे।

अनु खड़ी रही, "थैंक्स सर...आप अपना फ़ैसला बताइए सर। मैं टेस्ट देने को भी तैयार हूँ।"

सम्पादक जी ने टेबल पर पड़ी एक नोटबुक और होल्डर से पेन निकाला।

"ये लो...तुम एक स्टोरी करके लाओ... अगर तुम यह स्टोरी करके ले आयीं, हम उसे छापेंगे और तुम अपनी नौकरी पक्की समझो।"

अनु का चेहरा खिल उठा। उसे लगा, अब दही लेकर घर लौटने जैसे टुच्चे काम ख़त्म हो गये। लग जा नये काम पर।...माँ को घर पर दही का इन्तज़ार करने दे। अबकी बार वह अपने बदले हुए अवतार में ही दोबारा घर दाख़िल होगी।

'आह...' उसने पुरानी डायरी के ज़र्द पन्नों पर हथेली फिरायी।

यह उसके सफ़रनामे की शुरुआत थी।...कुछ–कुछ रामसे ब्रदर्स और रामगोपाल वर्मा की फ़िल्मों की तरह।....बस आज की रात ही ख़ुद को साबित कर डालना है। लेकिन लौटकर घर हरगिज़ नहीं जाना। जो होगा सो देखेंगे। इतना गोल्डन चांस नहीं खोयेंगे।

"हाँ जी...सर।... आप असाइनमेंट बताइए...।"

उसने नोटबुक के पन्ने उलट लिए थे ताकि कोई पॉइंट छूट न जाये।

"आज तुम्हें क़ब्रिस्तान पर एक स्टोरी करनी है। रात में क़ब्रिस्तान कैसा दिखता है? कैसा लगता है वहाँ, वहाँ के चौकीदार, वहाँ का सन्नाटा...अँधेरा...वहाँ का माहौल कैसी फन्तासी बुनते हैं। हैडिंग होगी–'एक रात–क़ब्रिस्तान'।"

सम्पादक जी की आँखें कहीं दूर शून्य में खो गयी थीं, मानो वे ख़ुद फन्तासी बुनने की कोशिश कर रहे हों। अनु तो असाइनमेंट सुनकर इतनी शॉक्ड हुई कि उसे सब कुछ धुँधला–धुँधला लगने लगा। उसे विश्वास नहीं हो रहा था कि कोई सम्पादक किसी इंटर्न को पहली बार

ही ऐसा असाइनमेंट दे सकता है। न भूतो न भविष्यति। असाइनमेंट मिलने की जिस ख़ुशी में वह खड़ी थी, वह कब का काफ़ूर हो चुकी थी। वह बेजान–सी धम्म से सम्पादक के सामने रखी कुर्सी पर धँस गयी।

"ऐसा रोंगटे खड़े कर देने वाला वाक़या लिखो...कि एकदम कलरफुल स्टोरी बने...चौकीदार का इंटरव्यू करो...मज़ा आ जाये बस।"

वह बोले जा रहे थे। उनकी आँखों में कई हज़ार वाट के बल्ब जल–बुझ रहे थे।

उसे सम्पादक की आँखें अचानक डरावनी लगने लगी थीं। क्या चाहता है आख़िर यह आदमी! अच्छा–ख़ासा घर से दही लेने निकली थी और ये क़ब्रिस्तान गले पड़ गया। पूरी देह में एक झुरझुरी दौड़ गयी। ना–ना....मुझसे ना होगा ये असाइनमेंट। और कोई दूसरा काम नहीं दे सकता था। हज़ार मुद्दों पर स्टोरी हो सकती है, क़ब्रिस्तान ही क्यों चुना! नौकरी नहीं देने का मन है तो सीधे–सीधे मना कर सकते थे। सज़ा क्यों दे रहे हैं? क़ब्रिस्तान की स्टोरी से पत्रकारिता का क्या भला होगा! अख़बारों में अब मुर्दों की भी रिपोर्टिंग होगी! घरवाले भी क्या कहेंगे। ओह!...वाहे गुरु !....उसे अरदास की याद आयी।

"सर...मुझसे नहीं हो सकेगा यह। कोई और रिपोर्टिंग दे दीजिए।"

"ग्रेट...पहली ही असाइनमेंट पर मनाही!..कर ली पत्रकारिता तब तो! तुम पत्रकार बनना चाहती हो, तो गाँठ बाँध लो, तुम्हें कहीं भी भेजा जा सकता है। युद्ध के मैदान में, पहाड़ पर, निर्जन में, भीड़ में, बीहड़ में...आपकी चॉइस का कोई मतलब नहीं। जो अख़बार की रिक्वायरमेंट होगी, एक रिपोर्टर को वही करना होगा। इसके लिए तैयार हो तो आओ नहीं तो वापस घर जाओ...तुम लड़कियों के बस की बात नहीं यह रिपोर्टिंग जैसा काम, जाओ कहीं बुटिक खोल लो, ब्यूटी पार्लर खोल लो... ।"

एक हिक़ारत थी उनके लहजे में। गोया कह रहे हों कि जाओ, चूड़ियाँ पहनकर घर बैठ जाओ, यह लड़ना–भिड़ना लड़कियों के बस का काम नहीं।

अनुराधा को किसी भी क़ीमत पर घर नहीं लौटना था, भले ही उसे सारी रात अँधेरी–बियावान सड़कों पर गुज़ारनी पड़े। अब तो वह घर तभी घुसेगी जब उसके हाथ में अपनी पसन्द की नौकरी का

अपॉइंटमेंट लेटर होगा। घरवालों की चुनौती उसे मंजूर है। चल अनु... जो होगा सो देखेंगे। डर गये तो मर गये। की फ़रक पैंदा...चौकीदार भी तो होगा...मोबाइल भी तो है...पुलिस बुला लेंगे..अरे भूत कौन से सच में होते हैं...भय ही भूत है...इस भय पर क़ाबू पाना ज़रूरी है। डर मत अनु, सब ठीक हो जायेगा। ये भी तो कर सकते हैं कि वहाँ जायें ही नहीं, और झूठी रिपोर्ट लिख दें...कौन देखने आ रहा है। देखो ज़रा..., सम्पादक है या कसाई! लड़की को कैसे–कैसे असाइनमेंट दे रहा है! दुनिया को बताऊँगी...करने दो मुझे ये काम। चुनौती ही सही। तू भी क्या याद रखेगा जालिम, कि किस 'मर्द लड़की' से पाला पड़ा था।...

"ओके...आय एम रेडी टू गो। और कोई हिदायत...?"

अनु उठ खड़ी हुई। चेहरे पर संशय और चिन्ता के मिले–जुले भाव थे। सम्पादक जी चेहरा पढ़ रहे थे।

"तुम्हें ऐसे अकेले जाने की ज़रूरत नहीं...ऑफ़िस की गाड़ी क़ब्रिस्तान के गेट तक ड्रॉप कर आयेगी।"

'जासूसी अभी से!...करा लो...लेकिन जाऊँगी तो पक्का। अन्दर कौन तेरा बाप आकर देखेगा'...मन ही मन दाँत पीसते हुए उसने कहा–"ओके सर..."

सम्पादक ने बेल बजायी। खीसें निपोरता हुआ एक अधेड़–सा आदमी घुसा।

"साहनी...इन्हें ले जाओ। अपने पास बिठाओ। ड्राइवर भेजता हूँ, इन्हें एक ज़रूरी असाइनमेंट पर जाना है।"

किसी अख़बार का दफ़्तर अन्दर से देखने का अनुराधा का यह पहला मौक़ा था। कई बार आते–जाते बाहर से अख़बार के दफ़्तर की बिल्डिंग देखती थी और भीतर–भीतर तरसती भी थी। अख़बार का नाम था 'दैनिक सूर्योदय'। चौराहे का नाम सूर्योदय चौराहा भी उसी बिल्डिंग के नाम से रखा गया था। अहिन्दीभाषी क्षेत्र का अकेला हिन्दी अख़बार। छोटे से शहर में ग़ज़ब की धाक है इस अख़बार की। हिन्दी पढ़ने वाला हर स्टूडेंट इसमें छपना चाहता है और पत्रकारिता की पढ़ाई करने वाला इसमें काम करना चाहता है। पत्रकार बनना उसका सपना भी था और लक्ष्य भी। आज उसे अवसर मिल गया, पर शुरुआत किस तरह हुई ? इतिहास ही बनेगा। चलो, यही सही। भूतों से ही कोट्स ले आयेंगे...

जी...आपको यहाँ कैसा लग रहा है? ज़िन्दा लोगों के बिना आपको कितना सुकून मिल रहा है..? अब तक आप यहाँ क्यों हैं...? कहीं दूसरा जन्म क्यों नहीं लिया? आपको क्या–क्या पसन्द है...? मूवी देखने का शौक़ है? कैसे देख पाते हैं? आपके पसन्दीदा हीरो...?

डेस्क पर काम करने वाले एक अधेड़ क़लमघिस्सू टाइप पत्रकार ने उसकी तरफ़ देखा...नयी लड़की। औसत क़द की और ज़रा साँवली–सी। सामने खड़ी मुस्कुरा रही है।

उसने डायरी को यूँ ही पढ़ना शुरू किया...

'क़ब्रिस्तान में एक ज़िन्दा औरत की डायरी।'

यह नवम्बर की एक अँधेरी रात थी। पहाड़ी इलाके से सटे होने के कारण ठण्ड यहाँ धमक चुकी थी। ख़ासकर वीरान रात में ठण्ड कहीं ज़्यादा लगती है। खुली हवा और खुला आसमान। उस पर घना अँधेरा। ज़ेहन रोशन हो तो बाहर के अँधेरे उतना नहीं डराते। मेरे भीतर भी अँधेरा एक नामालूम उदासी की तरह भरता जा रहा था। मैं ऐन क़ब्रिस्तान के गेट पर खड़ी थी। ऐसे गेट अभी तक सिर्फ़ फ़िल्मों में देखे थे। चरररर...की आवाज़ के साथ खुलते हुए बरबस उसे 'वो कौन थी' फ़िल्म की नायिका साधना की याद आ गयी। अँधेरे में गेट पर खड़ी...तेज़ हवा में सफ़ेद साड़ी का लहराता हुआ आँचल। मैंने अपनी टी–शर्ट और जींस की तरफ़ देखा। गले में हलका–सा स्टाल पड़ा था और कन्धे पर बैग। ड्राइवर मुझे गेट के बाहर उतारकर एक निरपेक्ष बल्कि निर्मम भाव से आगे बढ़ गया जैसे कल मुझसे मिलना न हो। मैं थोड़ी देर हक्की–बक्की–सी गेट के बाहर खड़ी रही। अन्दर जाने से पहले अच्छी तरह मुआयना कर लेना चाहती थी। क्या आज की रात कुछ घटित होने वाला है? क्यों क़बूल की मैंने यह चुनौती? न मिलती नौकरी, न सही। अधिक से अधिक यही होता। कौन–सा भूखी मर रही थी? मैं मन–ही–मन उस मनहूस घड़ी को कोस रही थी जब मैंने रिपोर्टिंग करने का फ़ैसला किया था। तब मुझे कहाँ मालूम था कि इस पेशे में आगे इम्तहाँ और भी हैं। कितने क़ब्रिस्तानों में रातें और दिन गुज़रने वाले हैं...क्या पता! बहरहाल इतना तय है कि किसी पत्रकार के करियर की इतनी भयानक शुरुआत शायद ही

कभी हुई हो। अगर आज रात बच गयी तो इस विषय पर विस्तार से शोध करूँगी।

मन में तरह–तरह के ऐसे ही ख़याल आ रहे थे। क़दम इतने बोझिल हो गये थे कि गेट की तरफ़ बढ़ने से एक तरह से इनकार कर रहे थे। मैं कुछ नहीं जानती थी कि अन्दर कौन होगा, किससे बात करूँगी। कुछ अनहोनी हुई भी तो क्या करूँगी? सिर्फ़ अँधेरे की छवि ही भीतर कौंध रही थी। अँधेरों के स्याह फाहे मेरे पूरे वजूद पर लगातार झड़ते जा रहे थे।

गेट पर खट–खट करने से पहले मैंने अँधेरी सड़क को पलट कर देखा। कोई गाड़ी दूर–दूर तक नहीं दिख रही थी। देर रात कोई भला इस तरफ़ आयेगा ही क्यों! मैंने बड़े ग़ौर से देखा, गेट के अन्दर पीली–मद्धिम रौशनी थी। हिम्मत जुटाते हुए मैंने भी गेट की साँकल खटखटा दी। गेट खुला हुआ था। मेरा दिल इतनी ज़ोर–ज़ोर से धड़क रहा था कि दूर से भी उसके धड़कने की आवाज़ सुनी जा सकती थी। चुनौती थी, सो मन्त्र बुदबुदाया...'भूत पिशाच निकट नहीं आवे...'

माँ अक्सर कहा करती थीं कि ईसाइयों के क़ब्रिस्तान के भूत नुक़सान नहीं पहुँचाते हैं। भटकते इनके भूत भी हैं, लेकिन शान्ति से। मन में कहीं यह ख़ामोश–सा विश्वास था कि माँ ने कहा है तो ग़लत तो नहीं ही कहा होगा।

"कौन...? इस समय कौन आया है भई...?"

किसी औरत की आवाज़ थी। डर के मारे मेरे पैर वहीं जम गये। 'इतनी रात गये, क़बिस्तान में कोई स्त्री–आवाज़...ओह...कहीं..!!'

सामने ही एक झोंपड़ीनुमा घर था जिससे छन–छनकर हलकी रौशनी आ रही थी। सामने से अँधेरे में कोई झपटता हुआ चला आ रहा था। उसके एक हाथ में टॉर्च थी। जैसे ही मेरे मुँह पर रौशनी पड़ी, मेरी आँखें मुँद गयीं। जैसे ही वह छाया मेरे क़रीब आयी, बाहर की सारी बत्तियाँ एकाएक जल गयीं। दोनों ने एक–दूसरे को ऐसे देखा जैसे हम दोनों ही 'एलिस इन वंडरलैंड' पहुँच गयी हों।

उसने मेरा हाथ पकड़ा और मुझे लेकर कमरे की तरफ़ बढ़ गयी। मैं जैसे पत्थर की बन चुकी थी लेकिन मेरी नज़र लगातार उसके पैरों पर गड़ी हुई थी। यह सिलसिला उस पूरी रात जारी रहा। जब–जब

मौक़ा मिलता, मैं एक नज़र उसके पैरों को ज़रूर देख लेती। कहीं उसके पाँव उलटे तो नहीं! मैं तो यक़ीन ही नहीं कर पा रही थी कि कोई बूढ़ी औरत इतनी रात के वक़्त मुझे क़ब्रिस्तान में मिलेगी। कमोबेश यही हाल उसका भी था, वह हैरानी से मुझे देखे जा रही थी। उसकी आँखों में अनगिन सवाल थे। बाद में उन आँखों में मैंने अपने सम्पादक के लिए एक अजीब ग़ुस्सा भी देखा।

उसका नाम जूडी था। वह एक एंग्लो–इंडियन औरत थी। उसने छूटते ही पूछा, "तुम दिन के वक़्त क्यों नहीं आयीं? दिन के वक़्त ज़्यादा अच्छा लगता है यहाँ। बहुत सारे लोग अपने–अपने रिश्तेदारों की क़ब्र पर फूल चढ़ाने आते हैं। मेला जैसा लगा रहता है यहाँ। रात को कोई नहीं आता यहाँ।"

"मैंने बॉस को कहा था कि मैं दिन में स्टोरी कर लेती हूँ लेकिन उस सनकी आदमी ने जवाब दिया कि यह क्या स्टोरी हुई!...गुनगुनी धूप में क्या सनसनी मिलेगी! जाओ..., रात गुज़ारो... थोड़ी हिम्मत दिखाओ... कुछ नया खोजकर लाओ... तब तो कोई बात बने!"

मेरी हालत वह बख़ूबी समझ रही थी और मैं उसके सीधे पाँवों को देखकर धीरे–धीरे एक राहत से भरने लगी थी। शुक्र है, कोई औरत ही मिली मुझे यहाँ। कोई मर्द होता उसकी जगह तब क्या करती मैं? हालाँकि अपने बैग में फल–वल काटने के लिए मैं हमेशा एक छोटा–सा चाकू रखा करती थी लेकिन उससे तो बामुश्किल कोई मक्खी ही मर सकती थी। मैं कल अपनी जान–पहचान के लोगों से मिलने वाली अलग–अलग नसीहतों के बारे में सोच रही थी।...क्यों गयी थी, पागल कुत्ते ने काटा था? जाना ज़रूरी था तो अकेली क्यों गयी...किसी को साथ ले जाती....कोई औज़ारनुमा चीज लेकर जाती...उफ़...!!

ख़यालों में गोता लगाते हुए मैंने सुना कि वह औरत अपनी कहानी सुनाने लगी थी। हम एक अधखुली खिड़की के पास बैठे थे। उसने फिर से अलाव जला लिया था और केतली में चाय के लिए दूध–पानी मिलाकर उस पर चढ़ा दिया था। मैंने सोचा, 'बढ़िया है, रात–भर चाय की चुस्कियों के साथ बातें करेंगे।' मुझे सुबह निकलना था। जूडी ने कहा जब मैं इतनी हिम्मत करके यहाँ तक आ सकती हूँ तो वह सिर्फ़ एक रात जाग क्यों नहीं सकती! खिड़की से थोड़ी दूरी पर क़ब्रों का सिलसिला शुरू हो गया था। खिड़की की ओट से दिखता था सब कुछ।

"मुझे यहाँ रहते हुए बीस साल हो गये। एडम की डेथ के बाद मेरा यहाँ से लौटकर जाने का मन ही नहीं हुआ। हम दोनों मैक्लूस्कीगंज में रहते थे। वहाँ हमारा प्ले स्कूल था। कुछ विवाद हुए, इलाके में डिस्टरबेंस बढ़ी तो हम काम की तलाश में यहाँ आ गये। कोई बीस साल पहले अचानक एक रोज़ एडम चल बसा। उसके सिवा मेरा कोई नहीं था। न घर न हमारी कौम। किराये के घर में रहती थी। आमदनी का ज़रिया भी ख़त्म। सो, एडम के जनाज़े के साथ यहाँ आयी और यहीं की होकर रह गयी। चर्च ने मुझे यहाँ रहने और क़ब्रिस्तान की देख–रेख की ज़िम्मेवारी दे दी है।...एडम भी यहीं है मेरे साथ...। कभी महसूस भी नहीं हुआ कि वह चला गया है...। रोज़ उसकी क़ब्र पर उससे बात करने जाती हूँ...बहुत सुकून है यहाँ..."

फिर वह कुछ पल के लिए रुकी। उसकी आँखें कहीं दूर टिकी थीं। जैसे कुछ तलाश रही हों। होंठ अधखुले थे...कुछ अबोले से शब्द अटके हुए थे, जैसे कई बार बूँदें ठिठक जाती हैं, पत्तों पर। ढुलकती नहीं।

"यही आख़िरी जगह थी इस धरती पर मेरे लिए। मैंने तो एडम के बगल में अपनी जगह भी बुक करा ली है..."

एक गहरी साँस बाहर निकली...हलकी भाप उगलते हुए।

वह बोलती जा रही थी और मेरी सिहरन बढ़ती जा रही थी। आग चटकती तो उसके ज़र्द चेहरे की सफ़ेदी और ज़्यादा दमकने लगती। गरम–गरम चाय की प्याली ने जो राहत दी, वह कल्पनातीत थी। कुछ और भी घटा था उस रात जिसकी मुझे उम्मीद नहीं थी। उसने मुझसे अकस्मात् पूछ लिया, " एडम की क़ब्र देखना चाहोगी?"

उसका सवाल सुनते ही मेरी रगों का ख़ून जैसे जम गया। कितनी मुश्किलों के बाद तो यह सुरक्षित जगह मिली थी जहाँ बैठ कर मैं यह रात काट सकती थी! कर ले बेटा...कर ले पत्रकारिता...कुछ सनसनीखेज़ स्टोरी बना...नौकरी पक्की! और यहाँ तो ज़िन्दगी का ही भरोसा नहीं !!

जूडी उठी और उसने अपनी कॉटन की नाइटी को समेटा। संशयवश मेरी आँखें फिर से उसके पाँवों पर जा टिकीं। अचानक मैं सन्न रह गयी, उसके दोनों पाँव के पंजे उलटे थे। मेरे हलक से एक ज़ोरदार चीख़ निकल पड़ी और मेरे साथ–साथ जूडी भी चीख़ पड़ी।

दो स्त्री स्वर की समवेत चीख़ों से क़ब्रिस्तान में पसरा सन्नाटा अचानक भरभराकर टूट गया। इस निस्तब्धता में भी परिन्दों के पर फड़फड़ाने की आवाज़ें सुनाई पड़ने लगीं। दूर कहीं उल्लू भी चीख़ा। कुत्तों के रोने–भौंकने की आवाज़ें रात की अँधेरी ख़ामोशी को तेज़ी से चीरने लगी थीं।

"ओ माई गॉड...क्या हो गया???"

मैं लगातार उसके पाँव की तरफ़ देख रही थी। मेरी घिग्घी बँधी हुई थी। जूडी अब तक सीधी खड़ी हो चुकी थी और वह मेरी नज़र को भी पकड़ चुकी थी।

"मैं भूत नहीं हूँ माय चाइल्ड...मेरे पाँव मुड़ गये थे। यू मैड वुमेन.. .डरा दिया मुझे भी। इतना डर तो मुझे यहाँ आज तक किसी रात नहीं लगा। क्या है....?" वह खीझ से भरी बड़बड़ाती जा रही थी।

लेकिन मेरी आँखें अभी तक डर से विस्फारित थीं।...भूत भला कभी यह कहेगा कि वह भूत है!....मुझे लगा, अभी उसके नुकीले दाँत निकल आयेंगे और उसके पैने नाख़ूनों से भरे पंजे मेरे गले पर एक ज़ोर का झपट्टा मार देंगे। ओह...!!

"क्क्क्कोई...कोई औरत यहाँ...अकेली भला कैसे रह सकती है?"

मेरी आवाज़ बेतरह काँप रही थी।

"वैसे ही जैसे कोई लड़की सारी रात इन मुर्दों के बीच क़ब्रिस्तान में गुज़ारने आ जाती है..."

उसकी आवाज़ में एक तंज़ से भरी तल्ख़ी और उपहास दोनों थे। अब मुझमें भी थोड़ी हिम्मत आ गयी थी।

"अच्छा एक बात बताइए...कभी रात में यहाँ किसी तरह की कोई आवाज़ आती है? आप इतने सालों से यहाँ अकेली रहती हैं। आपने कभी किसी को देखा है?...कोई आत्मा...?" मैंने कदाचित् जानबूझकर 'भूत' शब्द से परहेज़ किया।

"हाँ, आवाज़ तो आती है...पर कोई दिखलाई नहीं देता। कभी–कभी किसी की दर्द भरी सिसकियाँ सुनाई पड़ती हैं। एक घुटी–घुटी–सी सिसकी। जैसे किसी को जबरन दबोचा जा रहा हो या किसी का गला रेता जा रहा हो। बताते हैं, सालों पहले किसी लड़की का रेप हुआ और फिर उसका मर्डर कर दिया था किसी ने। वह दिखती है कभी–कभी

यहाँ। मैं उस आवाज़ का पीछा करती जाती हूँ लेकिन वह ग़ायब हो जाती है।"

मेरे प्राण जैसे सूख गये। मैंने घड़ी में वक़्त देखना चाहा लेकिन बड़ी मुश्किल से मेरी कलाई उठ पायी। गोया मैं पत्थर की तरह जड़वत् हो गयी थी। मुझे पौ फटने का इन्तज़ार था लेकिन भोर होने में अभी भी थोड़ी देर थी। सुना है, ब्रह्ममुहूर्त से पृथ्वी पर देवताओं का समय शुरू हो जाता है। उनके सामने कोई भूत–वूत नहीं टिक सकते। मैं मन–ही–मन प्रार्थना कर रही थी। हे प्रभो!...संकट टालो जल्दी–जल्दी...

जूडी को लगा मैं ठण्ड से काँप रही हूँ। वह तो अपनी सोच की किसी और ही दुनिया में पहुँच चुकी थी। उसने हौले से मेरी एक हथेली पकड़ी। आग सेंकने के बावजूद उसकी हथेली बेहद ठण्डी थी। मेरी नसों में सुइयाँ सी चुभीं। उसके साथ हो लेने के सिवा मेरे पास कोई रास्ता नहीं था। पता नहीं, एडम की क़ब्र मुझे बुला रही थी या उसे! बहरहाल मैं आधी रात की इस अँधेरी चुप्पी में न जाने कितनी क़ब्रों से टकराती–डगमगाती हुई एडम की क़ब्र की तरफ़ जा रही थी। अँधेरे में हिलते हुए पेड़ और पत्तों से निकलती उनकी डरावनी आवाज़ रूह को कँपकँपा देने के लिए काफ़ी थे। सूखे हुए पत्तों पर पड़ते पैरों की चरमराहट मुझे किसी उपन्यास के डरावने रोमान की याद दिला रही थी। लेकिन पढ़ने का रोमांच और झेलने का ख़ौफ़ दो अलहदा चीज़ें हैं। यहाँ रूमानी अँधेरा तो है पर साथ–साथ असंख्य आत्माओं का स्वरहीन कोरस और उनकी मिली–जुली अदृश्य छायाएँ मेरे ज़ेहन पर अँधेरे से ज़्यादा धँसती जा रही थीं। दूसरी तरफ़ जूडी थी–बिल्कुल बेफ़िक्र और बेख़ौफ़। जैसे अँधेरी रात में कोई विरहिणी अपने प्रेमी से मिलने जा रही हो,..पूरी तरह से निर्द्वन्द्व, निडर और निश्चिन्त। मेरे पाँव की तरह उसके पाँव डगमगा नहीं रहे थे बल्कि सँभल–सँभल कर पड़ रहे थे...अपनी नियत और निश्चित जगह पर। अपने ख़यालों के बियावान में मैं भी कोई तन्हा नहीं थी। मुझे रह–रहकर अनेक भुतहा फ़िल्मों के दृश्य याद आ रहे थे। चलते–चलते यह औरत अचानक ग़ायब हो गयी तो क्या होगा? इन क़ब्रों से हठात् निकलकर कोई सामने खड़ा हो गया तो क्या करेगी वह? या फिर कोई भूत सामने आ गया तो?...उस घड़ी मेरे भीतर का सारा आत्मविश्वास और तर्कशक्ति काफ़ूर हो चुके थे। मेरा मन यह

मानने को क़तई राज़ी नहीं था कि भूत जैसी कोई वाहियात चीज़ नहीं होती। मेरी यही हालत रही बहुत दिनों तक।

"देखो...एडम यहीं सो रहा है...उसे ताज़ा फूल पसन्द हैं। मैं उसे रोज़ ताज़ा फूल देती हूँ...वह ख़ुशबू का दीवाना था। इत्र छिड़कती हूँ उसकी क़ब्र पर और यहाँ की हवा महकने लगती है। ऐसा महसूस होता है जैसे एडम ने अभी–अभी साँसें ली हैं..."

ज़मीन से थोड़ी ऊपर उठी हुई क़ब्र पर फूल चढ़े थे। फूल बेशक ज़रा मुरझा गये थे लेकिन वह जगह अभी भी ऐसी साफ़–सुथरी थी जैसे रोज़ वहाँ सफ़ाई की जाती हो। जूडी झुकी और कुछ बासी फूल चुन लिए। मैंने भी दुआ में अपने दोनों हाथ उठा लिए। रात का कोई परिन्दा टीं...टीं...टी... करता हुआ ऊपर से गुज़र गया।

टीं...टी...टींईई... फिर से आवाज़ सुनाई पड़ी...

और मैं तेज़ आवाज़ में चीख़ मारकर उठ बैठी। मैं गहरी नींद में सोफ़े से नीचे गिरी पड़ी थी। माँ हिला–हिलाकर मुझे जगाने की कोशिश कर रही थीं। हवा में अब भी ख़ुशबू थी, पर वह ठीक वैसी नहीं थी जैसी मैंने नींद में महसूस की थी। माँ ने आदम युग की घरघराती मिक्सी को बन्द किया और धनिया पत्ता लगे हाथों से मुझे जगा रही थी। यह धनिया के ताज़ा पत्तों की गन्ध थी।

''हाय ओ रब्बा!!...ये कुड़ी कहाँ से होकर आयी है। तुझे पता भी है, क्या टाइम हो रहा है? देख शाम हो गयी। पूरा दिन जाने क्या–क्या बड़बड़ाती रही है, कुछ पता भी है तुझे? हलकान कर दिया हमारी जान को...''

माँ का प्रवचन देर तलक जारी रहा। कुछ बिखरे–बिखरे से शब्द कानों में पड़े तो जाना कि मैं दिन–भर घोड़े बेचकर सोती रही थी और नींद में लगातार अनाप–शनाप बड़बड़ाती भी रही थी... भूत...औरत...जूडी...एडम...छोड़ो...छोड़ो...बचाओ...बचाओ...और पता नहीं, जाने क्या–क्या। माँ बता रही थीं और मैं उजबक की तरह सुन रही थी। मैं घर में थी... और बिल्कुल सेफ़ थी। यह देखकर मुझे चैन आया। सच में, मैं घर में हूँ। मैं असाइनमेंट पूरा कर लौट आयी थी, मैंने सम्पादक की चुनौती कामयाबी के साथ पूरी कर ली थी...वाह! मैंने अपनी ही पीठ ठोंकी, जान की बाज़ी लगाकर शायद ही किसी ने इस तरह से नौकरी

हासिल की हो। अब देखती हूँ, कमबख़्त सम्पादक कैसे मना कर पाता है। कैसे नहीं देता मुझे नौकरी! हुँह...देनी तो पड़ेगी ही बेट्टा...नहीं तो सीधा उसी क़ब्रिस्तान में पहुँचा दूँगी...समझ लेना। एक नये तरह के हौसले से लबरेज़ मैं उठी और लैपटॉप लेकर बालकनी में बैठ गयी। लिखते समय मन की हालत बयान कर पाना बेहद मुश्किल होता है। इस सच के बावजूद मैंने लिखना शुरू किया।

फ़ोटो तो वह खींच नहीं पायी थी। कोई बात नहीं, स्टोरी से मैच करता हुआ कोई स्केच लगा देगी। अगली सुबह वह अपनी स्टोरी के साथ सम्पादक के सामने हाज़िर थी, और सम्पादक थे कि वे बल्लियों उछल रहे थे।

"हंगामा हो जायेगा हंगामा...तुम्हें अन्दाज़ा भी नहीं कि तुमने क्या कर डाला है...वेलडन गर्ल वेलडन...!"

अगले दिन अख़बार में ये ख़बर बॉटम छपी। एक फड़कती हुई बोल्ड हेडिंग के साथ–'क़ब्रिस्तान में ज़िन्दा स्त्री और आत्माओं का कोरस।' फिर नीचे छोटे लेटर्स में लिखा था...क़ब्रिस्तान से लाइव रिपोर्टिंग। बाईलाइन–अनुराधा, हमारी संवाददाता।

स्टोरी से शहर में तहलका मच गया था। दफ़्तर में भी पूरे दिन यही बहस चलती रही। हर टेबल पर '...इतनी बहादुर लड़की...हिम्मती लड़की। मान गये उस्ताद' टाइप बातें होती रहीं। मेरी रिपोर्ट उस रोज़ दूसरे मीडिया हाउसेज़ में भी चर्चा का सबब बनी रही। सुना कि लोगों ने ढूँढ़–ढूँढ़कर वह स्टोरी पढ़ी। एक ख़बर ने रातोरात मुझे एक अदद ट्रेनी से स्टार रिपोर्टर बना दिया था।

लेकिन मैं ख़ुद इस ख़ुशी को एंजॉय करने और सेलिब्रेट करने लायक कहाँ बची थी। मैं तो फ़ीवर की चपेट में थी। पूरी देह बेतरह तप रही थी। बड़बड़ाती हुई और निश्चेत पड़ी हुई थी मैं। माँ ने पानी पी–पीकर मुझे कोसा। मेरे सम्पादक को भी नहीं बख़्शा। और, न अख़बार को। दोस्त–यार घर जुटने लगे। वे आते, भूतों के तरह–तरह के क़िस्से सुनाते। मसलन कि कैसे कोई कद्दू एक बार आदमी बन गया था। कई दिनों तक कद्दू को देखकर सिहर उठती थी। खाने की बात तो बहुत दूर थी। और तो और, देर रात गये मोपेड चलाते समय एक हाथ से हैंडिल पकड़ती तो दूसरे हाथ से पीछे चैक करती चलती कि

अचानक कोई पीछे आकर बैठ तो नहीं गया। तब तक मुझे पता भी कहाँ था कि भूत अभी देर तक मेरा पीछा छोड़ने वाले नहीं। शायद मेरी क़िस्मत और हिस्से में भूत रिपोर्टिंग लिखी जा चुकी थी।

आप कभी भुतहा पगडण्डियों से होकर गुज़रे हैं। नहीं न गुज़रे? मैं गुज़री हूँ। मेरी क़िस्मत में ही भूतों का अदृश्य साथ लिखा जा चुका है। जहाँ कहीं भी जाऊँ...पटियाला हो या शिमला...भूतों से मेरी संगति नहीं छूटी। मैं एक रोमिंग कॉरेस्पोंडेंट हूँ। देखें तो भूत भी तो एक तरह से हमेशा रोमिंग पर रहने वाली शै हैं। उनका साथ कभी नहीं छूटा। आज भी यह साथ बना हुआ है, जब मैं दिल्ली आ चुकी हूँ। यहाँ मैं जीते–जागते भूतों के बीच काम करती हुई मगजमारी कर रही हूँ।

दिसम्बर की कँपकँपाती सर्दी की वह रात मैं कैसे भूल सकती हूँ! मेरी पहली पोस्टिंग शिमला में थी। मैं ख़ुद घर से दूर जाना चाहती थी। लिहाज़ा 'भूतों' से पिण्ड छुड़ाने की जुगत में सीधे मैंने शिमला की पोस्टिंग ले ली थी। तब क्या दफ़्तर से निकली तो रात के आठ बज चुके थे। अख़बार के ब्यूरो में काम करने वालों के लिए यह एक सामान्य समय होता है। आमतौर पर इस समय तो ख़बरें लिखने की शुरुआत ही होती है। चूँकि शिमला छोटा शहर है इसलिए आठ बजे तक। पता था कि मुश्किलें यहाँ भी मेरे स्वागत में पहले से ही खड़ी थीं।

ब्यूरो चीफ़ को छोड़कर आठ बजे तक बाक़ी रिपोर्टर निकल पड़ते थे। मैं भी निकलने लगी। तभी मधुकर का फ़रमाननुमा मशविरा सुनाई पड़ा– "मैडम, बहुत ठण्ड पड़ती है यहाँ पहाड़ों में। बचना चाहती हो तो एक ओल्ड मोंक की बोतल लेती जाना अपने साथ। कम–से–कम जान बच जायेगी।"

ठहाके लगाते हुए श्रीधर ने दख़ल दिया, "नीट ही गटक जाना। कुछ मिलाना मत।"

"और हाँ, रास्ते में कोई भी पुकारे तो पलटकर मत देखना। नहीं तो...ख़ैर,...और मोड़ पर वह जो शीशे वाला मकान है, वो भुतहा मकान है याद रखना..."

मुझे यह सुनकर धक्का–सा लगा। ओह !...तो यहाँ तक मेरे पराक्रम की कहानियाँ पहुँच चुकी हैं। इन लोगों को मेरी ज़िन्दगी के

तमाम क़िस्से पता हैं! मेरे यहाँ ज्वाइन करने से पहले ही सबने लगता है मेरे बारे में ख़ासी रिसर्च कर रखी है।

अपने पुरुष सहकर्मियों के इस मज़ाक़ को बहरहाल मैंने पूरी गम्भीरता से सुना लेकिन उस पर कोई अमल नहीं करने के इरादे के साथ बाहर निकल गयी। वैसे भी मैंने अपने फ़ैसले दूसरों को लेने का हक़ कभी नहीं दिया। अपने हादसों और तजुर्बों से सीखना मुझे अच्छा लगता है। मुझे हिदायतें देते रहें देने वाले लेकिन 'हम तो दरिया हैं गुज़र जायेंगे, उधर रास्ता बन जायेगा...' जैसी कुछ कैफ़ियत हमेशा से रही मेरी। घर छोड़ा है, सुविधाएँ छोड़ी हैं, विदेश में बसने के भविष्य के सलोने सपने छोड़े हैं। मुझे भला कोई क्या डिगा पायेगा! मेरी मंज़िल तो ऊपरवाले ने कुछ अलग ही तय कर रखी है। सोच की कड़ाह कुछ इसी तर्ज़ पर खौल रही थी उस वक़्त। दिमाग़ बेतहाशा गरम था लेकिन बाहर तो कड़ाके की ठण्ड थी।

उस रात जिस्म की कुल्फ़ी जमाने वाली सर्दी पड़ रही थी। घर तक जाने वाली पहाड़ी पगडण्डी एक नीम अँधेरे में डूबी हुई थी। नया घर कमोबेश एक खड़ी चढ़ाई के बाद आता था। रास्ते में थोड़ी दूर पर एक पूर्व मुख्यमन्त्री का निजी मकान आता था और ऐन मोड़ पर शीशेवाली कोठी की दीवार थी। उसी मोड़ से मेरे नये घर की तरफ़ रास्ता जाता था। अमूमन उस रास्ते पर गाड़ियाँ नहीं के बराबर आती–जाती थीं।

अँधेरे में डूबे मकानों की हलकी छायाएँ जब कहीं दिखतीं तो जी धक्क से रह जाता। ऐसा लगता जैसे कोई आत्मा घरों से निकलकर भटकती हुई सड़कों पर अपने बेढब रूप में मँडरा रही हो। इक्का–दुक्का मकानों की खिड़की से छनछन कर आती रोशनी मेरे लिए काफ़ी थी। जहाँ से खड़ी चढ़ाई शुरू हुई ठीक वहीं से मुझे अपने घर तक पैदल ही जाना था। चढ़ाई तय करते हुए मैं शिमला ब्यूरो वालों को कोसती भी जा रही थी। कमबख़्तों को मेरे रहने के लिए और कोई जगह नहीं मिली! सपाट सड़क पर कहीं ठिकाना मिल जाता तो रोज़–रोज़ की इस कवायद से तो बच जाती। कहीं जानबूझकर मुझे सताने के लिए तो ऐसा नहीं किया। मेरी साँसें उखड़ने लगी थीं और मैं थकती जा रही थी। मुझे थोड़ी देर आराम की ज़रूरत थी और मैं बैठने की कोई

जगह तलाशने लगी। अपनी नज़रें दौड़ाती हुई अब तक मैं आख़िरी मोड़ तक पहुँच गयी। मैं शीशेवाले मकान की ऊँची–लम्बी दीवारों से टिककर हाँफने लगी। मेरी आँखों के ठीक सामने एक गहरी खाई थी। उँचाई की तरफ़ जाता हुआ सँकरा रास्ता उसी गहरी खाई से लगा हुआ चल रहा था। अचानक मेरा कलेजा मुँह को आ गया। अभी कुछ और सोच पाती उससे पहले ही अचानक मेरी नज़र दीवार के आख़िरी छोर पर चली गयी।

"ओ माई गॉड...ये क्या...?"

दीवार से सटी हुई बेंचनुमा चेयर पर एक सफ़ेद धुँधली–सी आकृति बैठी थी।

सफ़ेद कपड़े में लिपटा हुआ कोई बैठा था। सँकरी पगडण्डी...न छुपने की कोई जगह और न भागने की कोई सूरत। किधर भागूँ...क्या करूँ? सामने खाई और आगे बढ़ने पर बैठा हुआ यह साया। उन पलों को याद करती हूँ तो आज भी रोंगटे खड़े हो जाते हैं। लेकिन जाना तो किसी भी क़ीमत पर था...पीछे मुड़कर देखा तो गली अब कोहरे और अँधेरे में पूरी तरह डूब चुकी थी। इतनी ठण्ड में मैंने महसूस किया कि मेरे माथे पर पसीना चुहचुहा आया था। ठण्ड का एहसास जाता रहा था। नहीं...,मुझे डरना नहीं है...,देखा जायेगा जो भी होगा। जब वह जूडी क़ब्रिस्तान में अकेली रह सकती है तो मैं इसका सामना क्यों नहीं कर सकती? अब जो भी हो...चल बेटा...हिम्मत जुटा, और हनुमान जी को याद कर निकल ले सरपट...

लेकिन पाँव थे कि एक–एक क़दम बड़ी मुश्किल से उठ रहा था गोया किसी ने मन भर का पत्थर बाँध दिया हो उनमें। जैसे–जैसे पैर झनझनाते पैरों को आगे बढ़ाना दुश्वार होता जाता है, ठीक वैसा ही हो रहा था। मैं इतनी फुर्तीली लड़की...और ये वज़नी पैर...!! उठें भी तो कैसे उठें! धीरे–धीरे ख़ुद को ही धकेलती हुई मैं आगे बढ़ी चली जा रही थी। कँपकँपी और पसीना दोनों एक साथ। मैं किसी तरह उस साये के पास से गुज़री। उसका चेहरा ढँका था। मेरी भयभीत नज़रें उसके पैरों पर ख़ुद–ब–ख़ुद चली गयीं। नीचे तक उसके पाजामे के लम्बे पायताने लटक रहे थे। पैर ग़ायब...! फिर तो उस अँधेरे में भी, खाई में गिरने की फ़िक्र से बेख़ौफ़, मैं देखते–ही–देखते पतंग हो गयी। ये जा, वो

जा !!...दौड़ते हुए कब मैंने ईंटों के टुकड़े उठा लिए, पता नहीं। अपने बचाव के लिए यही ईंटें मेरा हथियार थीं। आदमी हुआ तो भी, भूत हुआ तो भी...कम–से–कम ईंटें तो मार ही सकती हूँ। यह और बात थी कि मुझे कुत्तों ने नहीं खदेड़ा। ईंटें हाथ में लिए ख़ुदा–ख़ुदा करते मैं अपने नये घर के दरवाज़े तक पहुँच गयी। आमतौर पर गली में आवारा घूमते कुत्तों ने भी मुझ पर रहम किया। शायद वे अँधेरे में किसी भागती हुई परछाईं को ज़्यादा भाव देने के मूड में नहीं थे।

"राम–राम–राम...जय हनुमान..." मैं बड़बड़ाती जा रही थी और साथ–साथ दरवाज़े की कुण्डी खोल रही थी। हड़बड़ाहट में ताला भी नहीं खोला जा रहा था। किसी तरह राम–राम करके दरवाज़ा खोला। और धड़ाम से अन्दर से बन्द कर लिया और सामने रखे तख़्त पर धराशायी–सी गिर पड़ी। काठ के बने मकान में, काठ की बनी किसी चीज़ की तरह निश्चेत।

इतने में मोबाइल घनघनाने लगा...नोकिया की चिरपरिचित ट्यून से मेरी चेतना लौटी।

"हैलो...,ठीक से घर पहुँच गयीं ? रास्ते में भूत भी मिला क्या? देखा...?"

मधुकर की शरारत भरी आवाज़ थी और साथ में नेपथ्य में गूँजते कई लोगों के ठहाके! अपने मज़ाकिया बर्ताव के बावजूद मुझे मधुकर दफ़्तर के बाक़ी लोगों की बनिस्बत थोड़ा ठीक लगा था। उसने मुझे कहा था कि कोई दिक़्क़त हो तो रात–बिरात कभी भी मुझे कॉल कर सकती हो। अलबत्ता ब्यूरो चीफ़ का हावभाव मुझे पसन्द नहीं आया था। चश्मे को नाक की नोक पर टिकाये अजीब–सा दिखता था। कुछ–कुछ फ़िल्मी विलेन जीवन का एक फूहड़ संस्करण। लेकिन मुझे क्या...,मुझे उसकी शक्ल–सूरत का क्या करना था। बस काम से काम। देखती हूँ, कल से मुझे कौन–सा काम सौंपा जाता है।

ख़ैर, फ़िलहाल तो मैं अपने घर पहुँच चुकी थी। ख़ुद को बन्द कर के पूरी हिफ़ाज़त में। अब मुझे सुबह का इन्तज़ार था। मैंने सिगड़ी सुलगा ली और आग सेंकने बैठ गयी। डिनर में मैगी खाने का शॉर्टकट प्लान था। मन भी अब धीरे–धीरे थोड़ा शान्त हो रहा था। सुबह–सुबह जब खिड़कियाँ खोलूँगी तो सामने हरी–भरी घाटी का ख़ूबसूरत नज़ारा

दिखेगा। चीड़ के ऊँचे–ऊँचे पेड़ और घरों से उठता हुआ धुआँ..., और, चेहरे को दुलराकर बढ़ जाने वाले बादलों के सफ़ेद फाहे। खुली जगहों पर तो यही बादल मुट्ठियों में आ जाते हैं। पहाड़ के बारे में सोच–सोचकर एक रूमानियत फैलती जा रही थी नसों में।

यहाँ काम करने में वाक़ई मज़ा आयेगा। रपटीले और चढ़ते–उतरते रास्तों को नापते हुए। मैं तो अपने लिए पॉलिटिकल बीट ही माँगूँगी। लेकिन सम्पादक ने अगर मना कर दिया तो?...अरे मना कैसे करेगा! इतना कुछ झेलकर, कितनों से लड़–भिड़कर यहाँ तक पहुँची हूँ। अब तो बस कुछ ठोस और यादगार करके दिखाना है जी...!

जैसे–जैसे शरीर में गरमाहट आ रही थी, मेरी चेतना भी सामान्य हो रही थी। सोचा, मैगी बनाकर आराम से बैठती हूँ। मोबाइल पर धीमी आवाज़ में गाने लगा दिये। इस सन्नाटे में लता मंगेशकर के गाने मेरा साथ दे रहे हैं..."तुम्हीं से दिल ने सीखा है...धड़कना...तुम्हीं को दोष देंगी...बहारो..."

मैं गुनगुना रही थी...कि इतने में दरवाज़े पर खटखट की आवाज़ हुई। इतनी रात गये?...मैंने घड़ी देखी। 12 बजने ही वाले थे। कौन हो सकता है इस वक़्त? खटखटाहट बढ़ती जा रही थी, और खटखटाहट के साथ–साथ मेरी धड़कनें भी। अब कौन–सी नयी मुसीबत...ओ गॉड! कहीं...पीछे–पीछे वह भूत तो नहीं आ गया...या कहीं मेरा सिरफिरा ब्यूरो चीफ़ तो नहीं! किन नज़रों से मुझे घूर रहा था...आँखों में जाने क्या–क्या कुपाठ भरा था। नहीं–नहीं...वह इस वक़्त कैसे आ सकता है...ज़रूर भूत ही होगा...अब क्या करूँ...कैसे बचूँगी। इस आधी रात कौन मदद को आयेगा...?

खटखट की आवाज़ लगातार आ रही थी और मैं अपने दोनों पाँव समेटे सहमी हुई तख़्त पर ही बैठी हुई थी। कुछ भी हो जाये, दरवाज़ा नहीं खोलूँगी। कोई भले तोड़ दे...जो भाग्य में लिखा है, वह तो झेलना ही होगा...

इस एकान्त में घर लेने का आइडिया मेरा ही था। अब पछतावा हो रहा था। क्यों लिया? और अब ले ही लिया तो...भुगतना तो मुझे ही पड़ेगा। मैंने सोचा था कि यहाँ सुकून मिलेगा, किसी अड़ोसी–पड़ोसी की फ़िज़ूल दख़लअन्दाज़ी नहीं होगी। कभी आऊँ... कभी जाऊँ...सवालिया

निगाहों से बस दूर रहना चाहती थी। पता नहीं था कि यहाँ तक पहुँचने का रास्ता भी भुतहा गलियों से होकर गुज़रता है और अब घर भी भूतों का डेरा!....भागना होगा यहाँ से...सुबह सुबह। किसी तरह रात कट जाये..."जय हनुमान ज्ञान गुण सागर...जय कपीश तिहूँ..."

मैं अपने डर पर क़ाबू पाने की कोशिश कर रही थी। संयम नहीं खोना है...ख़ुद को ही समझाने की कोशिश कर रही थी। अब मुझे लग रहा था कि जो रास्ता मैंने अपने लिए चुना है वह इतना आसान भी नहीं...दुश्वार रास्तों पर मेरे क़दम पड़ चुके थे।

मैंने हिम्मत हारकर मधुकर को फ़ोन लगा ही दिया।

"अरे यार...डरो मत। दरवाज़ा मत खोलना... भूत–वूत नहीं होंगे, उन्हें खटखटाने की ज़रूरत नहीं पड़ती। होगा कोई रात–बिरात भटकने वाला जानवर...सो जाओ...अब डरना छोड़ो..जिस पेशे में आयी हो, यहाँ डरना मना है...समझीं...मैं अभी आ जाता, पर दूर हूँ...कल ऑफ़िस में मिलते हैं। गुड नाइट..."

मधुकर ने फ़ोन रख दिया था। उसके लिए कितना आसान था यह सब कहना। कोई हँसी–ठट्ठे वाली बात तो नहीं यह। मैं अकेली, उस पर एक जवान लड़की, आधी रात का वक़्त, दरवाज़े पर एक अजनबी दस्तक!! कैसे मान लूँ कि कोई भूत नहीं हो सकता!!

"ज़्यादा डर लगे तो ज़ोर–ज़ोर की गालियाँ निकालना...कोहराम मचाना...ऐसा लगे कि तुम घर में अकेली नहीं हो...और क्या कहूँ..." मुझे मधुकर का कहा याद आया।

मैंने अन्दर से माँ–बहन की मोटी–मोटी गालियाँ देना शुरू कर दिया...बर्तनों को ज़ोर–ज़ोर से खड़काने लगी, मोबाइल के गाने तेज़ कर दिये...लता मंगेशकर अब भी गा रही थीं..."अँखियों को रहने दे..."

मैं लगातार बड़बड़ाये जा रही थी..."कौन है स्साला...रात को नींद हराम करने आ गया...भाग स्साले। बाहर निकली तो सिर फोड़ दूँगी।"

तख़्त पर ही मुझे कब नींद आ गयी, पता ही नहीं चला। हड़बड़ाकर जब उठी तो देखा अभी सुबह के आठ ही बजे थे। आवाज़ें ग़ायब हो चुकी थीं। उजाला बहुत हिम्मत देता है। कम–से–कम हमारा दुश्मन तो हमें दिखता है...एकदम साफ़–साफ़।

मैंने दरवाज़ा खोला, सीढ़ियों पर पैर रखने की इंच भर भी जगह नहीं थी। दरवाजे के ठीक बाहर कूड़े–कचरे का अम्बार लगा था।

केले के छिलके ही छिलके, काग़ज़ के मुड़े–तुड़े पन्ने, जूठन...और न जाने क्या–क्या। बड़ा–सा प्लास्टिक का डस्टबिन एक तरफ़ लुढ़का पड़ा था। मैं भौचक खड़ी थी। गली में लोग आ–जा रहे थे। किससे क्या पूछती!..पड़ोसियों के मकान दूर–दूर थे। पहले कचरे को हटाने की मशक़्क़त करूँ कि क्या करूँ? सुबह–सुबह ही मन बुरी तरह से भनभना उठा था।

सामने देखा तो स्कूटर पर बैठा–मुस्कुराता मधुकर हाज़िर था।

"कैसी हैं मैम?...कौन आया था रात को...?"

इतने में उसकी नज़र कचरे पर पड़ गयी। "ओह...तो ये मामला है।" वह हँसते–हँसते दोहरा हो रहा था।

"रात–भर बन्दरों ने यहाँ दावत उड़ाई है...क्या बात है!...वे दरवाज़ा खटखटा नहीं रहे थे, वे कूद–फाँद कर रहे थे...दंगल किया होगा सारी रात। आपको मालूम है, आप यहाँ किस इलाक़े में हैं...ये जाखू का इलाक़ा है...यहाँ के बन्दर बड़े उत्पाती होते हैं मैम...चलिए अब...कचरा हटाते हैं..."

मेरी समझ में नहीं आ रहा था कि मैं बन्दरों पर हँसूँ या अपने ही ऊपर झल्लाऊँ। रात–भर बेमतलब भूत की दहशत में रही।

मधुकर का हँसोड़ मिज़ाज मुझे भा रहा था। इस जगह से अनजान एक नयी लड़की के लिए वह जिस तरह से सुबह–सुबह भागा चला आया, उससे मैं उसके लिए कृतज्ञता से भर उठी थी।

"अरे मैडम...आप जाखू नहीं गयी कभी का?"

मैं ख़ामोश रही।

"ई का सुन रहे हैं हम...आपके साथ कल बहुत बुरा हुआ...डर गयी थीं आप...आप तो डरने वालों में से नहीं हैं...बड़ा जिगरा है आपका...बहुत सुने हैं आपके बारे में कि...बोल्ड हैं आप। फिर काहे डर गयीं...आप तो रिपोर्टिंग की फ़ील्ड में हैं, कहाँ–कहाँ जाना पड़ सकता है आपको...इस तरह कैसे करेंगी आप...डेस्क का काम लेंगी तो बताइए.."

वह लगातार पान चबाये जा रहे थे। सुबह से ही सम्पादक जी का पान खाना चालू हो जाता था। उनका वश चलता तो नाश्ते, लंच और डिनर में भी पान ही चबाते। उनके कमरे में शायद ही कोई ऐसा सामान

था, जिस पर पान के छींटे न दिखते हों। छोटी–सी केबिन, कत्थे और तम्बाकू से गन्धाती हुई। लगता था, पीक फेंकने भी बामुश्किल बाहर निकलता था। सुबह–सुबह ही आकर अपने सिंहासन पर जम जाता था। एक बड़ी–सी लेदर चेयर पर पीठ टिकाये। उसके आगे झुककर बात करने का लहजा मुझे बेहद नापसन्द था। जिस तरह से वह देखता था वह अन्दाज़ भी नागवार था मुझे। गोया आँखों में एक्स–रे फ़िट हो उसकी।

"सुनिए...सुने हैं कि आप लाइव रिपोर्टिंग बहुत अच्छा कर लेती हैं। तऽऽ आप जाइए ज़रा जाखू, वहाँ बन्दरों का बड़ा उत्पात है। श्रद्धालुओं को बहुत परेशानी होती है। आप भी इसका अनुभव लीजिए और लिखिए इस पर। प्रशासन को बताना होगा ना कि वहाँ इनसे बचाव का कोई उपाय करना चाहिए कि नहीं...,श्रद्धालुओं के लिए कोई सुविधा डेवलप हुई है या नहीं...?"

अपनी बड़ी–सी टेबल पर रखे मॉनिटर में पता नहीं वह क्या देख रहे थे जब माउस पर अँगुलियाँ फिराते हुए उन्होंने मुझे शिमला का पहला असाइनमेंट दिया था। वे मुझसे आँखें मिलाने से बचने की कोशिश कर रहे थे।

कहाँ तो मैं यह सोच रही थी कि विधानसभा जाऊँगी, जनसम्पर्क विभाग जाऊँगी, किसी बड़े नेता के प्रेस कॉन्फ्रेंस में जाऊँगी...सरकार के रसूख़दार लोगों से मिलूँगी, उनसे परिचय होगा। इसी बहाने कुछ लोकल पत्रकारों से भी मिलना–जुलना हो जायेगा। पत्रकार बिरादरी... मतलब मेरा अपना कुनबा और समाज। यहाँ का प्रेस क्लब भी देखने की इच्छा थी। ज़्यादा दिन रहना हुआ तो सदस्यता भी ली जा सकती है। मैं तो यही सब ख़्वाब देख रही थी, लेकिन यहाँ तो बन्दरों से मिलने और निबटने के लिए भेजा जा रहा था मुझे। पुराने दफ़्तर के मेरे विश्वसनीय सहकर्मियों ने मुझे बार–बार यह समझाया था कि ब्यूरो चीफ़ जो भी काम दे उसमें ना–नुकुर नहीं करूँ।

"ओके...कितना बड़ा लिखना होगा सर?"

"वह बाद में देखेंगे, पहले तो आप फ़ौरन जाइए और कुछ निकालिए। देखिए, क्या ख़बर बन सकती है, उसके बाद ही तय होगा ना...अभी ही से भला कइसे बता सकते हैं?"

"क्यों सर? तय तो आख़िर आपको ही करना है न! कैसी ख़बर... कहाँ छापना है!!"

"कौन बोला? हम त ईहाँ ब्यूरो सँभाल रहे हैं। डेस्कवालों को नहीं जानतीं आप? नयी–नयी हैं न अभी! सब जान जाइएगा धीरे–धीरे...जाइए, अभी बन्दरों से निपटिए पहले, बाईलाइन ज़रूर दिलवा दूँगा,...पक्का...ये मेरा काम।"

पहले भूत, और अब बन्दर...

जाखू के बारे में पहले ही मधुकर ने बहुत विस्तार से बता दिया था। रही–सही कसर शशिधर ने पूरी कर दी थी। दोनों के मुताबिक़ जाखू के बन्दर बहुत चालाक थे। इन्सानों से कहीं ज़्यादा। उन्होंने मुझे सावधान रहने की हिदायतें दी थीं। मसलन अपने बैग को ख़ासतौर पर सँभालकर रखूँ।

मधुकर ने जाखू का धार्मिक महत्त्व भी समझाया और लगे हाथ मुझे भी दर्शन कर आने की सलाह दी। उसने मुझे जाखू के धार्मिक महत्त्व को समझने के लिए शिमला टूरिज़्म की वेबसाइट भी देखने का मशविरा दिया था। शायद ऐसा करने से स्टोरी को कोई एंगल मिल जाये।

मेरी पहली असाइनमेंट पर दफ़्तर के सभी लोग मुझे अपनी–अपनी तरह से मदद करने की कोशिश कर रहे थे। आख़िर मैं शिमला ब्यूरो के लिए काम करने वाली पहली लड़की जो थी। मुझसे पहले आज तक कोई फ़ीमेल रिपोर्टर यहाँ नहीं आयी थी। थोड़ी देर में मुझे भी अपने ख़ास होने का ज़रा–ज़रा एहसास होने लगा था।

दिसम्बर में भयानक ठण्ड के बावजूद शिमला में टूरिस्टों की भीड़भाड़ होती है। मेरा ऑफ़िस माल रोड पर था जहाँ सबसे अधिक चहल–पहल होती थी। निकलते समय भाँति–भाँति के सैलानी टकरा जाते थे। किसी ने मुझे बताया था कि क्रिसमस के आसपास यहाँ बर्फ़ ज़रूर गिरती है। बर्फ़बारी के इन्तज़ार में मैं रोमांचित थी। बर्फ़ को लेकर मेरा रोमांटिसिज़्म अपने चरम पर था। बर्फ़ को गिरते हुए देखूँगी, शायद फूहियों की तरह होती है हलकी...और रुई के फाहों की तरह मुलायम या ओले की तरह सख़्त, पता नहीं। मेरे भीतर का रोमांटिसिज़्म का ज्वार अपने उरूज पर था। लेकिन अकेले–अकेले इन नज़ारों का भी क्या मज़ा! काश, कोई साथ होता!! इस तसव्वुर भर से मन–बदन

में एक पुलक दौड़ गयी। लेकिन यह तो एक कपोल–कल्पना थी। कोई साथ कहाँ था! अब तक जो जीवन जिया था उसमें इश्क़–मुहब्बत की मोहलत ही कहाँ मिली! अपनी सहेलियों की नज़रों में मैं एक ड्राई लड़की थी जिसके सपनों में उसके राजकुमार की बजाय अख़बार की ख़बरें आती थीं। जो खुद को सभा–सेमिनारों में बोलती हुई, बहसों में उलझी हुई, और सामाजिक मुद्दों पर दूसरों को चुनौतियाँ देती हुई देखना चाहती थी।

पढ़ाई...,और पढ़ाई ख़त्म होने के बाद एनआरआई से शादी की परिवारवालों की कोशिशें। रिश्ते भी आने शुरू हो चुके थे और मम्मी का प्रेशर हर एक रिश्ते के साथ बढ़ता चला गया। उन्हें कभी पता कहाँ चल पाया कि मेरे भीतर तो कोई और ही खिचड़ी पक रही थी। वे कनाडा और लन्दन के सपने देखती रहतीं और मैं फ़ील्ड में दौड़–भाग करती हुई रिपोर्टिंग के सपने देखती रहती। इलेक्ट्रॉनिक मीडिया में हाथ आज़माने के पहले कुछेक साल प्रिंट मीडिया में तजुर्बे हासिल करने का। इस दरमियान मैं डायरी लिखने लगी थी। बस माँ को ही इसकी ख़बर थी कि मैं दिनभर बैठी–बैठी कुछ–कुछ लिखती रहती हूँ। पंजाबन थी सो घर में हिन्दी का माहौल वैसे भी नहीं था। लेकिन मैं थी कि परिवार के लोगों से भी अधिकतर हिन्दी में ही बातचीत करती थी। इतिहास की स्टूडेंट थी लेकिन काम हिन्दी में करना चाहती थी। हिन्दी के अख़बार, चैनल वग़ैरह शुरू से ही अच्छे लगते थे। जहाँ तक शादी की बात थी, तो इस बारे में तो अभी दूर–दूर तक नहीं सोचा था। कभी कोई अपने जैसा खुले दिल और दिमाग़ वाला बन्दा मिला तो इरादा किया भी जा सकता था!...वरना और भी ग़म है ज़माने में...

मैंने अपनी दोनों बाँहें समेटकर ख़ुद को ही जैसे ख़ुद से लिपटा लिया...हवा का एक सर्द–मद्धिम झोंका आया और मुझे सहलाता हुआ निकल गया। मेरे बाल इतने छोटे कटे थे कि हवा उसे ज़रा भी बेतरतीब नहीं कर पायी। मैंने मफलर को कानों पर सख़्ती से लपेटा, हाथों को कोट के साइड पॉकेट में डाला और अपने क़दम तेज़ कर दिये।

आज मेरी मंज़िल जाखू पहाड़ी थी। जाने से पहले वहाँ के बारे में बढ़िया से दरयाफ़्त कर लिया था। बहुत मुश्किल चढ़ाई पर मुझे भेजा गया था। लेकिन मैं भी आख़िरी कठजीव...घबराने वालों में नहीं थी।

दो की बजाय अगर पाँच किलोमीटर की भी चढ़ाई होती तो अगर ठान लिया तो जाना था। स्थानीय लोगों ने हालाँकि बताया था कि ऊपर जाने के लिए खच्चर भी मिलते हैं। लेकिन मैंने तय कर लिया था कि मैं पैदल ही जाऊँगी। इसी बहाने आज अपने स्टेमिना की आज़माइश भी करनी थी। हौसले तो पहले से बुलन्द थे...

चलते–चलते अपनी स्टोरी का ख़ाका भी ज़ेहन में बनाती चल रही थी। कैसे उसे कलरफुल और इंटरेस्टिंग बनाऊँ! बाईलाइन तो पक्का मिलेगी। आउटडोर स्टोरी करने से नाम छपने की तो गारंटी थी लेकिन ऐसा क्या नया लिखूँ जो पाठकों को बहुत पसन्द आये। पहली ख़बर का खाता अच्छी तरह से खुलना चाहिए न! कुछ एक्सक्लूसिव और मसालेदार मिले तो बात बन जाये। वर्ना बन्दरों पर क्या स्टोरी बन सकती थी भला! बन्दर तो जाने दीजिए, मन्दिर पर भी कोई नयी स्टोरी बनाना मुश्किल काम है। मन्दिर की कहानी पढ़ चुकी थी। इसलिए कोई कहानी तो लिखने के लिए बची नहीं थी।

हमारे देश में जितने भी तीर्थस्थल हैं उन सबका सम्बन्ध सीधा रामायण या महाभारत काल से जोड़ने की कोशिश की जाती रही है। भौगोलिक दूरियों के बारे में सोचकर अगर आप हैरान हो रहे हैं...तो होते रहिए। देशाटन, उसमें भी तीर्थाटन वैसे भी हमारे देश में बहुत प्राचीन और प्रिय काम रहा है।

मैं भी एक तरह के देशाटन पर ही तो थी। नगरी–नगरी द्वारे–द्वारे के फेरे लगाती हुई। पहली नौकरी और दो शहर तो देख ही लिए थे अब तक। मैं काया से छरहरी न होती तो क्या पहाड़ों की रिपोर्टिंग कर पाती। छह डिग्री सेल्सियस तापमान में मुँह से धुआँ निकल रहा था और हाथ तक बाहर निकालने का मन नहीं कर रहा था। उस पर इस स्टोरी के लिए दो किलोमीटर और ऊँचाई पर जाना था। मैं तो अकेली थी लेकिन रास्ते में ख़ूब सारे श्रद्धालु नज़र आ रहे थे। हमारे देश में हनुमान–भक्तों की कमी भी नहीं है। मंगलवार होता तो जयकारे लग रहे होते। बुधवार था इसलिए थोड़ी भीड़ कम थी। पहाड़ी रास्ते पर उछलते–कूदते चढ़ते हुए जाना मज़ेदार अनुभव होता है। पैरों में अच्छी कम्पनी के स्पोर्ट शूज़ हों तो चढ़ाई और भी आसान।

पाइन के घने जंगल से होते हुए गुज़रना...माहौल के रंग बनने तो शुरू हो चुके थे। पहाड़ी और घुमावदार रास्ते, पाइन के घने और

फैले हुए जंगल, दूर से दिखाई देतीं बर्फ़ीली चोटियाँ। सब कुछ कितना सुन्दर और नयनाभिराम!

क्या जगह चुनी हनुमान जी ने भी अपना डेरा डालने के लिए! कहाँ आकर खोजी संजीवनी बूटी! कहाँ लक्ष्मण मूर्च्छित हुए और कहाँ यह पहाड़ी! संजीवनी बूटी की तलाश में हनुमान हिमालय गये और पूरा पहाड़ ही उठा लाये। लौटते हुए रास्ते में जाखू की चोटी पर सुस्ताये थे। कहते हैं, अभी भी उनके पैरों के निशान वहाँ दीखते हैं। निशान तो बहरहाल ऊपर चल कर खोजेंगे लेकिन यहाँ इतने बन्दरों के होने का सीधा सम्बन्ध लोग हनुमान जी से ही जोड़ते हैं। मेरे दिमाग़ में यही सारी बातें उमड़–घुमड़ रही थीं। सोचते–सोचते कब जाखू पहुँच गयी, यह पता ही नहीं चला। ये ख़याल और ख़्वाब भी कभी–कभी बहुत मनलग्गू होते हैं। हमारा अच्छा टाइम पास कर देते हैं। मैं मन्दिर से थोड़ी दूरी पर ही ठिठक गयी। सोचा, ज़रा सुस्ता लूँ। वहाँ बहुत सारे लोगबाग थे। बन्दर भी बहुतायत में दिख रहे थे। कुछ ठेलेवालों और खोमचेवालों ने भी अपनी दुकानें सजा ली थीं, पूजा–पाठ की सामग्री वाली दुकानें भी ख़ासी तादाद में सजी हुई थीं। मन्दिर की घण्टियों की हलकी–हलकी आवाज़ें कानों में गूँज रही थीं। ज़ाहिरन मन्दिर के पट खुले हुए थे और दर्शन जारी थे। घण्टियाँ तो दर्शनार्थी ही बजाते हैं...लो प्रभो! हमारी भी सुन लो...हम भी आये हैं अपनी फ़रियाद लेके।

जाखू में शिमला से भी ज़्यादा ठण्ड थी। लेकिन तक़रीबन खड़ी चढ़ाई ने शरीर को गरमा दिया था। मैं अपनी थकान को क़ाबू करने के इरादे से एक जगह बैठ गयी। पाँव ज़रा सुस्ता लें तब मन्दिर घूमा जाये। पहाड़ी हवा किसी अल्हड़ प्रेम की तरह होती है, धँसी चली आती है रगों में। पूरी देह में एक फुरफुरी हो रही थी। संयोग से हलकी धूप खिली हुई थी। यहाँ पाइन ट्री के पीछे छिपकर रोमांस की कल्पना मुझे आह्लादित कर रही थी। कौन होगा वो!...अभी कहाँ है?...कोई चेहरा नहीं...फिर रह–रहकर किसका नक़्श उभरता है मन में इन दिनों? मेरे अन्तस के पारदर्शी पानी में किसकी छाया काँपती है अक्सर? कौन है जो मेरा हाथ थामे इन पहाड़ों के आवारा पत्तों वाले गलीचों पर बेवजह भटकता फिरेगा?...

"अरेरेरेरे...ये भागा आपका बैग लेकर...मैडम...!"

तेज़ी से एक बन्दर आया और मेरे कन्धे से बैग झपटता हुआ ले भागा। दूसरा बन्दर मेरे पूरे शरीर की मानो तलाशी ले रहा था। मेरे चीख़ने से वह भाग खड़ा हुआ। बन्दरों का पूरा झुण्ड मेरे सामने था। खीं–खीं–खीं...करता हुआ। जैसे मुझे चिढ़ा रहे थे सब के सब। ख़ुद को उनसे घिरा देखकर मेरी तो हालत पतली होने लगी थी। दो–चार आवारा टाइप किशोर लड़कों ने मेरी हालत देखी। उनमें से एक लड़का मेरे क़रीब आया। उसने चने का एक पैकेट मेरे हाथ में थमाया–"ये आप बन्दरों को दिखाइए...फिर देखिए कमाल।"

बन्दरों के झुण्ड से मेरा इस तरह सामना कभी न हुआ था। पहली मुठभेड़ ऐसी होगी यह भी कभी सोचा न था।

मुझे अपना बैग किसी भी क़ीमत पर चाहिए था। घर की चाबी, पैसे, कार्ड्स और कई दूसरी ज़रूरी चीज़ें उसी बैग में पड़ी थीं। मैंने कँपकँपाते हाथों से चने का पैकेट लिया और आँखें बन्द करके सामने की तरफ़ हथेलियाँ फैला दीं। बैगवाला बन्दर आया, उसने बैग वहीं नीचे पटक दिया और हथेलियों से चने का पैकेट झटककर गोली की रफ़्तार से भागकर दूर जाकर बैठ गया।

"बिना चने लिए यहाँ जो आयेगा, उसकी ऐसी ही फ़जीहत करते हैं ये...पहले ही लेकर आना चाहिए था आपको..."

हिन्दी–पंजाबी मिली–जुली स्थानीय बोली थी। मेरी समझ में आ गया था कि बन्दर भी इन्सान की तरह लेन–देन में यक़ीन रखते हैं। मुझ जैसी अल्हड़ और नातजुर्बेकार लड़की के लिए यह एक नया ज्ञान था। मैंने अभी–अभी हुई इस ज्ञानप्राप्ति के लिए अपनी प्रजाति के इन पूर्वजों का शुक्रिया अदा किया। आगे बहुत–से लोग दिख रहे थे और मुझे ख़ुद को अपने असाइनमेंट के लिए मानसिक रूप से तैयार करना था। यह घटना शायद उसी तैयारी का पूर्वाभ्यास थी।

"अनु जी...ई बताइए...आपने कुछ साहित्य–वाहित्य नहीं पढ़ा है क्या?"

"नहीं जी, मैं इतिहास की स्टूडेंट रही हूँ। लेकिन आप क्यों पूछ रहे हैं सर...?"

"अरे भाई, आपने निर्मल वर्मा, कमलेश्वर, मोहन राकेश का नाम नहीं सुना है क्या?"

"नाम सुना है, लेकिन पढ़ा नहीं हैं सर...क्यों? क्यों पूछ रहे हैं आप...?"

"अरे भाई..."

वह कुछ पल के लिए रुका। पिच्च...से गुटखा टेबल के पास पड़े डस्टबिन में थूका। आसपास भभका फैल गया।

"अमृता प्रीतम, कृष्णा सोबती, मृदुला गर्ग को तो कम–से–कम पढ़ा ही होगा...?"

"नहीं सर, साहित्य पढ़ने का मौक़ा ही नहीं मिला। अख़बारों में ही सिर खपाती रही...पत्रकारिता की किताबें ज़रूर पढ़ी हैं सर !"

"अरे भाई...कम–से–कम किरिषणा सोबतिए को ही पढ़ लेतीं!... इतनी फ़ेमस राइटर हैं...!"

"ग़लती हो गयी सर...आगे से पढ़ूँगी, आप किताबों के नाम बता दीजिएगा...!"

"ग़ज़ब है!...साहित्य पढ़ा ही नहीं, और सीधे चले आये हिन्दी पत्रकारिता करने!...हम लोग कितना–कितना कहानी, कितना–कितना उपन्यास पढ़े हैं, आपको मालूम भी है? तब तो आपने गुनाहों का देवता, ...शेखर एक जीवनी...वग़ैरह भी नहीं पढ़ा होगा...? कुछ नॉलेज नहीं है...आपको ज़ीरो से शुरुआत करना होगा... समझीं?...हम आपसे क्या काम लें?...बताइए...आप नयी हैं, एकदम से पॉलिटिकल स्टोरी करवायेंगे नहीं। पहले आपका लेवल समझेंगे न!...फिर न तय होगा जी...!"

ब्यूरो चीफ़ मेरे शून्य साहित्य ज्ञान पर एकदम भड़के हुए लग रहे थे और इसको माफ़ करने लायक गुस्ताख़ी मानने को बिल्कुल राज़ी नहीं थे। उनका मानना था कि हिन्दी के पत्रकार को हिन्दी का साहित्य पहले घोंट कर पी लेना चाहिए, और उसके बाद ही अख़बार की तरफ़ का रुख़ करना चाहिए। उनके कहे अनुसार उन्होंने ख़ुद भी यही किया था। हालाँकि बहुत दिन तक मुझे उनके व्यक्तित्व और समझ में साहित्य ज्ञान की एक अदद झलक तक नहीं दिखी थी। वे साहित्यकारों के 'नेम–ड्रॉपिंग' के उस्ताद थे। सारे साहित्यकारों के नाम वे बहुत अच्छे से लेते थे, सिर्फ़ एक नाम को वे लम्बा खींचते थे...किरिषणा सोबतिए....अगर कृष्णा सोबती ख़ुद यह सुन लेती तो हमारे ब्यूरो चीफ़ की धुलाई पक्की थी। मैं तो आज तक नहीं भूल

पायी हूँ। जब–जब याद आती ये नाम गूँजता और अकेले में भी मैं हँसते–हँसते दोहरी हो जाती थी। सोच रखा था, भविष्य में कभी कृष्णा सोबती से मिली तो उन्हें ज़रूर बताऊँगी। वैसे इन तमाम नामों में जिनको वे लेते थे, मेरी दिलचस्पी बेहद बढ़ गयी थी। किताबों से कहीं ज़्यादा उनके लेखकों में।

"अच्छा सुनिए...आप हैं रोमिंग कॉरेस्पोंडेंट। यहाँ बैठकर क्या करियेगा? शिमला में आपके लिए कोई ख़ास काम है नहीं। तो हम हेड ऑफ़िस को कह देते हैं, आपको फ़ील्ड में भेज दें। आप लाइव रिपोर्टिंग की एक्सपर्ट हैं...सुना है आप हीरोइन बन गयी थीं रातोरात... एक ही रिपोर्ट से...लोग खोज–खोज कर पढ़े थे आपकी स्टोरी...ऐसा करते हैं, आप तैयारी कर लीजिए, आपको मैदानी इलाक़े में जाना पड़ेगा। चलिए,...स्टोरी बताते हैं, आप मेंटली तैयार रहिए..."

जी धक्क से रह गया। अब यह क्या नया बखेड़ा! अभी–अभी तो चैन आया था। ये हज़रत चाह क्या रहे हैं? अब कहाँ जाना होगा? क्या है इसके मन में?...मुझे लगा ब्यूरो चीफ़ कुछ बदमाशी के मूड में था। एक बार मन में आया कि मैं ख़ुद ही हेड ऑफ़िस फ़ोन लगाकर सीधे सम्पादक से बात कर लूँ। लेकिन आते समय रत्नाकर ने दो टूक शब्दों में समझाया था कि भूल से भी ब्यूरो चीफ़ से पंगा लेने की ग़लती मत करना और उनकी शिकायत तो सम्पादक से किसी सूरत में मत करना। दोनों के पेट मिले होते हैं। कोई फ़ायदा नहीं होगा, उलटे नौकरी चली जायेगी। सो चुपचाप जो कहे वह करती जाना। समय के साथ–साथ एक दिन सब ठीक हो जायेगा। अख़बारों की एडिटोरियल टीम में सत्ता पलट की सम्भावना हमेशा बनी रहती है। रत्नाकर ने मुझे अख़बारी दुनिया की सारी अन्दरूनी हील–हुज्जत और दाँव–पेंच की राजनीति बढ़िया से समझा दी थी। मैं भी कोई दूध पीती बच्ची तो थी नहीं! मैंने भी तय कर लिया था कि जो होगा देखा जायेगा। बस कुछ दिन इस अख़बार में काम करके निकल जाना है। फ़िलहाल जो कहा जा रहा है, वही करने में भलाई है।

"बताइए...कहाँ जाना है?...क्या स्टोरी है?"

"आप हरियाणा के एक–दो गाँवों में टूर बनाइए। वहाँ से कन्या भ्रूणहत्या के कई मामले सुनने में आ रहे हैं, जाकर पता कीजिए। कुछ केस स्टडी लाइए, रीयल स्टोरी हो...एकदम लोगों की ज़ुबानी। औरतों

से बात कीजिए। गाँववालों की मानसिकता समझिए...आप लड़की हैं, आपके लिए यह स्टोरी करना ज़्यादा आसान होगा।"

"कैसे जाना होगा सर...टैक्सी या ट्रेन...क्या?"

"बस से जाइए...पब्लिक ट्रांसपोर्ट यूज़ कीजिए...लोकल लोगों से हेल्प लीजिए...हम देखते हैं, किसी लोकल नेता–वेता को कहके कोई गाड़ी अरेंज करा देंगे...पहले आप वहाँ पहुँचिए तो सही...फ़ोन करियेगा...हम 24 घण्टे एभेलेभल हैं आपके लिए..."

वह मुस्कुराये...पहली बार...और पहली बार मुझे मर्दों की मुस्कुराहटों में फ़र्क़ मालूम हुआ। वह तंग करने और मज़े लेने वाली मुस्कान भला कौन नहीं पहचानेगा! मैं आयी थी शिमला काम करने, और यह फटीचर मुझे हरियाणा के गाँवों की ठोकरें खाने भेज रहा है। तंग करने की उसकी नीयत साफ़ समझ में आ रही थी। कोई बात नहीं, एक चुनौती ये भी सही। शायद इसी में मेरा कुछ भला छुपा हो। एक लड़की की पत्रकारिता के सुनहरे करियर की रोमांचक शुरुआत! आप भी क्या याद करेंगे कि किसी वीर–बाला से पाला पड़ा है।

शाम ढल चुकी थी। दिन–भर पूरे गाँव में भटकती रही थी। मेरे साथ लोकल एनजीओ का एक बन्दा था। हमें शाम होते ही उस इलाक़े से निकल जाना था। हम जिस इलाक़े में थे, वहाँ हाल के दिनों में कन्या भ्रूणहत्या के बहुत सारे केस सामने आये थे। गाँव वाले इस कारण मीडिया से ख़ासा नाराज़ थे। झज्झर से एनजीओ के जिस बन्दे को अपने साथ लेकर आयी थी उसने मुझे मना किया था कि अपनी असली पहचान किसी को नहीं बतलाऊँ। इसलिए मुझे बतौर एक सरकारी कर्मचारी उसके साथ होना पड़ा था। भीतर–भीतर डरा हुआ तो वह भी था लेकिन चूँकि वह उसी इलाक़े में काम करता था इसलिए स्थानीय लोग न सिर्फ़ उसको जानते थे बल्कि उस पर भरोसा भी करते थे।

वह जहाँ कहीं भी जाता, यही कहता..."ताऊ, ये अनुराधा मैडम हैं। राज्य सरकार के जनगणना विभाग से आयी हैं। गाँव में कितनी लड़कियाँ हैं उनकी गिनती करेंगी। सरकार उन लड़कियों के लिए हर महीने पैसे देने की कोई स्कीम निकाल रही है...आप लड़की से मिलवा दो...उसकी माँ से बात करवा दो...महिला हैं, बात कर लेवेंगी तो कोई हर्ज नहीं।"

ताऊ टाइप लोग हुक्का गुड़गुड़ाना छोड़कर औरतों को हाँक लगाकर बुलाते और मैं आँगन में पड़ी कुर्सी या खटिया पर बैठ उनका इन्तज़ार करने लगती। मेरी जमकर ख़ातिर भी होती और असली हालात भी पता चल जाते। झूठी लिस्ट बनाने के बहाने मैं उन औरतों की और भुक्तभोगियों की दुख भरी दास्तान अपनी नोटबुक में दर्ज करती जाती। मैं अभी तक शहर में रही थी। गाँव के भीतर की ऐसी दुनिया की कल्पना भी नहीं की थी जहाँ लड़की पैदा करना गुनाह माना जाता था। जिधर नज़रें दौड़ाती, लड़के ही लड़के दिखलाई पड़ते। कुँवारे लड़के। निठल्ले लड़के। लड़की को देखकर लार टपकाते हुए लड़के। मैं उनकी नज़रें समझ रही थी। तीर की तरह बेधती हुई उनकी आँखें, मेरे कपड़ों को जैसे तार–तार कर रही थीं। न उनको लड़की मिल रही थी और न उनकी शादी हो पा रही थी। बाहर का कोई आदमी इस गाँव में अपनी लड़की ब्याहना नहीं चाहता। रज्जो बाई बता रही थीं कि न जाने कितने सालों से बैंड नहीं बजा इस गाँव में। 'हम भी अपने मायकेवालों को मना करते हैं, ईहाँ लड़की ना देवो। देखें, कइसे करते हैं लड़कों का ब्याह।' दुखों की गठरी अपनी पीठ पर लादे औरतों को देखकर मन भर आता था। कुछ औरतें पेट सहलाती हुई मिलतीं, जैसे वहाँ कुछ खाली हो गया हो। कुछ मर्दनुमा घाघ औरतें भी मिलीं, जिनकी ज़ुबानें कैंची की तरह चलती थीं। ज़ाहिर–सी बात थी कि इस माहौल में जीते–जीते वे भी मर्दों के हाथ के औज़ारों में तब्दील हो गयी थीं। अब उनकी सोच को तो बदल पाना मुश्किल था। बल्कि ऐसी कोई उम्मीद करना भी बेकार था। ऐसी ही औरतों की चुप्पीनुमा शह पर मर्दों का क्रूर अत्याचार आज भी जारी था।

स्टोरी के लिए मैटीरियल कलेक्ट करते–करते बहुत देर हो चुकी थी। एनजीओ वाले बन्दे की थकान और चिन्ता भी साफ़ नज़र आने लगी थी।

"मैडम, कहाँ रहेंगी आप...?...झज्झर तो दूर है यहाँ से...आसपास कोई गेस्ट हाउस भी नहीं।"

"मैं अकेली छोटे–अनजान शहर या क़स्बे के गेस्ट हाउस में भला कैसे रुक सकती हूँ! किसी जान–पहचान वाले के घर ले चलिए।"

मैंने एक तरह से मिन्नत की भाषा में उससे कहा। मेरा मुँह उतरा हुआ था। दिन–भर काम के उत्साह में रात को रुकने का ध्यान ही नहीं आया था। सीधे एनजीओ के दफ़्तर में सामान पटका था और वहीं फ्रेश होकर सीधा इन गाँवों की ओर निकल गयी थी। पूरे एक रात के सफ़र के बाद यहाँ तक पहुँची थी। अब शाम हुई तो हम दोनों ही चिन्तित थे। वह चिन्तित था कि इस जवान और अकेली लड़की को रात को किसके घर छोड़े। मैं उसकी चिन्ता को समझ रही थी और इसीलिए चिन्तित थी। वह मुझे लेकर अपने घर भी नहीं जा सकता था। दफ़्तर में भी जगह नहीं थी और गेस्ट हाउस में रुकने को मैं राज़ी नहीं थी।

"मुझे अपने किसी दोस्त के घर स्टे करवा दीजिए प्लीज़...मैं उनकी फैमिली के साथ गपशप कर बस किसी तरह रात काट लूँगी। रात–भर की बात है, कल दिन में बचा हुआ काम निपटाकर रात को बस ले लूँगी।"

मैं उसकी परेशानी देख रही थी।

"सोच रहा हूँ...मैं भी ऐसा ही कुछ सोच रहा हूँ...चलिए। पहले शहर तो पहुँच जायें। वहाँ कुछ–न–कुछ बन्दोबस्त हो जायेगा..."

वह बन्दा किसी गहरी सोच में डूबा हुआ था। उस वक़्त मैं सचमुच उसके लिए एक बड़ी मुसीबत की तरह थी। इस हालत में मुझे अकेला छोड़ अगर वह भाग भी खड़ा होता तो उसे गाली देने की बजाय मैं ज़ोर–ज़ोर से हँसने लगती। नहीं, मैं डरपोक नहीं एक हौसले वाली होशियार लड़की हूँ। सो, अगर वह भाग भी निकलेगा तो मैं शहर में अपने लिए कोई–न–कोई ठौर तो ढूँढ़ ही लूँगी। मैंने लापरवाही से अपने कन्धों को उचकाया। ठण्डी हवा में अपनी गहरी और भँपाती साँस छोड़ीं। अपनी चिन्ता उस आदमी के ऊपर लाद कर, मैं ठण्डी हवा की रूमानियत में खो जाना चाहती थी। मुझे अब तक इतना यक़ीन हो चला था कि यह आदमी मुझे किसी अच्छी और सुरक्षित जगह ही ले जायेगा। जनवरी की ठण्डी शामें ऐसे भी पहाड़ की शामों से कम ही क़ातिल होती हैं। सड़कों के किनारे अलाव जलाये छिटपुट लोग दिखने लगे थे। हम शहर के क़रीब पहुँच चुके थे। हमारी मोटरसाइकिल शहर के एक शुरुआती मोहल्ले में घुसी। एक किनारे पर गाड़ी रोककर उस आदमी ने किसी को मोबाइल से कॉल किया। उसके हावभाव से लग रहा था

कि वह किसी को शायद कुछ समझा रहा था। बात करते–करते उसके चेहरे के भाव लगातार बदल रहे थे। मोबाइल की लाइन काटते हुए मैंने ग़ौर किया था, उसके चेहरे पर हज़ार वाट की रौशनी जगमगा उठी थी।

"मिल गया ठिकाना मैम। हमारा एक दोस्त है...वह भी पत्रकार ही है। तीन लड़के साथ रहते हैं,...उनके पास एक एक्सट्रा रूम है, आपको दे देंगे। कोई दिक़्क़त नहीं होगी, आप आराम से रह सकती हैं। मेरी गारंटी है...चलिए..."

बन्दा ख़ुश दिख रहा था जबकि मैं तीन लड़कों वाले घर में अकेले रात गुज़ारने की उसकी बात पर हैरान थी। उन लड़कों के साथ एक घर में...मैं?...कैसे...? पर कोई दूसरा उपाय भी तो नहीं था। रात ही तो काटनी है...कट जायेगी किसी भी तरह...पहले उन तीन तिलंगां से मिल तो लूँ...यह भी एक दिलचस्प अनुभव होगा।

एक के बाद एक करके तीन लड़के भीतर के कमरे से बाहर निकले। उन्होंने मेरा शानदार स्वागत किया। कोई चाय ला रहा था तो कोई बिस्कुट और नमकीन। एनजीओ वाला बन्दा थोड़ी देर रुका रहा, फिर सबसे मेरा परिचय कराया और मेरा कमरा दिखाकर चला गया। तीन कमरों का ठीकठाक–सा घर था। साथ लगा एक छोटा–सा आँगन और बरामदा भी।

मैंने सरसरी तौर पर आँखों ही आँखों में पूरे घर का मुआयना किया। मुझे सोने के लिए जो कमरा दिया गया था, मैंने उसके भीतर जाकर अच्छी तरह से ठोक बजाकर देख लिया। अरे...ये क्या!...दरवाज़े की भीतर वाली कुण्डी ही ख़राब! ठीक से लग ही नहीं रही थी। कहीं जानबूझकर तो नहीं इन मुस्टंडों ने ख़राब कर दी। मेरे मन में संशय कुलबुलाने लगा। तीनों में से हालाँकि एक तो बहुत भोला और शरीफ़ दिखता था। बाक़ी के दो लड़के ज़रा अनगढ़ टाइप के दिख रहे थे। मतलब उनको देखकर पक्के तौर पर कोई राय बनाना मुश्किल काम था। पहला लड़का शक्ल–सूरत से थोड़ा संजीदा दिख रहा था। हलकी बढ़ी हुई दाढ़ी और नीले पुलोवर में ढँकी हुई उसकी शख़्सियत। चेहरे–मोहरे से कुछ ज़्यादा ही सोचने वाला लड़का दिख रहा था। बाक़ी दो अल्हड़ टाइप के लगे। बातचीत भी कम ही कर रहे थे। करते भी तो थोड़ा नज़रें चुराकर करते थे। दाढ़ी वाला लड़का मेरी ख़ातिर में ऐसे

लगा हुआ था कि गोया अगर कोई कमी रह गयी तो उस पर आफ़त टूट पड़ेगी। मुझे 'एट होम' महसूस कराने के लिए कुछ भी करने को तैयार। "मैम...आप ये खा लें, आप यहाँ हाथ धो लें...आप यहाँ बैठें...ये रहा आपका कमरा...आप किस अख़बार के लिए काम करती हैं...कब से पत्रकारिता में है...किस विषय पर आप काम कर रही हैं...वग़ैरह–वग़ैरह।" बहरहाल उसका सलीके से बातें करना मुझे भा गया। लेकिन कुण्डी ख़राब होने की बात से मेरा माथा ठनक रहा था।

"मैं कमरे में तो किसी हाल में नहीं सोऊँगी...मैं यहाँ बरामदे में ही रात काट लूँगी..."

मैंने उस दाढ़ी वाले लड़के को अपनी घोषणा सुना दी।

"अरे मैम...ऐसा कैसे हो सकता है...? आप शर्मिन्दा कर रही हैं...इतनी ठण्ड में खुले में रात कैसे काटेंगी...आप नहीं सोयेंगी तो हमें भी नींद कहाँ आ पायेगी?"

उसकी आवाज़ में एक तरह का अनुनय था।

मैं चुपचाप बरामदे में पड़े छोटे से तख़्त पर जा बैठी।

वह समझ गया कि मैं थोड़ी ज़िद्दी टाइप की लड़की हूँ...मानूँगी नहीं। तीनों ने एक तरह से मुझे घेर रखा था। उनकी मनुहार लगातार जारी थी कि आप यहाँ सो जायें। बस एक ही रट थी उनकी कि मुझे जहाँ कम्फ़र्टेबल फ़ील हो वहीं सो जाऊँ। लेकिन बस सोने के लिए राज़ी हो जाऊँ।

लेकिन मेरे पास रटा–रटाया जवाब था, "...मैं रात–भर जाग सकती हूँ...क्यों न हम जागकर बातें करें...पत्रकारिता की बातें। स्टोरीज़ की...मुद्दों की..."

मैं ठण्ड से कँपकँपा रही थी। मैंने शॉल अपने चारों ओर लपेट लिया था।

आँखों के कोने से देखा, वह संजीदा दिखने वाला लड़का कहीं से छोटी–छोटी सूखी लकड़ियाँ चुनकर ले आया था। बड़े जतन से उसने आग सुलगायी और उसके इर्द–गिर्द छोटी–छोटी तिपाइयाँ रख मुझे बैठने का इशारा किया। बाक़ी दोनों लड़के खाने के थोड़ी ही देर बाद अपने कमरे में जाकर शायद नींद की गति को प्राप्त हो चुके थे। आग के आमने–सामने के सिरों पर बैठे हुए मैंने पहली बार उसे ग़ौर से

देखा। गोरा–चिट्टा चेहरा...काली दाढ़ी में ढँका हुआ। सम्मोहित कर लेने वाली मासूम आँखें। वह एकटक आग को देख रहा था और मैं लपटों में दमकते उसके चेहरे को।

वह शान्त स्वभाव का था जबकि मैं उससे ख़ूब बातें करने के मूड में थी। वह रतजगे में मेरा साथ दे रहा था लेकिन मुझे उसकी चुप्पी खल रही थी। क्या पूछूँ? नाम तो जान ही चुकी थी। प्रकाश–यही नाम था उसका। वहाँ के सबसे सम्मानित डेली में डिप्टी न्यूज़ एडिटर की पोस्ट पर था। अपने ओहदे के लिहाज़ से वह बहुत कम उम्र का था। छोटे शहरों के अख़बारों में बड़े पद कम उम्र में मिल जाते होंगे। मैंने सोचा। मुझे उसकी योग्यता के बारे में कोई जानकारी नहीं थी। वह कुछ बातचीत करता तो जान भी पाती।

आग के क़रीब बैठे बातें करते हुए रतजगे का एहसास इतना ख़ूबसूरत हो सकता है, पहली बार जाना था मैंने। कुछ था जो आग के साथ–साथ मेरे भीतर भी सुलग रहा था। उस रात मधुकर का ध्यान रह–रहकर ज़रूर आता रहा। प्रकाश बीच–बीच में आग पर चाय की केतली चढ़ाता और गरम–गरम चाय मुझे कप में डालकर देता रहा। 'जाने कब रात ढली' की तर्ज़ पर कब सुबह हुई पता ही नहीं चला। प्रकाश ने आग सुबह तक ठण्डी नहीं होने दी थी। हम दोनों पल भर के लिए भी नहीं ऊँघे थे और कमोबेश उतने ही फ्रेश थे जितने अलाव के पास बैठने से पहले थे। बतरस में डूबी उस रात मैं सब कुछ भूल चुकी थी।

उस जगह से विदा होना बोझिल लगने लगा था। ऐसा लगा बाहर अचानक मौसम बदल गया है और धूप निकल आयी है। सचमुच ऐसा ही था। प्रकाश के चेहरे से उसका भाव स्पष्ट नहीं हो रहा था। पर मैं अपने पारदर्शी चेहरे को कैसे छुपाती। जब मैंने वहाँ से बाहर से कुछ–कुछ चहकते और भीतर से भारी मन के साथ विदा ली तो मुझे लगा मैं कुछ हलकी और कुछ भारी दोनों एक साथ हो गयी हूँ। कुछ वहाँ छूट गया था और कुछ उनका मेरे साथ आ गया था। रास्ते पर चलते हुए मैंने मोबाइल की स्क्रीन देखी। उसका नम्बर मैंने रात में ही सेव कर लिया था। यह तसल्ली मुझे अच्छी लगी। चेहरा ऊपर उठाकर

गाँव की हरी–हरी गन्ध को सूँघा, किसी इत्र की तरह और एक लम्बे निःश्वास के साथ क़दम बढ़ा दिये।

"ग़ज़ब...! ग़ज़ब...!! ग़ज़ब स्कूप निकालकर लायी हैं। एक बात तो है...कि ये लड़की जहाँ भी जाती है, कुछ न कुछ स्कूप निकाल लाती है। बाईलाइन लेना इसे ख़ूब आता है..."

"सर, मेरा नाम भी है एक...मामूली–सा ही सही..."

"हाँ हाँ...जानता हूँ...अनुराधा तेजस्वी..."

"थैंक्स सर! अब बताइए...अब नया क्या असाइनमेंट है?...कहाँ जाना होगा इस बार?"

अभी–अभी कुछ रोज़ पहले ही मैं हिमाचल प्रदेश की ओपन जेल, विलासपुर की स्टोरी करके लौटी थी। दो महीनों के दरमियान मैं अच्छी तरह जान चुकी थी कि रोमिंग कॉरेस्पोंडेंट होने के कारण ये मुझे कभी चैन से शिमला में नहीं बैठने देंगे।

"बताता हूँ...बताता हूँ...जल्दी क्या है...अपने अनुभव तो सुनाइए..."

खीसें निपोरकर उसने मुझे ऐसे घूरा कि मैं अन्दर तक हिल गयी। मुझे उसकी दोनों उबली हुई आँखें बर्छी की तरह मेरे शरीर के ऊपरी हिस्से को बेधती लग रही थीं। मैं मन–ही–मन बुदबुदागी, 'अबे साले, ब्रेस्ट क्यों देख रहा है, बात कर।' मैं असहज हो रही थी और वह नज़र हटाने को तैयार नहीं था। उसकी आँखों की पुतलियाँ गोल–गोल घूम रही थीं। उसकी आँखों में किसी हिंसक, बनैले पशु सी चमक कौंधी और मेरा ख़ून खौल उठा। मेरा पारा सातवें आसमान पर था लेकिन मैंने बामुश्किल ख़ुद पर क़ाबू पाया। मैंने अपनी स्टोरी का प्रिंट उसकी तरफ़ बढ़ा दिया जिसे लेने के लिए उसने अपने हाथ ऐसे बढ़ाये, जैसे उसकी मंशा पेपर लेने की बजाय मेरी छातियाँ छूने की थी। मुझे उस आदमी के इरादे ठीक नहीं लगे।

"क्या देख रहे हैं? जब भी स्टोरी देने आती हूँ, आप उसे देखने के बजाय मेरी छातियाँ देखने लगते हैं। खोलकर दिखाऊँ क्या? क्या कभी आपने पहले औरतें नहीं देखीं? घर में बीवी नहीं है क्या? बच्चे पैदा नहीं किये क्या? नहीं किये तो कहीं और जाओ मुँह काला करने। ये टूरिस्ट प्लेस है...कोई न कोई मिल ही जायेगी कहीं घूमती हुई।

जाओ...आँखें सेंको...अपनी कुण्ठाएँ शान्त करो...मुझे काम नहीं करना आप जैसे फ्रस्ट्रेटेड..."

मैंने अपने पीछे के दरवाज़े को धड़ाम से बन्द किया और चीख़ती हुई केबिन से बाहर निकल गयी।

"देखिए...देखिए...आप हमसे ऐसे बात नहीं कर सकती हैं... समझीं?...तमीज में रहिए। हम आपके ब्यूरो प्रभारी हैं। हमको धौंस मत दिखलाइए...समझीं?...हमें आपका यह लन्द–फन्द (उसने जानबूझ कर शायद लन्द के 'द' को 'ड' बोला था) बिलकुल भी पसन्द नहीं। मुझे और भी कई तरह के काम रहते हैं, आप देख लीजिए, यहाँ तो इतना ही काम करना पड़ेगा..."

शोर सुनकर मधुकर लपकता हुआ मेरे पास आया।

"क्या हुआ?...बॉस क्यों चिल्ला रहे हैं?...क्या हुआ है तुम्हें?"

उसका सवाल अनसुना करते हुए मैं सीधे अपनी सीट की तरफ़ चली गयी। माथा बेतरह भन्नाया हुआ था ब्यूरो चीफ़ की बेतुकी बातें सुनकर। उस पर हद यह हो गयी थी कि वह पूरे मामले को कोई और रंग देने की कोशिश में था। उसके कहे आख़िरी जुमले से मैं समझ चुकी थी कि कहाँ चतुराई बरती गयी है।

मधुकर घबराया हुआ था। केबिन से छनकर आवाज़ें बाहर निकल गयी थीं और पूरे माहौल में फुसफुसाहटें तैरने लगी थीं। मैंने एक झटके में अपना बैग उठाया और सीधे बाहर निकल गयी। मैं माल रोड जाना चाहती थी। खुली हवा में थोड़ी देर घूमना चाहती थी। कुछ देर चर्च के पास बैठूँ तो शायद मन शान्त हो जाये। मुझे ग़ुस्सा बहुत जल्दी आता है पर उतर भी जल्दी जाता है। मन में कोई बात रखकर सड़ाने की आदत नहीं मुझे, नहीं चाहती कि उसकी गन्ध से मुझे ही उल्टियाँ होने लगें। जहाँ जो बुरा लगे, उसे वहीं निपटाकर आगे बढ़ जाना बेहतर। मंज़िल अभी बहुत दूर थी और मुझे बहुत काम करने थे। फ़ालतू चीजों के लिए मेरे पास वक़्त नहीं था।

चर्च के पास की बेंच पर बैठे–बैठे मुझे सिर्फ़ प्रकाश का ख़याल आया। मैंने बैग से मोबाइल निकाला और फ़ौरन उसे कॉल मिलाया। पता नहीं मुझे अचानक क्या हो गया था। मैं फ़ोन पर लगातार रोये जा रही थी। उसे सारी बातें सिलसिलेवार बताये जा रही थी

और फ़ोन के अदृश्य सिरे पर एक सन्नाटे में डूबा हुआ वह मेरी बातें सुन रहा था। उसने आख़िर में बस इतना कहा, "मैं कल ही शिमला पहुँच रहा हूँ। किसी वकील से बात करके उसे सेक्सुअल हरासमेंट की नोटिस..."

मेरा मन बस उससे बातें करके ही हलका हो चुका था। फ़ोन काटा तो सामने से मधुकर आता दिखाई पड़ा। मेरे क़रीब आकर वह चुपचाप मेरे बगल में बैठ गया।

"क्या है ये...? कोई इस तरह ऑफ़िस छोड़कर भागता है...? दिस इज़ सो अनप्रोफ़ेशनल ऑफ़ यू!"

"तो और क्या करती मैं...?"

"अरे...अपना काम करतीं...ज़रूरी है कि सबको पता चले? छोटा–सा ब्यूरो दफ़्तर है..."

"तुम मुझे समझाने आये हो तो ग़लत जगह कोशिश कर रहे हो..."

"नहीं...ग़लत मत समझो। तुम्हें कुछ भी पता नहीं इस दफ़्तर का। पता होता तो इस तरह रिएक्ट ही नहीं करतीं...मैं बता सकता हूँ कि तुम्हारे साथ क्या हुआ होगा...तुम जानती नहीं, वह ऐसा ही आदमी है..."

"है तो रहे...मैं क्यों झेलूँ उसे?...लेकिन मेरा वहाँ जाना अब मुश्किल लग रहा है...मैं कैसे काम कर पाऊँगी...?"

मधुकर चुप रहा।

"कुछ बोल रहा था क्या, मेरे आने के बाद?"

"नहीं। खिसियाया हुआ–सा बाहर निकला फिर वापस अन्दर चला गया...बड़बड़ा रहा था कि लड़कियाँ काम कम करती हैं, लिबर्टी ज़्यादा लेना चाहती हैं...उनकी बात ना मानो तो किसी भी हद तक उतारू हो जाती हैं..."

"ओह...मुझे लगा था मधुकर...उसने जिस तरह की बात आख़िर में कही थी मैं तभी समझ गयी थी।"

"अच्छा अब छोड़ो...चलो...मूड मत ख़राब करो...जो कहना था, कह आयीं। चलो कहीं घुमा लाता हूँ। कुफरी चलोगी ?"

उसके चेहरे पर गहरी आत्मीयता का भाव था।

मेरे लिए एकदम से चौंका देने वाली ख़बर थी। मैं अभी तक न जाने कितनी एक्सक्लूसिव स्टोरीज़ कर चुकी थी। लेकिन दफ़्तर में ऐन मेरी नाक तले ऐसी ख़बर पक रही थी इसका मुझे अन्दाज़ा तक नहीं हुआ। मैं यह बात तो समझ चुकी थी कि बॉस से पंगा लेकर मैंने अपने लिए नयी मुसीबत मोल ले ली थी। शायद एक और ट्रांसफ़र झेलना पड़ सकता था। नौकरी तक पर तलवार लटक रही थी। शायद ये...शायद वो। अनेक आशंकाएँ!

मैं अगर ब्यूरो चीफ़ की शिकायत करने की हिम्मत दिखलाती भी तो सम्पादक से यह साबित कैसे कर सकती थी। कहेंगे कि बस ज़रा–सा घूरा ही तो था...छुआ तो नहीं था। अब घूरना कोई अपराध तो नहीं। मर्दों की दुनिया में काम करना है तो घूरने से कहाँ–कहाँ बचती फिरोगी।

जो ख़बर मुझसे मधुकर ने अब तक छुपा रखी थी, वह यहाँ के 'सेवा सम्पादक' यानी पीअन ने मुझे बता दी। हिमाचली धूनीचन्द मुझसे ज़्यादा घुला–मिला था। अक्सर उसे चिढ़ाती रहती थी।

''क्या धूनीचन्द जी...कहाँ धूनी रमाओगे?'' वह हँसता और ख़ुश होता कि कम–से–कम एक मैडम तो हैं जो कभी–कभी उससे हँसी–मज़ाक़ कर लेती हैं। बाक़ी तो सब बस अपने मतलब से 'धूनी–धूनी' करते रहते हैं। ब्यूरो चीफ़ यानी मेरा बॉस भी घण्टी इतने कर्कश तरह से बजाता कि बेचारा बेजार–सा धूनी उसको भीतर ही भीतर गालियाँ देता बड़बड़ाता–''ये ब्यूरो 'चीप' हैं...चीफ़ नहीं...''

ब्यूरो ऑफ़िस में गिने–चुने बस पाँच लोग थे। सब के सब हँस पड़ते, सिर्फ़ नन्दकिशोर शान्त रहता। वह दफ़्तर की अन्दरूनी उठापटक में हमेशा पॉलिटिकली करेक्ट होने की तरकीबें जानता था– 'न काहू से दोस्ती न काहू से बैर'–जो बॉस कहे वही सही।

मैं अक्सर उसे छेड़ती रहती थी, ''बोलो 'यस सर...यस सर...माई बैग्स फुल्ल...' ''

एक बार मधुकर ने मुझे समझाया भी था कि नन्दू को बॉस के बारे में कुछ न कहूँ। वह पक्का उसका मुख़बिर था। दफ़्तर की सभी जानकारियाँ ब्यूरो चीफ़ को मिर्च–मसाला लगाकर परोस देता था। इसीलिए भी शायद बॉस मेरे पीछे हाथ धोकर पड़ा हुआ था। मधुकर

ने चेताया था, "कम बोला करो उससे...कम से भी कम, बस काम भर की बात।"

लेकिन मैं खिलन्दड़ी! मिज़ाज में पंजाबियत की मस्ती भरी हुई। हाज़िरजवाबी का कोई मौक़ा हाथ से जाने नहीं देना चाहती थी। ऐसा भी नहीं था कि अपनी क़ाबिलियत को लेकर मेरे मन में कोई ख़ुशफ़हमी थी। बस मुझे लगता था कि जो काम हँसते-खेलते भी किया जा सकता है उसको लेकर बेवजह घुटने तक मुँह लटकाने की नौटंकी क्या करना! एकदम सीधा-सा फंडा था मेरा-काम में नो सुस्ती, अदरवाइज़ फुल मस्ती। आख़िर यह ज़िन्दगी और यह जवानी दोबारा मिलने वाली तो थी नहीं। फिर न अभी घर बसा है न ज़िम्मेदारियों का कोई बोझ है। शायद इसी मिज़ाज की वजह से कोई हसीन-सा ख़्वाब कब चुपके से पलने लगा था आँखों में, मुझे पता भी नहीं चला...कोई मुझे भा गया था...लेकिन यह नहीं जानती थी कि बात आगे कैसे बढ़ेगी...

मैं भी सोचती-सोचती भटककर कहाँ आ गयी! अभी तो दफ़्तर के ब्रेकिंग न्यूज़ ने परेशान कर रखा था मुझे। पहले इस नयी मुसीबत का हल ढूँढ़ना था। दिल-विल का मसला बाद में निपटता रहेगा...

मुझे पंजाब के दूरदराज के गाँव के दौरे पर जाने का हुक्म मिला था। उस छोटे से गाँव की पचास फ़ीसदी से ज़्यादा आबादी फ्लोरोसिस नाग की बीमारी से ग्रस्त थी। मुझे वहाँ के हालात का जायज़ा लेना था और सरकारी योजनाओं की पड़ताल करके स्थानीय लोगों पर एक स्टोरी करनी थी। मुझे अब तक इस घुमन्तू पेशे में मज़ा आने लगा था। पॉलिटिकल रिपोर्टिंग का भूत अब सिर से उतर चुका था। इस तरह के काम में मुझे एक थ्रिल महसूस होता था। लोग अब मुझे मेरे काम के कारण पहचानने लगे थे और हेड ऑफ़िस से भी हर स्टोरी पर मुझे उत्साहित करने वाला फ़ीडबैक मिल रहा था।

बहरहाल मुझे एक नये अनुभव के लिए उड़ान भरनी थी। वह पंजाब का एक गुमनाम और उपेक्षित गाँव था-सिहोना। बस स्टैंड ज़्यादा दूर नहीं था। मुझे वहाँ बैटरी से चलने वाली कारें भी दिखीं। पंजाब के हरे-भरे खेतों से होते हुए उस गाँव तक पहुँचना एक ख़ुशनुमा सफ़र था।

लेकिन वहाँ तकलीफ़ों से भरी एक अलग दुनिया मेरी प्रतीक्षा कर रही थी।

सिहोना एक बेहद छोटा–सा अभावग्रस्त गाँव था। पंजाब के अपेक्षाकृत खाते–पीते गाँवों की तुलना में वहाँ गिनती के कच्चे–पक्के मकान बने थे जिनमें बिजली के कनेक्शन तक नहीं थे। हर लिहाज़ से एक पिछड़ा या शायद एक उजड़ा हुआ गाँव। इस दौरे पर मैं अकेली आयी थी...मेरे साथ कोई और नहीं था। मेरे साथ बस मेरे सपने और काम के लिए मेरा जुनून थे। मैंने प्रकाश को ज़रूर एक एसएमएस कर दिया था जिसका उसने कोई रिप्लाई नहीं किया था। गाँव में तो मोबाइल का सिग्नल भी ग़ायब था। बाहर की दुनिया से पूरी तरह कट गयी थी। ये भी कोई गाँव है, मैंने सोचा। एक छोटा–सा टोला इसे ज़रूर कहा जा सकता था। शाम के समय भी गाँव के छोटे–से हेल्थ सेंटर पर काफ़ी भीड़ जमा थी। पता चला कि दवाइयाँ बँट रही थीं। क़तार में खड़े लोगों के पहनावों से उनकी सामाजिक हैसियत का पता चल रहा था। मैं वहाँ पहुँची। मुझे ज़ोर की प्यास महसूस हुई। साथ लायी बोतल का पानी कब का ख़त्म हो चुका था। हेल्थ सेंटर के पास ही एक हैंडपम्प नज़र आया लेकिन तभी मेरी नज़र क़तार में खड़ी उन औरतों और बच्चों पर चली गयी। हलक में अपनी चीख़ को ज़ब्त करने की कोशिश में हठात् मेरी हथेली मेरे मुँह पर जैसे चिपक गयी। औरतों के गले में थैलीनुमा एक मांस पिण्ड लटक रहा था। बच्चों के हाथ, पैर, उँगलियाँ सब टेढ़े–मेढ़े थे। उनके दाँत भी पीले और गले हुए थे। कई बार सब कुछ जानते हुए भी कुछ चीज़ें सामने से डराती हैं...जैसे...प्रेम में भी शायद ऐसा ही कुछ होता है। सब कुछ जानते–समझते भी अपने बेक़ाबू होने का डर।...पता नहीं...क्यों? लेकिन ऐसा होता ज़रूर है।

मैं हैंडपम्प के पास ठिठकी–सी खड़ी रही।

"बाहर से आयी हो? पानी पीना है...?"

"हाँ..."

"इस पम्प का पानी मत पीना..."

"क्यों...?"

"घेंघा लेकर लौटोगी । इन्हीं औरतों की तरह और मेरी तरह..."

वह युवक मेरे गले की तरफ़ इशारा करके हँस रहा था।

"ऐसा क्या?"

"हाँ...इस गाँव के आसपास के पानी में ख़राबी है...यहाँ के पानी से ही हमारा यह हाल हुआ है। धीरे–धीरे सब जा रहे हैं गाँव को छोड़ कर...यहाँ कौन रहेगा...किसको अपनी ज़िन्दगी मुहाल करनी है...?"

"आप लोग फिर क्या पीते हैं,...आय मीन कैसे जीते हैं?"

"क्या करें...कहाँ जायें...जिसे शहर में ठिकाना मिल रहा है, वे सारे लोग जा रहे हैं...हमारी मजबूरी है, खेती–बाड़ी है यहाँ, इस तरह छोड़कर जा भी नहीं सकते। पानी के प्रॉब्लम का तो अब पता चला...सरकारी लोगों ने बताया...हमें पहले कहाँ पता था...यहाँ के पानी में ऐसा कुछ है कि ऐसा रोग हो जाता है। हेल्थ सेंटर खुला हुआ है, लोग दवाइयाँ ले जाते हैं। कभी–कभार पानी का टैंकर आता है, तब हम भी पानी भर लेते हैं..."

वह अपनी समस्या विस्तार से बता रहा था और मैं पानी के खौफ़ से मरी जा रही थी। कमबख़्त इस प्यास का क्या करूँ?...कहाँ जाऊँ? अँधेरा होने से पहले यहाँ से निकलना भी ज़रूरी है। और, उसके पहले स्टोरी के लिए जानकारी भी कलेक्ट करनी है! मैंने उस लड़के को इशारे से पास बुलाया। स्टोरी के लिए मुझे हेल्थ सेंटर पर मौजूद डॉक्टर से जानकारी लेना ज़रूरी लगा।

डॉक्टर ने मेरा आई–कार्ड उलट–पलटकर एक नज़र देखा और मुझे सामने पड़ी ख़ाली कुर्सी ऑफ़र की।

"बैठिए।"

"जी, मैं इस बीमारी की वजह और इसके रोकथाम के लिए सरकार के उपायों के बारे में जानना चाहूँगी।"

"देखिए, पानी में फ़्लोराइड की एक तय मात्रा होती है और वह हमारी सेहत के लिए ज़रूरी भी है। लेकिन जब यह मात्रा एक्सीड कर जाती है तो वही फ़्लोराइड हमारी हड्डियों और दाँतों के लिए बहुत नुक़सानदेह साबित होने लगता है। यहाँ की आधी आबादी विकलांगता की शिकार इसी कारण से है कि यहाँ पानी में फ़्लोराइड 4.5 से लेकर 10 पीपीएम (particle per ml.) है जबकि यह किसी भी हालत में 1.5 पीपीएम से अधिक नहीं होनी चाहिए।"

डॉक्टर ने बिल्कुल सरकारी नुमाइन्दे की तरह रटे–रटाये अन्दाज़ में मुझे बताना शुरू किया।

"सरकार की कोशिशें...?"

"सरकार की अपनी योजनाएँ हैं लेकिन आप तो रिपोर्टर हैं...बेहतर जानती होंगी कि गाँव बसने के पहले क्या–क्या होता है..." इस बार उसके जवाब में एक उपहास था।

मैं चुपचाप अपनी नोटबुक में ज़रूरी बातें नोट करती जा रही थी।

"अव्वल तो नलकूप लगाने के पहले पानी का लैब टेस्ट होना चाहिए था जो कभी नहीं हुआ। उसके बाद कंडैमेज कंट्रोल में बिचौलिये और एनजीओ मालामाल हो रहे हैं।"

उसकी आवाज़ अफ़सोस में डूबी हुई थी।

वह उठ खड़ा हुआ, "ओके मैडम? बहुत से लोगों को दवाएँ देनी हैं। जैसे आपका काम है वैसे मेरी भी ड्यूटी है। करनी ही पड़ेगी।"

बाहर वह लड़का मेरे इन्तज़ार में अभी तक खड़ा था।

"यहाँ कोई रुकने की जगह है?...या वापस जाने का कोई साधन? फ़िलहाल कोई बढ़िया पानी पिला सकता है क्या?" मैंने अपना सामान समेटते हुए अपने बैग में रखकर पूछा।

"आओ..." कुछ देर उसने सोचा और फिर मुझे साथ लिए वह आगे बढ़ गया।

"यहाँ आसपास कोई जगह बताओ जहाँ मोबाइल का सिग्नल काम करता हो। बहुत ज़रूरी बात करनी है।"

"गाँव में मोबाइल का टावर अभी नहीं पहुँचा है। सुन तो रहा हूँ कि जल्दी पहुँचेगा। पानी की समस्या तो ख़त्म हो पहले...हमें भी पास के छोटे से रेलवे स्टेशन पर जाना पड़ता है बातचीत करने के लिए..."

"मुझे स्टेशन तक ले चलोगे?"

"हाँ–हाँ...क्यों नहीं!...चलो..."

इस पत्रकारिता की ज़िद में ज़िन्दगी में और कैसे–कैसे दिन देखने पड़ेंगे, मैंने मन में ही ख़ुद को कोसा। मैं साइकिल के पीछे बैठ गयी और वह इत्मीनान से पैडल मारता हुआ पतली–सी सड़क पर चला जा रहा था। इतना मज़ा तो कभी मोटरसाइकिल पर भी नहीं आया था। हिचकोले और गड्ढे बचाता हुआ वह मस्ती से चला जा रहा था। रास्ते–भर वह मेरे बारे में बात करता रहा। वह लड़का ख़ुद फ़्लोरोसिस

की चपेट में आ चुका था और अपने गले की गुठली पर इतना ज़्यादा शर्मिन्दा था कि मुझे उसकी काउंसलिंग करने की ज़रूरत महसूस हो रही थी।

यह वही स्टेशन था जिसके बारे में चलते वक़्त मधुकर ने मामूली–सा ज़िक्र किया था। शाम के धुँधलके में कोने में एक बल्ब जलता दिखा। अपने पीलेपन के साथ टिमटिमाता हुआ। स्टेशन सूना था। ये स्टेशन नहीं बल्कि एक हॉल्ट था जहाँ सिर्फ़ पैसेंजर ट्रेनें रुकती थीं। प्लेटफ़ॉर्म पर सीमेंट के कुछ बेंच बने थे। लड़का मुझे वहाँ छोड़कर निकल चुका था। मैं उसे पैसे देना चाह रही थी लेकिन उसने लेने से साफ़ मना कर दिया। मैं दूर तक उसे जाता देखती रही। अब मैं बिल्कुल अकेली थी...और मेरे साथ थीं मेरी ख़ुद की और मेरे पेशे की एक–दूसरे से गड्डमड्ड होती हुई चिन्ताएँ।

शायद इस वक़्त कोई पैसेंजर ट्रेन मिल जाये। फ़िलहाल मेरी सबसे बड़ी चिन्ता यही थी। इसका निवारण हॉल्ट का इंचार्ज ही कर सकता था, सो मैंने उसे तलाशना शुरू कर दिया। संयोग से वह मुझे अपने कमरे में मिल गया। थका–थका–सा और शिकायतों से भरा अपना चेहरा लिए हुए।

"मैडम जी...रात को तो कोई ट्रेन नहीं है। शाम की थी जो निकल चुकी है थोड़ी देर पहले। एक भोर में आयेगी। तब आना।"

उसका जवाब सुनते ही मेरी हालत पतली हो गयी। अब रात को कहाँ जाऊँगी? सिहोना भी इतना पीछे छूट चुका था कि चाहकर भी इस शाम के झुरमुटे में वापस नहीं लौट सकती थी। फिर वहाँ का पानी!...दाहिना हाथ अनायास मेरे गले पर चला गया।

फिर सोचा, एक रात की ही तो बात है...किसी तरह लौट जाती हूँ...नहीं...नहीं!...मैं पानी बहुत पीती हूँ...सुबह तक तो दो–तीन गिलास इकट्ठे पी जाऊँगी...और वहाँ मोबाइल भी काम नहीं करता...उसी डॉक्टर से पूछ लेना चाहिए था मुझे...क्या करूँ?...नहीं, गाँव में नहीं रुकना अब...चाहे यहीं रात काटनी पड़े...! एक अजीब उधेड़बुन की स्थिति थी।

हॉल्ट इंचार्ज की ड्यूटी ओवर हो गयी थी और वह भी अपने कमरे को लॉक करने में लगा हुआ था। यह तो उसका रोज़ का काम था। और, भला स्टेशन पर भटकती एक अकेली लड़की से उसे हमदर्दी भी

क्यों होती! मैंने उसकी इस क्रूर असंवेदना पर लानतें भेजीं। छोटे–से शेड के आख़िरी सिरे पर एक ख़ाली बेंच थी। उसके ठीक ऊपर एक भुकभुकाता हुआ छोटा–सा बल्ब लटक रहा था। मैंने वहीं शरण लेने की ठानी। बैग में कुछ बिस्कुट बचे थे और उस लड़के के घर से लाया हुआ बोतल में गिलास भर पानी। इस रात को मुझे इन्हीं के सहारे काटना था। सोचा कि मोबाइल का सिग्नल मिल जाये तो इत्मीनान से प्रकाश और मधुकर से बातें कर सकूँगी। पहली कॉल मधुकर को मिलायी। नॉट रीचेबल...कवरेज एरिया से बाहर...पंजाबी उच्चारण में उधर से रिकॉर्डेड आवाज़ आयी। शायद जनाब कहीं फ़ील्ड में निकले हुए थे। बैग में एक अधपढ़ा नॉवेल भी पड़ा था। लेकिन लाइट की इतनी किल्लत थी कि पढ़ना मुश्किल था। एक मुसीबत से पीछा छुड़ाती तो दूसरी मुसीबत इन्तज़ार में खड़ी मिल रही थी। पत्रकारिता में कैसे–कैसे दिन देखने पड़ते हैं, इस बात का अन्दाज़ा क़तई न था। कब तक ऐसे जोख़िम उठाती रहूँगी। भीतर ही भीतर मैं उबाल खा रही थी। बेंच की बैक के पीछे दो कुत्ते एक–दूसरे से पिले हुए थे। उनकी आवाज़ें नहीं निकल रही थीं। वे मुझे देख भी नहीं रहे थे। गाहे–बगाहे उनकी नज़र दूसरी तरफ़ चली जाती थी। बेंच से सटकर कोई लुढ़का पड़ा था।

एक कुत्ता कूँ...कूँ...कूँ करता हुआ उसके पास गया तब जाकर वह गठरी थोड़ा हिली–डुली। मैं चिहुँक पड़ी, वह भिखारी था या कोई पागल। मैंने बेंच पर ख़ुद को और सिकोड़ लिया। यहाँ अब मैं ही अकेली नहीं बच गयी थी। मैंने बेंच पर बैगपैक टिका दिया और उस पर उठँग गयी। मैं आसमान में टँके तारों को निहारने लगी। पता नहीं, मेरी आँखें उस बियावान में किसकी तलाश कर रही थीं। जब अपने आप में वापस लौटती तो पूरी देह में एक डर दौड़ने लगता। मैं लड़की थी और मेरे सामने अँधेरी सुरंग–सी एक सुनसान रात थी। मैंने ऐतिहातन बैग से फल काटने वाला चाकू निकालकर हाथ में रख लिया था। किसी भी सम्भावित ख़तरे के ख़िलाफ़ यह मेरा अकेला हथियार था। मैंने अपनी पलकें मूँद लीं...दो–चार मिनट के लिए झपकी मुझे हवा के झोंकों की तरह छूकर निकल जाती थी। इस बीच मैंने प्रकाश को कई कॉल्स किये। एसएमएस किये। लेकिन न उसने मेरी कॉल अटैंड की और न ही मेरे मैसेज को रिप्लाई किया। मुझे अपनी बजाय उसकी फ़िक्र

हो रही थी। पता नहीं, कहाँ है...क्या कर रहा है अभी कि मुझे अवॉइड करना पड़ रहा है उसे? कई बार ख़ुद से सवाल किया...मैं प्रकाश के पीछे इतना किस हक़ से पड़ी हूँ? कुल जमा एक मुलाक़ात और फ़ोन पर कुछ आधी–अधूरी बातचीत ही तो हमारे रिश्तों का अब तक का हासिल था! फिर यह इमोशनल जुड़ाव क्यों?

रौशनी का कोई वृत्त है, एक धवल–वलय...जो मुझे चारों ओर से घेरे है। उसके पास कहाँ से आता है इतना उजाला...जो इतनी दूरियों को लाँघता हुआ मुझे भी आलोकित कर रहा है। अन्तस का इतना उजला लड़का एक छोटे से शहर में क्यों ज़ाया कर रहा है ख़ुद को...उसके लिए तो महानगरों के बड़े–बड़े समूह पलक–पाँवड़े बिछाये बैठे हुए हैं...उसे तो दिल्ली में भी आराम से अच्छी नौकरी मिल सकती है! जिस तरह से वह हिन्दी और अंग्रेज़ी दोनों भाषाओं में काम कर सकता है। उसे वहाँ रहने की क्या ज़रूरत? कोई ख़ास वजह ज़रूर होगी...पूछ नहीं पायी कभी। बस सारी रात उसका दमकता हुआ चेहरा मन में आवाजाही करता रहा। उस रात उसने एक कविता सुनाई थी। अशोक वाजपेयी की कविता थी–

"जब मेरे होंठों पर,
तुम्हारे होंठों की परछाइयाँ झुक आती हैं,
और मेरी अँगुलियाँ,
तुम्हारी अँगुलियों की धूप में तपने लगती हैं,
तब सिर्फ़ आँखें हैं,
जो प्रतीक्षा करती हैं मेरे लौटने की,
उन दिनों में,
जब मैं नहीं जानता था,
कि दो हथेलियों के बीच एक कुसुम होता है....सूर्य–कुसुम।"

मैं कविता सुन रही थी, और मन के भीतर और बाहर की आग लगातार चटक रही थी। उसने मुझसे कहा था–

''आप भी कुछ सुनायें।''

मैं हँसी थी, ''...मुझे कविताएँ नहीं आतीं। शेरो–शायरी सुना सकती हूँ या फिर चुटकुले।''

''चुटकुलों के दिन गये अपने...शेर सुनाइए...''

मैंने भी ग़ालिब का एक पॉपुलर शेर दे मारा था, एकदम ग़ैर–रोमाण्टिक लहजे में। वह हँसा था। मुझे ज़रा अजीब लगा था। मैं शेर सुना रही हूँ और..वह हँस रहा है। वह भी तो एक के बाद एक अशोक वाजपेयी की प्रेम–कविताएँ ठेले जा रहा है और मैं वाह–वाह किये जा रही हूँ।

फिर मैंने यह सिलसिला ही रोक दिया था और स्टोरी आइडिया डिस्कस करने लगी थी। एक ख़ूबसूरत आग पर अचानक पानी के छींटे डाल दिये गये थे। गोया इस अँधेरी रात के वीराने में मैं उसकी कविताओं के अर्थ तलाश रही थी।

उसने सुनाया था–

''उसने अपने प्रेम के लिए जगह बनाई,
बुहार कर अलग रख दिया तारों को
सूर्य–चन्द्रमा को रख दिया एक तरफ़
वनलताओं को हटाया
उसने पृथ्वी को झाड़ा–पोंछा
और आकाश की तहें ठीक कीं
उसने प्रेम के लिए जगह बनाई...''

"आपको किसी और की कविता याद नहीं, या पसन्द नहीं?

"याद है...पसन्द भी..."

"आप किसी कवि का नाम लें, मैं सुनाता हूँ...दो–चार पंक्तियाँ तो सुना ही दूँगा। पूरी तो याद कहाँ! अशोक जी की कविताएँ अपने कहन की वजह से मन में धँसती चली जाती हैं। आप पढ़ेंगी तो झनझना जायेंगी। सही में..."

"साहित्य पढ़ने का समय मिल जाता है?"

"क्यों नहीं...रात को अकेला होता हूँ...सब सो जाते हैं तब मैं पढ़ लेता हूँ। ज़िन्दगी और कई भागों में बँटे, उससे पहले ख़ूब पढ़ लेना चाहता हूँ..."

''अच्छा!...मुझे जासूसी उपन्यास मिल जाये तो हाथ से नहीं छूटता। कविता पर कभी ग़ौर किया नहीं। कहानी पढ़ने का धैर्य कहाँ!''

उसने एक गीत भी सुनाया था शायद...किसका लिखा था?...याद नहीं...

"धीरे–धीरे बात करो,
सारी रात प्यार से,
भोर होते चाँद के ही साथ–साथ जाऊँगा,
हो सका तो शाम को सितारों के संग आऊँगा,
धीरे–धीरे ताप हरो..."

कोई झुका हुआ था ठीक मेरे चेहरे पर। हठात् मेरी तन्द्रा टूटी। पास में कुत्ता कूँ...कूँ...कर रहा था। मेरी बोझिल पलकें खुलने से इनकार कर रही थीं। मन भर नींद का बोझ जैसे उन पर सवार था लेकिन फूल–सी अँगुलियाँ उस नींद को परे धकेलने के लिए आमादा थीं। जैसे–तैसे आँखें खोलीं, "कौन?...कौन है?"

"उठिए...उठिए...हे गिरिराज कुमारी!!...वन में पंछी बोलत हैं..."

"कौन...कौन...??" हड़बड़ाते हुए मैं झटके से बेंच से उठ खड़ी हुई। और...अगले ही पल भहराकर उसकी बाँहों में गिर पड़ी।

"तुम? यहाँ...? कैसे...? कैसे..? ओ माई गॉड...आय डोंट बिलीव ...यहाँ इस जगह?...तुम्हें पता भी है कुछ, मैंने सारी रात कैसे...?"

"पता है, पता है...जी...तुस्सी गल नईं करो। जी..चलो...गाड़ी ले आया हूँ। आपके आराम के वास्ते..और फॉर गॉड सेक। ये बहादुरी के कारनामे करना बन्द कीजिए अब...दिल्ली में तुम्हारी नौकरी का जुगाड़ कर आया हूँ। मैं भी आ रहा हूँ पीछे–पीछे...चलिए...हे गिरिराज कुमारी. ..चलिए...बड़ी मुश्किल से ढूँढ़ पाया हूँ आपको...देखिए इतनी भोर में किसे साथ लेकर आया हूँ? इन्हीं की मेहरबानी से आपका पता मिला।"

पीछे वह लड़का खड़ा मुस्करा रहा था जो मुझे कल शाम यहाँ अपनी साइकिल से छोड़ गया था।

मैंने सीटी की आवाज़ सुनी। थोड़ी दूर पर गार्ड झण्डियाँ बगल में दबाये खड़ा था। भोर की पहली पैसेंजर गाड़ी के आने का वक़्त हो चुका था। लोगों की चहल–पहल शुरू हो चुकी थी। स्टेशन का दृश्य अब बदलने को था ठीक वैसे ही जैसे ज़िन्दगी यहाँ से लौटते हुए बदल चुकी थी।

"आपको हेड ऑफ़िस में बुलाया गया है...जल्दी रिपोर्ट करें..."

दफ़्तर में घुसते ही पहला फ़रमान मिला। सबको लगा कि यह ख़बर सुनते ही मेरे चेहरे की रंगत उड़ जायेगी। मैं परेशान

होकर तिलमिलाने लगूँगी...फिर बॉस के केबिन में जाकर उसके सामने गिड़गिड़ाऊँगी...उससे मिन्नत भरी ज़ुबान में अपने बुलावे की वजह पूछूँगी। सबने शायद यही सोचा था कि मैं एक–एक कर सबसे पूछूँगी।

और मैं...? मैं तो आज दिल पर पत्थर रखकर दफ़्तर पहुँची थी। आँधी का तेज़ झोंका भी आज मुझे उड़ा नहीं सकता था। आज मैं न तो धूप में सूख सकती थी और न पानी में गीली हो सकती थी।

मैंने लहरों में मस्तूल थाम लिया था।

"ओके जी...जायेंगे जायेंगे। जब कहो, तभी चले जायेंगे। आप जहाँ कहिए वहीं चले जायेंगे...यहाँ...वहाँ?"

"बड़ी मस्ती के मूड में हो जी आज तो?"

"यस बॉस...यस..."

मधुकर मुझे गहरी और अजीब नज़र से देख रहा था।

"ऐसे क्या देख रहे हो?"

"बदले–बदले से मेरे सरकार नज़र आते हैं..."

"ओह...तो आप भी शायर हो गये जनाब...क्या बात, क्या बात!... वसन्त आ गया है...देखो...धूप कैसी निखरकर आयी है!"

"तुम तो अब धूप से फ़िलहाल दो–चार मुलाक़ातें और लिख दो। ऑफ़ बीट स्टोरी में तुम्हारा जवाब नहीं।"

"बहुत हो चुका तुम्हारा यह ऑफ़ बीट। अब मेरे मेनस्ट्रीम पत्रकारिता करने के दिन आ गये हैं जनाब। बहुत ख़ाक छान ली। क़ब्रिस्तान से लेकर भुतहा स्टेशन तक की। अब तो मैं चली...मैं चली..."

मधुकर मुझे घूरे जा रहा था–"ये क्या हो गया है तुम्हें? इतना चहकते हुए कभी नहीं देखा तुमको...बड़ी मस्ती चढ़ रही है.."

"क्यों...तुम्हें अच्छा नहीं लग रहा है...?"

"नहीं...क्या बक रही हो? दरअसल कभी तुम्हें देखा नहीं ऐसे...बस..."

"अरे भाई, तुम भी गाओ...दुख भरे दिन बीते रे भइया...अब सुख आयो रे..."

मधुकर का मुँह लटक गया था–"मैं भैया–वैया नहीं हूँ तुम्हारा..."

"यार...अब तक तुम मस्ती करते थे तो कुछ नहीं, आज ज़रा–सा मैं मौज में हूँ तो जलन हो रही है बहुत! हजम नहीं हो पा रहा। यही है मर्दों की हिपोक्रेसी! उनकी असल फ़ितरत! लड़कियाँ चुहलबाज़

नहीं हो सकती हैं। है ना? यह सहूलियत भी तो तुम मर्दों ने हड़प रखी है..."

धूनीचन्द दूर से सारी नोक–झोंक देख रहा था। उसे शायद मज़ा आ रहा था। उसकी मन्द–मन्द मुस्कान चुगली कर रही थी। उसकी मुस्कान में मेरी मुस्कान भी खिल रही थी। मधुकर अब तक उदास था।

"जी, आपने बुलाया मुझे?..."

"हाँ जी मैडम। कइसी हैं?...बहुत जुझारू हैं आप तो..इसीलिए आपको सम्पादक जी ने हेड ऑफ़िस तलब किया है। जाइए, हो आइए आज ही निकल जाइए। दिन ही दिन निकल लें, पहुँच जाइयेगा।"

"जी ज़रूर..." कहते हुए मैं वापस मुड़ गयी। अपनी बेख़ौफ़ और बेपरवाह चाल में। लेकिन अपनी पीठ पर मैंने दो शातिर आँखों की चुभन साफ़–साफ़ महसूस की...

मैं पटियाला जाने की तैयारी कर रही थी और मधुकर मेरा पीछा नहीं छोड़ रहा था। मैं दफ़्तर से जल्दी निकल जाना चाहती थी। एक पल भी यहाँ मेरा मन नहीं लग रहा था। मधुकर ने पीछे से कन्धे पर हाथ रखा।

"क्या तुम माल रोड पर कॉफ़ी पीने मेरे साथ चल सकती हो?"

मैंने मधुकर को इतना ख़ामोश कभी नहीं देखा था। मुझे ज़रा अटपटा लग रहा था। माल रोड पर चहलक़दमी करते हुए उसने मुझे जो कुछ भी बताया। वह सब सुन कर मेरे होश फाख़्ता हो गये।

मधुकर की ख़ुफ़िया जानकारी के मुताबिक़ हमारे ब्यूरो चीफ़ पर पहले से ही सेक्सुअल हरासमेंट का केस चल रहा था। मैनेजमेंट ने तो उसका इस्तीफ़ा भी ले लिया था लेकिन वह तिकड़में लगाकर बच गया।

उसने एक लोकल ट्रेनी संवाददाता को परमानेंट कर देने का लालच दिया था। उसी से जुड़ा मामला था। लेकिन तत्कालीन मुख्यमन्त्री और सत्तारूढ़ दल से ब्यूरो चीफ़ के नज़दीकी ताल्लुक़ात के कारण मामले को दबा दिया गया था। एफ.आई.आर. की एक कॉपी भी मधुकर ने कहीं से जुटा ली थी।

"मैंने वकील से बात कर ली है। वह तुम्हारा केस भी देखेगा। हम सब भी गवाही देंगे।"

"ओह...पता नहीं कैसे उस लड़की ने क्या सोचकर इस बदतमीज़ को छोड़ दिया, मैं तो बिल्कुल नहीं छोडूँगी साले को। सेक्सुअल हरासमेंट का ठोस केस बनाऊँगी..." मैं ग़ुस्से में अपने दाँत पीस रही थी, "मैं उसे कहीं का नहीं रहने दूँगी। अभी जानता नहीं मुझे वह। और अकेली नहीं हूँ अब मैं..."

मधुकर के चेहरे पर सन्तोष का भाव उभर आया था।

मेरे कहे 'अकेली नहीं हूँ'...जुमले को सुनकर या मैंने उसका कहा मान लिया था...पता नहीं। लेकिन वह आश्वस्ति में मुस्कराया और मैंने माल रोड के किनारे पर लगी लोहे की बाड़ के पास जाकर फ़ोन मिलाया।

"नहीं...नहीं...बिल्कुल नहीं...तुम्हें इस पचड़े में पड़ने की कोई ज़रूरत नहीं...निकल लो वहाँ से चुपचाप...मरने दो सालों को...किसी की भी गवाही लेकर क्या करना है? पत्रकारिता में यह तुम्हारे करियर की शुरुआत है...एक बार इस तरह की कन्ट्रोवर्सी हुई तो ताज़िन्दगी इसकी परछाईं से बाहर नहीं निकल पाओगी। दिल्ली में तो नौकरी मिलने से रही। तुम चुपचाप हेड ऑफ़िस जाओ, वहाँ सम्पादक को लैटर देकर दिल्ली पहुँचो। बस...मधुकर को बड़ा वाला थैंक्स देना..." उस तरफ़ से प्रकाश अपने सधे लहजे में मुझे समझा रहा था।

मैंने फ़ोन रखा और चर्च की तरफ़ मुँह घुमाकर ज़ोर से चिल्लायी—

"जा बॉस जा...तुझे माफ़ किया..."

चिनार के पत्ते मुझ पर झर रहे थे।

अनुपमा...अर्थात दक्षिण–दुःख आख्यान

अनुपमा अब तक समझ चुकी थी कि काम का श्रेय उसकी क़िस्मत में ही नहीं बदा था। वह कैसा भी चुनौती भरा काम कर ले, एक्सक्लूसिव स्टोरी ले आये, उसके राह के रोड़े कभी कम नहीं होंगे। अभी–अभी तो उसने ज़रा राहत की साँस ली थी। एक काँटा अभी–अभी निकला था कि दूसरा नश्तर चुभ चुका था। मोटी–मोटी गहरी आँखों वाली और रंजना से कम उम्र एक दूसरी रंजना, जिन्न की पता नहीं किस बोतल से निकल आयी थी। बॉस ने किसी को कानोकान भनक नहीं लगने दी थी। निरंजन कपूर कम–से–कम दफ़्तर के कुछ सीनियर साथियों से नयी बहाली पर राय–मशविरा ज़रूर करते थे। लेकिन इस राजीव चतुर्वेदी ने तो हद ही कर दी। सम्पादक बनते ही रंग दिखाना शुरू कर दिया था। रंजना की जगह पर रंजना जैसी ही लड़की खोज लाये वह अच्छी तरह जानते थे कि रंजना की वजह से अनुपमा ने पिछले पाँच साल में कितना 'सफ़र' किया है।

पाँच साल !!

कोई छोटी अवधि नहीं होती पाँच साल! किसी के करियर को तबाह करने और उसकी प्रतिभा को हमेशा–हमेशा के लिए नष्ट कर देने के लिए पाँच साल से वह 'पावर गेम' जैसी चर्चित पत्रिका में फँसी हुई घुट रही थी। सोचा था, कभी तो दिन बहुरेंगे। पर अब क्या बहुरेंगे! एक काँटा निकला तो दूसरा धँस गया था। अब यह नयी लड़की सम्पादक की चहेती बन जायेगी। सम्पादक ने जिसे ख़ुद एपॉइंट किया था, उसका ख़ास ख़याल तो रखना होगा ना। उसने तो यह कभी नहीं चाहा कि सम्पादक उसको फ़ेवर करे। बस इतना–सा ख़्वाब रहा कि दफ़्तर में वह लड़की होने की वजह से ग़ैर–बराबरी का शिकार न बन

जाये। उसके काम को, उसकी स्टोरीज़ को बराबर की इज़्ज़त हासिल हो। पर ऐसा कभी नहीं हो सका। शुरू–शुरू में डेस्क का काम सीखने का जुनून था सो एडिटिंग का काम भाने लगा। फिर फ़ील्ड रिपोर्टिंग करने का चस्का लग गया। पुराने अख़बारी दिन याद आने लगे। पुराने दोस्त और उनकी सोहबतें। राजू की चाय की दुकान के पास खड़े होकर घण्टों ख़बरों पर बहस करना, ख़बरों को प्लांट होते और ख़बरों को ध्वस्त होते देखना। चाय सुड़कते हुए एक अंग्रेज़ी अख़बार के ब्यूरो का स्पेशल कॉरेस्पोंडेंट मुरलीधरन कहता–

"संवाददाताओ, स्टैंडिंग कमेटी (साझा सरकार की तर्ज़ पर पत्रकारों ने मज़ाकिया तौर पर ऐसे नाम गढ़े थे, जो थोड़े ख़ाली क़िस्म के रिपोर्टर थे, हँसी–मज़ाक़ करने के लिए रफ़ी मार्ग स्थित आई.एन.एस. बिल्डिंग के नीचे खड़े होते थे, उन्हें स्टैंडिंग कमेटी नाम दिया था और जो थोड़े सीनियर पत्रकार थे, जो ख़बरें साझा करते थे, ख़बरों का एंगल तय करते थे आपस में, उनके ग्रुप को स्टीयरिंग कमेटी का नाम दे दिया गया था। धीरे–धीरे सभी इसी रूप में एक– दूसरे को छेड़ने लगे थे।) की मीटिंग ख़त्म करो। अब सीनियर लोग (ब्यूरो चीफ़) आयेंगे स्टीयरिंग कमेटी की मीटिंग करने। तभी तो कल की ख़बरें प्लांट की जायेंगी।"

सुहेल हामिद मुँह बिचकाता–"दिन–भर ख़बरें जुटाने के लिए जान दें हम लोग, और ये लोग मिलकर ख़बरों की माँ–बहन कर देते हैं...अपना एंगल घुसेड़ देते हैं...कल देखा नहीं...मेरी बाईलाइन से जो ख़बर छपी उसमें इंट्रो ही बदल दिया...सुबह–सुबह देखकर मूड ख़राब कर दिया...''

"अमाँ छोड़ो यार! कौन–सा तुम्हारा अख़बार दिल्ली में आता है? कोई नेता जब पढ़ता ही नहीं तो भूल जाया कर...ब्यूरो चीफ़ जाने...मस्त रहा कर..."

रंजीत यादव हमेशा मस्ती में रहता था, "मैं तो ख़बर लिखकर भूल जाता हूँ...लो चीफ़ जी...जो काटना–पीटना–जोड़ना है...सब कर डालो...बस मेरी आज की दिहाड़ी पूरी..."

सलिल ज़रूर मायूस दिखता–"यार, लोकल अख़बार न होने के अपने फ़ायदे और नुक़सान हैं...नेता साला कई बार पूछता भी नहीं। बॉस पूछता है कि प्रेस ब्रीफ़िंग में तुम्हें बुलावा क्यों नहीं आया? फलाँ

शहर में रैली हो रही है, वहाँ के लिए इनवाइट क्यों नहीं किया?...तुम घूमते कम हो...तुम्हारा पीआर कमज़ोर हैं...बोल–बोल के माथा खा जाता है...शाम होते ही चना–चबेना लेकर बैठ जाता है और माथा से लेकर ख़बर तक सब चबाता रहता है..."

शालिनी ज़ोर से हँस पड़ी–"दफ़्तर में तो 'यस सर–यस सर' कहते रहते हो! यहाँ कोसे जा रहे हो बेचारे को..."

शालिनी बातें करते–करते किसी के भी कन्धे पर सहज हाथ रख देती थी। बातचीत की रौ में वह अक्सर भूल जाती थी कि सामने वाला कोई पुरुष है। अनुपमा इन मामलों में ज़रा कॉन्शस रहती थी। शालिनी की इस आदत को सब नोटिस करते थे, पर शाम को चाय के ज़ायके और ख़बरों की उत्तेजना में इन छोटी–छोटी चीज़ों को माइंड नहीं करते थे। अनुपमा ख़ुद शालिनी को टोकाटाकी नहीं करती थी।

अनुपमा तो बस मज़े लेती थी...ख़बरों को बनते–बिगड़ते, ट्विस्ट होते देखती और आनन्द लेती। उसे एक्सक्लूसिव वग़ैरह के चक्कर में ज़्यादा नहीं पड़ना था। उसकी पत्रकारिता की अलग ट्रैजिडी थी। यहाँ हिन्दी वाले बहुत कम थे। वही एक अकेली हिन्दी की जानकार थी। कोई इफ़–बट करने वाला नहीं था, ख़बरें जैसी लिखी जातीं, वैसी ही चली जाती थीं।

अनुपमा को मज़ा आता था। एक भी शाम इस स्टैंडिंग कमेटी की मीटिंग को वह नहीं मिस करती थी। जैसे ही शाम ढलती, ख़बरें कम्पोज किये जाने से थोड़ी देर पहले यहाँ सबका जमावड़ा पक्का होता था। सब एक–दूसरे से ख़बरें शेयर करते। सिर्फ़ एक्सक्लूसिव स्टोरीज़ को लेकर थोड़ी एहतियात बरती जाती थी। अगले दिन सब आपस में झगड़ते, एक–दूसरे से शिकायतें करते–"साले तूने कल बताया नहीं! तेरे पास इतनी अच्छी ख़बर थी।...बता देता तो क्या पहाड़ टूट पड़ता...कौन–सा हमारे अख़बार का कम्पीटीशन था...अलग–अलग प्रदेश हैं सबके यार...''

रंजीत सफाई देता–"अरे यार...हमारे ब्यूरो चीफ़ एक जैसे हैं...सब मिलते हैं...बात अगर लीक हो जाती फिर मेरे माथे की कुटाई होती...चल आज तुझे एक फड़कती हुई ख़बर देता हूँ...इसके बारे में पक्की पड़ताल कर...कोमल प्रसाद सिंह और समर सिंह में खटपट की ख़बरें आ रही हैं...पता कर। कितनी सच्चाई है?...एकदम भीतर की ख़बर है..."

शालिनी, समरेश सिंह की क़रीबी थी। इसकी पक्की वजह किसी को पता नहीं थी। सब आमतौर पर यही जानते थे कि इस नज़दीकी में कास्ट–फैक्टर की बड़ी भूमिका थी। बहरहाल यह ज़िम्मेदारी शालिनी को ही दी गयी। तय यह हुआ कि आज इस स्टोरी को सलिल करेगा। इस पूरी कवायद में असल मज़े अनुपमा के थे। उसे बिना किसी हील–हुज्जत के बैठे–बैठे अच्छी ख़बरें हाथ लग जाती थीं। वैसे भी दक्षिण भारत के इस अख़बार में हिन्दी बेल्ट के नेताओं का कोई इंटरेस्ट नहीं था। अनुपमा ने सोच रखा था कि मौक़ा मिलते ही वह अख़बार बदल लेगी। जिस भाषा में काम करती है, कम–से–कम उस भाषा के नेता तो उसे पहचानें। उसे एक नेता के गुर्गे की कही बात याद थी, "...हुँह...दक्षिण भारत में हिन्दी अख़बार!...कौन–सा हमारा वोटर रहता है वहाँ...ना ही कोई अख़बार पढ़ता है...कितना बिकता होगा..?"

बात गहरी चुभ गयी थी। अबकि अख़बार बदल ही देगी या किसी मैगज़ीन में चली जायेगी। फ़ीचर विभाग में काम कर लेगी...या न्यूज़ डेस्क पर...पर ये कम बिकने वाले अख़बार में रहकर क्या करेगी? दो साल हो गये यहाँ काम करते हुए, ख़बरों के लिए एक ठोस सोर्स तक नहीं बना पायी जो फ़ोन के ज़रिये उसे ख़ास ख़बरें देता। इस मायने में वह एक विफल पत्रकार थी। शालिनी तो नेताओं से सीधे बात करती है। ग़ज़ब धाक है उसकी! संजय प्रसाद जैसा धाकड़ मन्त्री भी उसे बाक़ायदा नाम लेकर पुकारता है। खचाखच भरे प्रेस कॉन्फ्रेंस में भी शालिनी कोई सवाल करती तो संजय प्रसाद नाम लेकर जवाब देते। सबकी निगाहें बरबस शालिनी की ओर घूम जाती थीं। जवाब अच्छा होता तो प्रेस कॉन्फ्रेंस के ख़त्म होते ही कई लोग शालिनी की तरफ़ लपकते हुए आते–"यार, तुमने आज कॉपी बनवा दी...लिखने में मज़ा आयेगा। अच्छा सवाल पूछा।"

शालिनी हलके से मुस्कराती हुई विनम्रता दिखाती, "अरे क्या!... कुछ भी नहीं यार...जाओ लिखो...बनाओ ख़बर...चलो समर सिंह के पास भी हो आयें...कुछ तो उगलेगा ही...सत्ता की ख़्वाहिश बहुत ज़ोर मार रही है...चलो, चल कर टटोला जाये..."

शालिनी एकदम पकी हुई पॉलिटिकल रिपोर्टर थी। ख़बरों में ही जीना...ख़बरें चबाना, ख़बरों को थूकना...ख़बरें कूटना...ख़बरों को

पकाना...उसका फ़ेवरेट काम बस यही था। शालिनी ख़बरों पर ऐसे चहक–चहककर बात करती थी जैसे महिलाएँ स्वेटर के नये डिज़ाइनों पर बात करती हैं, या नये गहनों या नये चलन की किसी साड़ी पर। क़स्बानुमा शहर से आयी अनुपमा हैरानी से उसे सुनती–देखती और कमोबेश उस पर रश्क़ करती थी।

पिछले पाँच सालों की यात्रा को उसने मुड़कर देखा। कैसे शुरू हुआ था उसके साथ छल का सिलसिला। आई.एन.एस. बिल्डिंग में एक कमरे के दफ़्तर में अच्छा–ख़ासा काम कर रही थी। दक्षिण भारत से छपने वाले एकमात्र हिन्दी के डेली संगम का ब्यूरो दफ़्तर था। 12 पन्नों का अख़बार लेकिन बहुत पुराना। प्रदेश में हिन्दीभाषियों को ध्यान में रखकर निकाला जाने वाला इकलौता अख़बार था। ब्यूरो में सिर्फ़ एक–दो संवाददाता हिन्दी के होते थे। वही क्षेत्र के सभी राजनीतिक दलों और सरकार दोनों की ख़बरें कवर किया करते थे। अक्सर वे पी.टी.आई. और यू.एन.आई. जैसी न्यूज़ एजेंसियों की कॉपी के आधार पर ख़बरें बनाकर भेज देते थे। यहाँ कौन चैक करने वाला है! फ़ीचर पेज के मैटर्स भी यहीं से मैनेज हो जाते थे। कुल मिलाकर आराम का काम था। लेकिन अनुपमा के भीतर के जर्नलिस्ट को इस आराम के काम में सन्तुष्टि नहीं मिल रही थी। आई.एन.एस. की खिचर–पिचर से भी वह ऊबने लगी थी। चाय का अड्डा गॉसिपिंग का अड्डा बनता जा रहा था। काम का प्रेशर जब कम होता था तो ब्यूरो स्टाफ़ नीचे खड़े होकर लड़कियों को लेकर तरह–तरह की बातें करते हुए अपना टाइमपास करते थे। आमतौर पर उस लड़की पर बातचीत केन्द्रित होती थी जो उस वक़्त उनके बीच हाज़िर नहीं रहती थी।

ऐसे ही एक शाम स्टैंडिंग कमेटी के सदस्यों की बहस जारी थी। अनुपमा भी मौजूद थी। शालिनी उनके दरमियान नहीं थी। सब एक–दूसरे से शालिनी के बारे में पूछताछ कर रहे थे। अनुपमा से भी पूछा गया। उसे शालिनी की कोई जानकारी नहीं थी। अचानक मुरली बेसाख़्ता बोल पड़ा, "यार अनुपमा, शालिनी से ज़रा पूछना तो किस कम्पनी की ब्रा पहनती है? उसका भारत बहुत महान है यार!...जब कन्धे पर हाथ रखकर बात करती है तो मैं मुश्किल से ख़ुद को कंट्रोल कर पाता हूँ...ओह...!"

अनुपमा को एक ज़ोरदार झटका लगा। पूरे ग्रुप को जैसे साँप सूँघ गया हो। यह क्या पूछ दिया साले मुरली ने?...वो भी डायरेक्ट अनुपमा से!...सीधी–सादी। देसी टाइप लड़की। जो काम के अलावा कोई बात ही नहीं करती किसी से! पल–भर के सन्नाटे के बाद एक कड़कदार आवाज़ आयी। अनुपमा ने मुरली को ज़ोर का धक्का देकर कहा था, "रहोगे तो वहीं घटिया मरद ही न!...पत्रकार बन जाने भर से क्या होता है!...मुझे तो घिन आती है तुम लोगों की संगति में। भाड़ में जाओ...शालिनी निपटेगी तुमसे...गो टू हेल...बास्टर्ड!"

रंजीत भी उसके पीछे लपका लेकिन तब तक अनुपमा ओझल हो चुकी थी।

"अरे!...जस्ट किडिंग यार!...चिल डाउन..." मुरली ने दबी ज़ुबान में सफाई देने की कोशिश की थी। उस शाम की सारी ख़बरें इस इकलौती ख़बर के नीचे दब गयीं। अगले दिन से चाय के अड्डे पर स्टैंडिंग कमेटी का कोई बन्दा नहीं दिखा। सब अकेले–अकेले जाते, चुपचाप चाय पीते और निकल लेते। अनुपमा ने कुछ फ़ोन कॉल्स रिसीव किये, पर वे ब्लैंक थे। कुछ दिन के लिए वह कॉंग्रेस, भाजपा या किसी भी पार्टी–ऑफ़िस में जाना नहीं चाहती थी। देखते–देखते चार दिन बीत गये। अनुपमा शालिनी से न तो मिली और न उसे फ़ोन करके कुछ बताया। एक शाम अचानक दफ़्तर में शालिनी धड़धड़ाती हुए घुसी।

"बता देती यार!...इसमें क्या था!। कुछ भी बताकर बात टाल सकती थी। लड़–भिड़कर पूरा ग्रुप बिखेर दिया। लोग तरह–तरह की बातें कर रहे हैं। जो नहीं जानता था अब वह भी चटखारे ले रहा है...बात फैल गयी है कि तुझसे मुरली ने क्या पूछा है...क्या हो गया, ज़रा–सा मज़ाक़ ही तो किया था...मैंने ख़ुद ही जाकर उसे बता दिया कि मैं वेलेनटिनो कम्पनी की ब्रा पहनती हूँ...ख़रीद कर देगा क्या?...शंट कर दिया उसे,...नम्बर भी बताऊँ क्या?"

अनुपमा अवाक् सुनती रही। उसे तो जैसे काठ मार गया था। यहाँ लोग कैसी–कैसी बातें करते हैं?...वह किसके लिए लड़कर आयी? ...ये लड़की क्या चीज़ है?...इतनी आसानी से ये बातें कर आयी...!

"अनु...तू तो जानती है...मेरी आदत ही है सबसे दोस्ताना लहजे में बात करने की...लोग ग़लत समझ बैठते हैं...मैं तेरी तरह रिज़र्व नहीं

रह सकती...मेरे स्वभाव में नहीं है। मेरे लिए पुरुष–स्त्री का कोई मतलब नहीं...हम सब एक ही पेशे से जुड़े हैं, एक बिरादरी हैं...क्यों लड़ें आपस में?...बोलने दो...मैं समझती नहीं क्या कि मेरे पीछे में ये लोग क्या बातें करते रहते हैं...ख़बर चाहिए होती है तो मेरे पीछे दुम हिलाते हुए आते हैं...वर्ना संजय प्रसाद जैसे लोग तो इन्हें घुसने भी न दें। मैंने बनाया है पर्सनल रिलेशन...तब कहीं ख़बरें निकलवाने की हैसियत हासिल की है...ये पुरुष रिपोर्टर्स चमचागिरी और भड़ुआगिरी करके लाते हैं ख़बरें..."

अनुपमा एकदम से चुप!

जाने दे...क्या फ़ायदा?...मैं अपनी लड़ाई ख़ुद लड़ सकती हूँ... मेरी एक बात सुन...वह अनुपमा के कानों तक झुक आयी, "मेरी दिक़्क़त ये है कि मेरे कहीं पहुँचने से पहले, मेरी छातियाँ पहुँच जाती हैं...क्या करूँ...तभी तो वो मुरली का बच्चा, 'मेरा भारत महान' बोल रहा था...बातें करते हैं साले..." शालिनी की फुसफुसाहट में एक तल्ख उपहास छिपा था। उसने अपने सीने पर हाथ रखते हुए एक गहरी साँस ली...

अनुपमा चाहकर भी अपनी हँसी नहीं दबा पायी। उसके ठहाके से दफ़्तर में दूर कोने में बैठे दक्षिण भारतीय पत्रकारों को भी यही समझ में आया कि दोनों लड़कियों के बीच ज़रूर कोई 'गर्ल्स–टॉक' हुआ था।

दोपहर के बारह बजे के आसपास अमूमन आई.एन.एस. बिल्डिंग के नीचे एक सन्नाटा–सा पसरा रहता था। राजू की दुकान पर भी इक्का–दुक्का लोग ही दिखते थे। आते–जाते रुककर कोई चाय पी ले या किसी को कोई पैकेट देना–लेना हो तो राजू की दुकान की महत्ता समझ में आती थी। अनेक कस्टमर्स के लिए उसका टी स्टॉल पोस्ट बॉक्स की तरह था। अनुपमा भी जब वहाँ ऑटो से उतरी तो कोई बारह ही बज रहे थे। लेकिन राजू की दुकान का नज़ारा एकदम से बदला हुआ था। नाटे क़द का विनोद त्रिपाठी अपना पसीना पोंछता हुआ राजू की दुकान से लगभग भागता हुआ बिल्डिंग के गेट की तरफ़ जाता नज़र आया। उसके पीछे उसे खदेड़ती हुई नया पटाखा यानी वीणा खन्ना थी। वीणा के मुँह से धाराप्रवाह गालियाँ निकल रही थीं। वहाँ खड़े दो–चार लोग इस दिलचस्प नज़ारे को देख रहे थे। अनुपमा की समझ में मामला आया ही नहीं। कल तक तो दोनों में ख़ूब जम रही थी।

अक्सर वे साथ घूमते भी देखे जाते थे। विनोद था भी ज़रा दिलफेंक क़िस्म का लड़का। ऑफ़िस के साथी उसे हर दो–चार दिन के बाद किसी नयी लड़की के साथ देखने के आदी हो चुके थे। उन्हें लेकर प्रेस क्लब जाना, वहाँ शेख़ी बघारना...वग़ैरह–वग़ैरह उसके प्रिय शगल थे। कोई नयी लड़की अगर फ्रीलांसिंग के लिए भी उसके दफ़्तर में आ जाये तो 'बेचारे' विनोद को उस ज़रूरतमन्द लड़की से हमदर्दी हो जाती थी। उसे ऑटो ले–लेकर यहाँ–वहाँ दौड़ता फिरता, उसे घर तक छोड़ आता या छोड़ने का ऑफ़र देता। दिल्ली के अख़बार में काम करने का रुतबा ही कुछ अलग होता है। ब्यूरो ऑफ़िस अलग होने से रिपोर्टर्स भी थोड़ा बेलगाम महसूस करते थे। बल्कि इस बात का एडवांटेज भी लेते थे। विनोद स्टैंडिंग कमेटी से थोड़ा दूर ही रहता था। रंजीत अक्सर कहता, "हमारे साथ रहेगा तो लड़कियों के दुख कौन हरेगा? इसीलिए कटा–कटा रहता है...दूर से ही दुआ–सलाम करके ग़ायब! हम सब तो मतलबी आदमी ठहरे! सिर्फ़ अपने लिए और अपनी ख़बरों के लिए ज़िन्दा रहते हैं।" अनुपमा को अलबत्ता विनोद समझदार लगता था। ख़ासकर भाजपा को लेकर उसकी ज़मीनी समझ अनुपमा को कई बार अट्रैक्ट करती थी। गाहे–बगाहे वह उससे मिल लिया करती थी। लेकिन विनोद ने कभी इस बात की लिबर्टी लेने की कोशिश नहीं की। हाँ, कभी–कभी अपने साथ प्रेस क्लब चलने का ऑफ़र वह ज़रूर दे दिया करता था। ज़्यादातर मौक़ों पर वह टाल जाती। बहुत सुन रखा था उसने क्लब के बारे में। बहुत कुख्याति थी। प्रेस क्लब अनुपमा ने ख़ुद को ऐसी जगह से दूर रखना ही बेहतर समझा था। अभी करियर को लेकर गम्भीरता का वक़्त था। वह विनोद से अक्सर ख़बरों को लेकर सलाह लेती थी। लेकिन ऐसे निजी फ़ैसलों की बातें वह स्टैंडिंग कमेटी में कभी नहीं बताती थी। विनोद भी उससे यही रिक्वेस्ट करता कि राजू की दुकान पर किसी से उसकी बातें न शेयर किया करे। अनुपमा इतना ज़रूर जान गयी थी कि विनोद हेल्पफुल तो है लेकिन सिर्फ़ लड़कियों के लिए। लेकिन सरे दोपहर यह नज़ारा देखकर अनुपमा दंग थी। क्या हो रहा है यह? यह लड़की फ़साद करने पर क्यों आमादा है? अनुपमा झपटती हुई विनोद के पीछे–पीछे गयी।

"विनोद...विनोद जी...रुकिये तो...क्या हुआ?"

लेकिन विनोद उसकी बात अनसुनी करता लपककर बिल्डिंग की सीढ़ियाँ चढ़ गया। अनुपमा को उसने पल भर के लिए मुड़ कर ज़रूर देखा.

"क्या हुआ...?" अनुपमा ने हाथ के इशारे से पूछा।

विनोद ठण्ड में भी माथे से पसीना पोंछ रहा था।

"बाद में बात करता हूँ।''...उसने कहा और सीढ़ियाँ चढ़कर गुम हो गया।

अनुपमा पलटकर राजू की दुकान में लौट आयी जहाँ वीणा का भाषण जारी था..."क्या समझते हैं ये लड़के अपने आपको? हम लड़कियाँ क्या इतनी ईज़िली एवेलेबल हैं?...ज़रा–सा हँसकर क्या बात कर ली, ज़रा–सी इनकी हेल्प क्या ले ली!... जानते नहीं मुझे...मुँह नोच लूँगी। भागा क्यों? रुकता तो सही...इज़्ज़त के चिथड़े यहीं उड़ा देती। मुँह दिखाने लायक नहीं रहता...सारी लड़कियाँ एक जैसी नहीं होतीं...होगी कोई और...हम नहीं हैं वैसे...मैं कोई आउटसाइडर भी नहीं...यूपी, बिहार, एमपी की!...लोकल हूँ लोकल...अपनी भी कोई औक़ात है...''

अनुपमा के हस्तक्षेप ने उसके प्रलाप में बाधा डाल दी थी। तीन–चार तमाशबीन और भी खड़े थे, दूसरे अख़बारों के जूनियर संवाददाता–टाइप लोग थे। लेकिन सब जाने–पहचाने से चेहरे थे। उनसे कोई बातचीत नहीं हुई कभी, यह और बात थी। वे वीणा के तेवर के मज़े ले रहे थे।

राजू भी भीतर–भीतर मुस्कराता हुआ उबलती हुई चाय में चमचा चला रहा था। उसे यह सब देखने की आदत थी। उसके लिए यह भी एक मामूली घटना थी। इस हंगामे से भी उसकी सेहत पर कोई फ़र्क़ नहीं पड़ा था। अनुपमा ने राजू की तरफ़ देखकर आँखों ही आँखों में कुछ पूछने की कोशिश की।

वीणा अभी भी बोले जा रही थी..., ''हद है यार, हम अच्छे दोस्त थे...क्या स्त्री–पुरुष में सिर्फ़ मित्रता नहीं हो सकती! पुरुषों को हर समय एक ही चीज़ क्यों दिखाई पड़ती है?...ये साला कमीना विनोद! इन्सान नहीं...गलीच है...ये यूपी–बिहार के लड़के सोचते हैं! हम पंजाबी लड़कियाँ उनसे प्रेम करने के लिए मरी जाती हैं...''

''हुआ क्या?...विनोद ऐसे भागा क्यों?...तुम दोनों तो अच्छे दोस्त थे...? साथ घूमते–फिरते थे दोनों! फिर क्या हो गया अचानक?''

"ये देखो...क्या हुआ?"

"क्या है...कोई ख़बर है क्या?"

"ख़बर...इतनी सुबह...देखो तो सही...पढ़ो पहले,...फिर बताना कि मैं विनोद को पकड़ के क्यों न पीटूँ?..."

"वह हिन्दी में लिखी हुई दो पेज की एक चिट्ठी थी। विनोद की हैंडराइटिंग बहुत सुन्दर है, ये मैं जानती हूँ।"

"पढ़ो...मैं इसकी बहुत सारी फ़ोटोकॉपी करवाऊँगी...पूरी बिल्डिंग में बाँटूगी...नोटिस बोर्ड पर चिपका दूँगी...इसकी बीवी को भेजूँगी... हें–हें–हें...करता हुआ दुम हिलाता है...एक नम्बर का..."

वीणा का ग़ुस्सा अभी भी अपने चरम पर था। विनोद भाग गया था, नहीं तो वह सरेआम धुलाई कर सकती थी। अनुपमा से वह चिट्ठी पढ़ी नहीं गयी। लेकिन पूरा माजरा उसकी समझ में आ गया था।

विनोद वीणा को रोज़ ख़बरें लिखकर देता था, आज ख़बर प्रेमपत्र में बदल गयी थी। एक न एक दिन मुफ़्त सेवा को पेड सर्विसेज़ में बदलना ही था। लेकिन वीणा क्या इतनी नादान थी! कौन पूछे...!!

अभी–अभी वीणा ने पेपर खोलकर पढ़ा और तब से ही पारा बेतरह चढ़ा हुआ था उसका। विनोद को भी इसका अन्दाज़ा नहीं था कि वीणा सरेआम उसकी ऐसी फ़जीहत कर देगी। विनोद ने तो ख़बरों की तरह लिफ़ाफ़े में बन्द लेटर उसके हाथ में रखा था। वीणा ने वहीं पर लिफ़ाफ़ा खोल लिया और यह तमाशा हो गया।

अब अनुपमा भी उसे क्या बताये कि इस मामले में विनोद की ख्याति दूर–दूर तक फैली हुई है। पत्रकारिता जैसा काम कर रही लड़की को अगर नहीं मालूम तो वह बेवकूफ़ है या फिर मालूम होने के बाद भी दोस्ती रखती है तो लोग यही समझेंगे कि दोनों की म्युचुअल अंडरस्टैंडिंग है। वीणा के बारे में भी सब लोग मोटे तौर पर यही समझ रहे थे।

अनुपमा ने कई दिनों तक स्टैंडिंग कमेटी में वीणा–विनोद प्रकरण पर सबको चटखारे लेते और इस बात पर अफ़सोस करते पाया। मसलन विनोद पिटा क्यों नहीं?...पिट जाता तो मज़ा आता... वग़ैरह–वग़ैरह। लेकिन वीणा से मुरली कुछ ज़्यादा ही इंप्रेस दिख रहा था। अनुपमा को हैरत हुई कि 'मेरा भारत महान' के पीछे भागने वाला मुरली अचानक वीणा से मिलने के लिए क्यों उतावला हुआ जा रहा था।

इस वाक़ये के बाद भी अगले कई दिनों तक विनोद और वीणा बिल्डिंग के आसपास नहीं दिखे।

दिल्ली में बारिश हो रही थी...और संसद का मानसून सत्र शुरू हो रहा था...

बारिश की वजह से स्टीयरिंग कमेटी की मजलिसें नहीं जम रही थीं। आपस में बातचीत का अकेला सहारा इंटरकॉम बचा था। ज़रूरत पड़ने पर एस.एम.एस. का इस्तेमाल किया जाता था। लेकिन वह महँगा पड़ता था। राजू की दुकान के आसपास पानी भर गया था। बारिश जैसे ही थमती सब लोग फटाफट अपनी सीटों से उठते और चाय पीने उतर आते। राजू ने दुकान के आगे छोटा–सा तिरपाल तान दिया था ताकि लोग चाय पीने के वक़्त बारिश से बच सकें। संसद का मानसून सत्र शुरू हो चुका था। कुछ पत्रकार संसद पहुँचकर सीधे वहीं पार्किंग में अपनी–अपनी गाड़ी खड़ी कर देते थे। पैदल वाले रफ़ी मार्ग पर उतरते और पहले राजू की दुकान की गरमागरम चाय पीकर जल संसाधन मन्त्रालय के अहाते से होते हुए पी.टी.आई. बिल्डिंग के पास निकलते। आज अनुपमा को भी जाना था। लेकिन पहले उसे अपना पास रिन्यू करवाना था। सम्पादक का लेटर लेकर वह उस लेटर पर साइन करवाने के लिए किसी ऐसे आदमी को खोज रही थी जिसके पास परमानेंट पास था। बस से उतरकर सीधे राजू की दुकान में पहुँच गयी। वहाँ बस मुरली अकेला खड़ा था। हलकी बूँदाबाँदी हो रही थी। उसे छतरी लेकर चलने की आदत कभी नहीं रही। बारिश होने की नौबत आने पर वह कहीं ठहर जाती थी या फिर भीगती हुई चलती जाती थी। एक अलमस्त हवा के झोंके की तरह जिसे भीगने का कोई भय नहीं हो। बूँदों की अपनी कोई आवाज़ नहीं होती है...जिस भी चीज़ से टकराती हैं उसी से आवाज़ उधार ले लेती हैं। कभी गरम कड़ाही पर पड़े तो छनाक की ध्वनि निकालती है, और चेहरे पर पड़े तो बे आवाज़ हो जाती है। अनुपमा के चेहरे पर बारिश की बेआवाज़ बूँदें फिसल रही थीं। इस मौसम में वह अकेली ही राजू की चाय सुड़कने को बेताब थी। ख़बरों के पीछे दौड़ते फिरने वाले लोग आज दूर–दूर तक नहीं दिख रहे थे। अभी चाय का गरम गिलास पकड़ा ही था कि रंजीत आता हुआ दिख गया।

"हाय..." अनुपमा ने कहा।

"हाउ आर यू?...अकेले–अकेले...नॉट ए बैड आइडिया...हमें फ़ोन कर लेतीं!...कोई बात नहीं ख़ैर...चलो, 'मुलाक़ात' में चलकर कॉफ़ी पीते हैं...वहीं कुछ बात हो पायेगी..."

"मुझे संसद जाना है...पास रिन्यू करवाना है।"

"अरे छोड़ो यार! वहाँ आज कुछ नहीं होना। पहला दिन है...जो नेता जी लोग इस बीच सिधार गये हैं, उनके लिए मौन रखा जायेगा। फिर हाउस एडजार्न। कल चलेंगे...इतने अच्छे मौसम में खड़ूसों के बीच जाने का नाम भी न लो..."

रंजीत पीछे ही पड़ गया था। तीनों सड़क पार करके मावलंकर हॉल के बेसमेंट में बने रेस्तराँ 'मुलाक़ात' में चले गये। अभी वे बैठे ही थे और वेटर का इन्तज़ार कर रहे थे कि रेस्तराँ के एक कोने से हलकी–सी हँसी सुनाई दी। मुरली ने मुड़कर देखा। उस वक़्त उसके चेहरे पर कमोबेश वैसा ही भाव दिखाई पड़ा जो थामस एडीसन के चेहरे पर बिजली के बल्ब के आविष्कार के वक़्त शायद आया हो।

"ओ तेरी की!...ये देखो...ग़ज़ब भयो रामा...जुलुम भयो रे..."

कॉर्नर टेबल पर विनोद त्रिपाठी महाशय एक नयी बाला के साथ विराजमान थे। बाला अपने हाथ में पकड़ी नोटबुक में कुछ लिखती जा रही थी। विनोद ख़बरें बाँचने में तल्लीन था और बाला हँस–हँस के विनोद की बातों को नोट करती जा रही थी।

"तीन बुलाये...तेरह बुलाये...इसे क्या कमी है भई!...ये तो ख़बरों की चलती–फिरती मशीन है...ख़बरें खाता–पीता है और साँस भी ख़बरों में ही लेता है..."

रंजीत के कटाक्ष में ईर्ष्या की हलकी–सी बू आ रही थी।

"उसकी दुकान इतनी कैसे चल रही है यार?" मुरली ने मज़ाक़िया लहजे में पूछा।

"क्यों?...तू भी खोलेगा क्या?"

"मरना है क्या?...पर किस मिट्टी का बना है यार यह आदमी!... नयी–नयी छोकरियाँ मिल भी जाती हैं इसे...एक हम हैं...बहिनजियों के साथ घूम रहे हैं!...वो शालिनी भी भाव नहीं देती...पता नहीं क्या समझती

है अपने आपको। किस नेता से चहक–चहककर नहीं मिलती! जब तक हम पहुँचते हैं, वहाँ से ख़बर लेकर निकल चुकी होती है...''

''तुम लोग फिर शुरू हो गये...शालिनी के पीछे क्यों पड़े हो...उस दिन इतना लफड़ा हुआ, मन नहीं भरा? मैं इरिटेट होती हूँ यार! तुम लोग ख़बरों की बजाय लड़कियाँ डिस्कस करते हो!...कुछ नहीं हो सकता तुम दोनों का...'' अनुपमा खीझ गयी थी।

''और हाँ...मैं बहन जी टाइप नहीं हूँ...भाई जी टाइप के लोगों के साथ घूमते–घूमते मुझमें ये संस्कार आ गये होंगे...''

अनुपमा ने दोनों के चेहरों को बनते और बिगड़ते देखा लेकिन उसे पक्का विश्वास था कि आज से ये दोनों कम–से–कम लड़कियाँ डिस्कस नहीं करेंगे।

लेकिन मैं ग़लत थी। मुझे नहीं पता था कि अब ये लड़कियाँ नहीं, लड़कियों की समझ डिस्कस करेंगे!!

''लड़कियों की अपरस्टोरी ख़ाली होती है...उनमें राजनीतिक चेतना नहीं होती...राजनीति की समझ नहीं होती...राजनीति की समझ होती भी है तो सतही होती है...वे विश्लेषण नहीं कर सकतीं...मेहनत नहीं करतीं...उन्हें ख़बरें बस पकी–पकायी मिल जायें...तभी तो विनोद जैसे टुच्चों की दुकानें चलती रहती हैं...आख़िर क्यों लड़कियाँ उसके साथ घूमती हैं...क्यों उसके पहलू में हमेशा कोई–न–कोई लड़की डोलती फिरती है...लड़कियों को तो सीधे फ़ीचर विभाग में काम करना चाहिए या डेस्क पर...'खाना पकाओ–फ़ूलवारी लगाओ' टाइप रंग–बिरंगे पेज बनायें और शाम को घर जायें...उनके बस की बला नहीं ये पॉलिटिकल रिपोर्टिंग...''

सुन–सुनकर पक चुकी थी अनुपमा। उसके सामने ही उसकी प्रतिभा को, शालिनी की प्रतिभा को ख़ारिज किया जा रहा था। जबकि दोनों ही बहुत सक्रिय और महत्त्वाकांक्षी थीं। शालिनी का तो रुतबा ही अलग था। अनुपमा एक तो अपने संकोची स्वभाव की वजह से और दूसरे कुछ अहिन्दीभाषी अख़बार से जुड़े होने की वजह से कम सक्रिय दिखाई देती थी।

बैनर का फ़र्क़ तो पड़ता ही है! अनुपमा अब इस फ़र्क़ को शिद्दत से महसूस करने लगी थी। शायद इसलिए कि उसे उत्तर प्रदेश और

बिहार जैसे सूबों के नेता–मन्त्री अपने किसी कार्यक्रम और प्रेस कॉन्फ्रेंस में नहीं बुलाते थे।

एक दिन का वाक़या है।

पूरी स्टीयरिंग कमेटी आज बहुत ख़ुश थी। सबको सहसवान जाना था। बिजनौर के पास का एक छोटा–सा क़स्बा। वहाँ एक धाकड़ नेता–मन्त्री की पार्टी की रैली होने वाली थी। आई.एन.एस. बिल्डिग के बाहर से बड़ी सी बस में सभी भर–भरकर वहाँ जा रहे थे। अनुपमा को रैली का बुलावा नहीं था। शालिनी ज़रूर जा रही थी। रंजीत, मुरली, सलिल तीनों अनुपमा के पीछे पड़ गये। हार–थककर उसे भी उनकी बात माननी पड़ी। उसने सोचा चलो, केन्द्र में मन्त्री है, कुछ–न–कुछ ख़बर मिल ही जायेगी। मिलने का मौका मिला तो दक्षिण भारत से सम्बन्धित कोई सवाल भी पूछ लेगी। दोपहर बारह बजे बस चली। ठसाठस भरी हुई।

दिल्ली के सभी प्रमुख अख़बारों–पत्रिकाओं के रिपोर्टर्स थे। पहली बार अनुपमा को सबके साथ घुलने–मिलने का मौक़ा मिला था। यूपी के ख़राब रास्तों पर बस कई बार रुकी, फिर चली, फिर रुकी, फिर चली...लड़के उतरते और चढ़ते रहे। पूरी बस में अनुपमा अकेली लड़की थी। शालिनी ने भी ऐन वक़्त पर धोखा दे दिया था। अनुपमा को अकेले अजीब लग रहा था। लड़के अपने हिसाब से बातें और हँसी–मज़ाक़ कर रहे थे। अनुपमा बहुत असहज अनुभव कर रही थी। अभी सफ़र आधा ही कटा था कि उसे वाशरूम जाने की ज़रूरत महसूस हुई। किससे कहती? बस में अकेली लड़की...सफ़र अभी आधा बचा था।

"कितना टाइम और लगेगा?" पास वाली सीट पर बैठे रंजीत से उसने बेचैन आवाज़ में पूछा।

रंजीत ने भी सेवाभाव में लगे पार्टी के पी.आर.ओ. से दरयाफ़्त की।

"सर, अभी दो घण्टे और लगेंगे...चार बजे तक पहुँचेंगे..." पी.आर.ओ. ने बताया।

"तब तक देर नहीं हो जायेगी?...नेता जी का भाषण न ख़त्म हो जाये..." सलिल ने टोकते हुए पूछा।

"आप लोगों का वेट हो रहा है वहाँ...उसके बाद ही नेता जी भाषण देंगे...आप लोगों के पहुँचने तक वे वेट करेंगे।"

"अच्छा...!"

अनुपमा दूरी और वक़्त के बारे में जानकर और भी असहज हो गयी।

"हम सीधा रैली में चलेंगे। उसके बाद आप लोगों को गेस्टहाउस ले जायेंगे। जिनको ख़बर वहाँ से डिस्पैच करनी होगी, वे वहीं लिख लेंगे, चाय–पानी की सारी व्यवस्था होगी वहाँ...लौटते समय बाक़ी की ख़ातिरदारी।" पी.आर.ओ. ने ऊँची आवाज़ में ब्रीफ़िंग की।

अनुपमा की हालत पतली हो रही थी। लड़के तो जहाँ–तहाँ उतरकर निपट ले रहे थे। उससे कोई न तो पूछ रहा था, और न वह बता ही पा रही थी। किससे कहे?...कैसे कहे?...कभी इस तरह से पहले फँसी नहीं थी। यह सुनकर वह और परेशान हो गयी कि पहले गेस्टहाउस नहीं, रैली–स्थल जायेंगे।

अब? कोई उपाय नहीं सूझ रहा था। या तो बेशर्म होकर कहे कि कहीं कोई सुनसान जगह देखकर बस रोको या कंट्रोल करने की तकलीफ़ को झेलते रहे।

बस में इतने लड़के सवार हैं कि रास्ते में कहीं रुकना अच्छा नहीं लगेगा...

मुरली, सलिल या रंजीत किसको बतलाये? शालिनी होती तो ठीक रहता...छोड़ गयी दगाबाज़...पता भी नहीं चला कि क्यों नहीं आयी। पहले पता चलता तो मैं भी कैंसिल कर देती...

अनुपमा को पेट में ऐंठन का अनुभव हुआ। वह न तो गपशप एंजॉय कर पा रही थी और न इस सफ़र को। पूरा माहौल मनोरंजक था, सब लोग खाते–पीते और हँसी–ठट्ठा करते हुए चले जा रहे थे। लेकिन अनुपमा पर जो गुज़र रही थी वह अनुपमा ही जान रही थी। वह आख़िरकार किसी से नहीं ही कह सकी। अलबत्ता रास्ते भर कसमें ज़रूर खाती रही कि अब दुबारा बस में इस तरह कभी न जायेगी...चाहे प्रधानमन्त्री की ही रैली क्यों न हो। किसी दुर्गम यात्रा की मंज़िल की तरह सहसवान के रैली–स्थल पर पहुँचकर बस खड़ी हो गयी।

चारों तरफ़ बड़ा जनसैलाब, जय–जयकार के नारे और छत की छज्जों पर झुके हुए लोग। मंच पर नेता जी अपने दलबल समेत विराजमान थे और उनके सम्मान में स्थानीय छुटभैयों का भाषण चल रहा था। दिल्ली की बस जैसे ही वहाँ पहुँची एक स्थानीय नेता की

आवाज़ लाउडस्पीकर पर सुनाई पड़ी...''अब नेता जी आपको सम्बोधित करेंगे...''

पी.आर.ओ. दिल्ली से साथ आये सारे पत्रकारों को लेकर मंच के पास वाली कुर्सियों तक जाने की जुगत में था। लेकिन अनुपमा तो बस के रुकते ही खिसक चुकी थी। लगभग दौड़ती हुई वह मैदान के पास बने कुछ कच्चे–पक्के मकानों में से किसी एक में घुस गयी। आँगन में कुछ औरतें बैठी थीं। वे सब एक शहरी लड़की को बदहवास देखकर हड़बड़ाकर उठ खड़ी हुईं। वे हक्की–बक्की थीं, अनुपमा ने सीधा सवाल किया, ''बाथरूम कहाँ है?''

''बाथरूम...?''

''पेशाबघर...मुझे जाना है...ज़ोर की लगी है...एक मिनट भी नहीं रुक सकती...प्लीज़ जल्दी बताओ...'' एक हाथ से पेट पकड़े अनुपमा की हालत पर किसी को भी तरस आ सकता था।

औरतें समझ गयीं। उनमें से एक ने इशारा किया, ''उधर है...उस तरफ़।''

कच्ची दीवारों पर टाट का एक परदा पड़ा था। कोई दरवाज़ा नहीं। नहाना–धोना भी शायद इसी में करती थीं सब। एक रस्सी बँधी थी जिस पर गन्दे कपड़े पड़े थे। अनुपमा के पास सोचने का पर्याप्त वक़्त नहीं था...

बाहर औरतें कह रही थीं, ''...बहुत ज़ोर से लगी थी न बेचारी को...कितनी देर लगा रही है ना!''

हँसी के बुलबुले फूट रहे थे। एक महीन आवाज़ आयी–"लगता है, झरना फूटा है।''

''अरे नहीं, निकलने दे, दलदल होगी ज़मीन...''

ये आवाज़ अलग थी, खुरदुरी–सी।

तीसरी आवाज़ थोड़ी तेज़ थी जो वाक्य पूरा होते–होते ही अधूरी छूट गयी थी–"अरे महीने भर से पेशाब नहीं की थी का...?"

औरतों का समवेत ठहाका गूँजा। उसे ग़ुस्सा आया कि सारी औरतें बाहर ही क्यों खड़ी हो गयी हैं, दूर क्यों नहीं जातीं। उनके लिए मनोरंजन का सबब बनकर रह गयी थी। फ़ारिग होकर अनुपमा बाहर निकली और बिना औरतों की तरफ़ देखे हुए, उनसे टकराते हुए बाहर भागी...मुँह पर आँचल दबाये औरतों की हँसी रुक नहीं रही थी।

हालात अच्छे नहीं थे। सभी रिपोर्टर्स को आसार बेहतर होने की उम्मीद थी लेकिन अख़बारों की माली स्थिति बद से बदतर होती जा रही थी। पूरी स्टीयरिंग कमेटी स्तब्ध थी। कमेटी ने अपने दो सदस्यों को और गँवा दिया था। वैसे भी पूरा कुनबा बिखर गया था। कई लोग दिल्ली के अख़बारों में शिफ्ट हो गये थे। कुछ लोग न्यूज़ चैनलों में जा रहे थे। उनकी जगह नये–नये चेहरे अख़बारों में आने लगे थे। पुराने लोग नये लोगों से जुड़े रहना अपनी तौहीन समझने लगे थे। किसी समय ख़ासा बड़े समूह के अब कई टुकड़े हो चुके थे और वे टुकड़े द्वीपों की तरह अलग–अलग बिल्डिंग के नीचे मँडराते रहते थे। यह प्रिंट मीडिया पर इलेक्ट्रॉनिक मीडिया के हमले और अधिकार का समय था। अनुपमा का अख़बार भी बन्दी की कगार पर था लिहाज़ा उसने उसी बिल्डिंग में दूसरा अख़बार ज्वाइन कर लिया। अख़बार क्या था, वह भी एक डूबता जहाज़ ही था जिसमें अब सिर्फ़ चार सवार ही बचे थे। सब अपना–अपना वक़्त काट रहे थे। उन्हें अपने ब्यूरो में एक महिला रिपोर्टर की तलाश थी। दिल्ली के अख़बारों में लड़कियों की भर्ती के कारण ब्यूरो में लड़कियाँ कम पड़ने लगी थीं। अभी तक उनको स्लम रिपोर्टिंग, कला–संस्कृति, फ़ीमेल इश्यूज़ या कोई सॉफ्ट बीट दिया जाता था। हार्ड न्यूज़ के लायक उन्हें इतने सालों के बाद भी नहीं माना गया था। अंग्रेज़ी अख़बारों की हालत अभी भी अच्छी थी। लड़कियाँ सम्पादकों के साथ उनकी बड़ी कारों में घूमती थीं, छोटे–छोटे कपड़ों में पेंसिल हील पहन लचक–लचककर चलती थीं। मानो फ़ैशन परेड में हिस्सा लेने जा रही हों। किसी भी तरह की वर्जना से बिल्कुल मुक्त। सिगरेट पीने के लिए कभी उनमें से कोई लड़की राजू की दुकान पर अकेली भी खड़ी दिख जाती तो किसी हिन्दी अख़बारवाले की क्या मजाल कि उनको सीधे–सीधे घूरकर देख भी ले। उनकी जगह कोई हिन्दी अख़बार की लड़की सिगरेट पी लेती तो बवाल मचना तय था। अंग्रेज़ी में अब भी आभिजात्य–बोध न सिर्फ़ बचा हुआ था बल्कि हिन्दी की हीन–भावना की ख़ुराक़ पर फल–फूल भी रहा था। हिन्दी की तंग दुनिया में बन्द मेनस्ट्रीम से कटी ये लड़कियाँ जल्दी–जल्दी प्रमोट हो रही थीं। अख़बार सिकुड़ता जा रहा था और ओहदा बढ़ता जा रहा था...अब वे विशेष संवाददाता बन रही थीं और फ़ील्ड से लेकर डेस्क तक उनका

बोलबाला था। अनुपमा और सलोनी त्रिवेदी दोनों ने जर्नलिज़्म एक साथ शुरू किया था। सलोनी विशेष संवाददाता बनकर इठला रही है, और अनुपमा? दो–दो नौकरियाँ बदलने के बाद भी सिर्फ़ प्रसिंपल कॉरेस्पोंडेंट की कुर्सी तक ही पहुँच पायी थी। भाषाई वर्ण–व्यवस्था चारों तरफ़ दीखती थी। पिछड़ी हुई हिन्दी की कुण्ठित दुनिया में सलवार–कुर्ता और जींस–टॉप से ऊपर उठ पाना बहुत मुश्किल था। एक तो नेता और उनके छुटभैये चमचे ऐसे घूरते थे जैसे देह को छेदकर उसमें दाख़िल हो जायेंगे, उस पर लार टपकाते पुरुष सहकर्मी आगे–पीछे ऐसे डोलते रहते जैसे उनके दरवाज़ों के बन्दनवार ही बन गये हों। ऐसे लार–टपकाऊ लोगों से जूझते हुए इस पेशे में वक़्त कैसे कट रहा था यह तकलीफ़ सिर्फ़ अनुपमा ही महसूस कर सकती थी। शालिनी इन बातों से ऊपर थी। वह अभी तक न केवल एक ही अख़बार में जमी हुई थी बल्कि अपने मालिकों की भी चहेती थी। क्या मजाल कि ब्यूरो चीफ़ उसकी कोई ख़बर रोक दे या उसकी किसी स्टोरी पर कोई सवाल कर दे। मालिकों की कृपापात्र बनी शालिनी की बदनामी के ढेर सारे झूठ–सही क़िस्से भी थे। आये दिन उसका नाम किसी नेता या किसी मन्त्री से निकटता के कारण हवा में उछलता रहता। सहसवान वाली रैली में भी वह अपने सहकर्मियों के साथ नहीं गयी लेकिन जब अनुपमा वहाँ पहुँची थी तो उसने शालिनी को मंच के बिल्कुल पास वाली वी.आई.पी. दीर्घा में बैठे देखा था। पता चला कि वह मन्त्री जी के साथ उनके ही हेलीकॉप्टर से वहाँ पहुँची थी। शालिनी एकदम बिन्दास थी। मुँहफट और हाज़िरजवाब। सबके लिए जलन का सबब होने के बावजूद किसी की यह मजाल नहीं थी कि उसे नज़रअन्दाज़ कर सके। इस नज़रिये से अनुपमा को भी शालिनी ख़ासी दिलचस्प लगती थी। वह किसी के भी ख़ौफ़ और दबाव से बेपरवाह थी और उसका फ़ोकस एकदम क्लियर था। कोई कन्फ़्यूजन नहीं। उसे ठीक–ठीक पता होता था कि वह क्या कर रही है और किस रास्ते जा रही है। वह बस चली जा रही थी। लोग उसके बारे में तरह–तरह की बातें करते थे। कोई कहता कि फलाँ नेता से कहकर उसने अपने मालिकों को चीनी मिल का लाइसेंस दिलवा दिया था, कोई कहता कि मालिकों ने जो निजी स्कूल खोला था उसका उद्‌घाटन करने, सम्बन्धित विभाग मन्त्री शालिनी के कहने पर आये थे। शालिनी की ही ड्यूटी लगी थी उनको

साथ लाने की। कहने वाले तो यह भी कहते कि मालिक की बेटी की शादी में राजनेताओं का हुजूम जुटाने की ज़िम्मेदारी भी उसी की ही थी। अनुपमा शालिनी के बारे में अनाप–शनाप सुनकर राहत महसूस करती। कम–से–कम उसे ये सब तो नहीं करना पड़ता। नये जॉब में ब्यूरो चीफ़ की धौंस सहनी पड़ती है पर क्यों, यह अब तक वह भी समझ नहीं पायी थी।

अनुपमा सोचती रहती आख़िर समस्या कहाँ है? क्यों वह लोगों को पसन्द नहीं आती। बहुत बार सोचा लेकिन किसी नतीजे पर नहीं पहुँच पाती थी। देखने में वह कोई बुरी नहीं थी। शालिनी सुन्दर और बेबाक थी जबकि अनुपमा की अपनी ख़ासियतें थीं। वह स्मार्ट, मोहक और शान्त थी। दफ़्तर की अन्दरूनी पॉलिटिक्स में नहीं पड़ती थी। उसे अपने काम से मतलब था और ईमानदारी से वह अपना काम निपटाकर वक़्त से अपने हॉस्टल निकल जाती थी। वर्किंग विमेंस हॉस्टल में रहते हुए उसे कई साल हो गये।

पिछले दो सालों में उसके तीन–तीन ब्यूरो चीफ़ बदल चुके थे। तीनों की अपनी कहानियाँ थीं। दो तो अपनी सद्‌गति को प्राप्त हो चुके थे। तीसरे की भी बारी आने में ज़्यादा वक़्त नहीं था। पहले ब्यूरो चीफ़ दिन के वक़्त किसी मीडिया–संस्थान में पढ़ाने का काम करते थे और शाम को दफ़्तर पहुँचते ही टाइपिस्टों को घेरकर बैठ जाते थे। ख़बरों को बोलकर लिखवाते थे। ख़बरें क्या होतीं, न्यूज़ एनालिसिसनुमा आलेख हुआ करते थे और रोज़ नाम समेत अख़बार में छपे होते थे। अपनी टेबल उन्होंने पीछे की तरफ़ लगवा रखी थी ताकि दरवाज़े से कोई घुसे तो फ़ौरन उन पर नज़र न पड़े। उनके स्टूडेंट उनके आते ही दफ़्तर में आने लगते। उनमें लड़कियाँ ज़्यादा हुआ करती थीं और लड़के कम। उनके इकट्ठे होने से दफ़्तर के कामों में अवरोध पैदा होने लगा और इस बात की शिकायतें ऊपर तक गयीं। उन्हें नोटिस सर्व हुआ। इसी बीच एक काण्ड हो गया, एक शाम ब्यूरो चीफ़ अजय कुमार अचानक अनुपमा की सीट के पास आये–"आज मैं आपको होस्टल तक छोड़ दूँगा, आय विल ड्रॉप यू...जाना मत, प्लीज़ वेट फॉर मी..."

अनुपमा ने अवाक् होकर उन्हें देखा।

"हैरान मत होइए...मुझे आपको कुछ बताना है...फिर शायद मौक़ा मिले न मिले...यहाँ नहीं बता सकता..."

उसे कभी घास न डालने वाले बॉस आज उसे ड्रॉप करने की बात कर रहे हैं! वाह!...देखते हैं...कोई रहस्य है शायद...

रोज़ की तरह ख़बरें भेजकर अजय उठे, अपने चेले–चपाटों को विदा किया और अनुपमा को चलने का इशारा किया। अनुपमा ने नोटिस किया, अजय अपनी सीट से सारा सामान एक–एक कर समेट चुके थे और ड्राअर को भी चैक कर लिया था। उसे अटपटा लगा।

सारे रास्ते अजय अकेले बोलते रहे और अनुपमा ख़ामोश सुनती रही। रास्ता भी जल्दी कट गया। रफ़ी मार्ग से लक्ष्मी नगर तक का रास्ता कोई ख़ास लम्बा था भी नहीं। एक तरह से आई.टी.ओ. ब्रिज के दो सिरों पर थे दोनों इलाक़े। अजय जी शायद अनुपमा तक पहुँचने के लिए उसी पुल को पार करना चाह रहे थे।

फिर उन्होंने एकदम निरपेक्ष भाव से कहा, "आज दफ़्तर में मेरा अन्तिम दिन था।"

वह नौकरी छोड़ रहे हैं, यह अनुपमा के लिए पहला धमाका था। दूसरा धमाका उन्होंने यह बतलाकर किया कि वह राष्ट्रपति के साथ दस देशों की यात्रा पर जा रहे हैं। और तीसरा धमाका यह खुलासा था कि वह जल्दी ही अपना ख़ुद का अख़बार शुरू करने जा रहे हैं। अन्त में उन्होंने वह कहा जो कहने के लिए वह आज दफ़्तर से अनुपमा को साथ लेकर निकले थे, "क्या आप हमारे साथ काम करना चाहेंगी?"

अनुपमा के दिमाग़ में ऊहापोह में डूबे कई सवाल एक साथ उबल रहे थे।

"आप नौकरी क्यों छोड़ रहे हैं? आख़िर यह क्या बात हुई?"

"आप तो जानती हैं, मेरे ख़िलाफ़ शिकायतें की जा रही थीं। इस बीच राष्ट्रपति के साथ दस देशों की यात्रा का मौक़ा मिला। मैंने सम्पादक से अनुमति माँगी। उन्होंने मना कर दिया और अपना नाम एड करवाने को कहा। मुझसे नहीं होगा ये सब। इतने सालों का करियर हैं। मैं क्यों न जाऊँ? मैं हमेशा उन्हीं को भिजवाता रहूँ? मालिक हैं,...सम्पादक हैं,...और अब संवाददाताओं का हक़ भी मारेंगे? मैं नहीं सह सकता था अब।

"लेकिन वे तो जा रहे हैं!"...मुझे पता चला था कि सम्पादक जी जा रहे हैं।

"हाँ, जा रहे हैं...वे जायें लेकिन...मैं भी जा रहा हूँ...मैं बतौर फ्रीलांसर जाऊँगा...मैं अब किसी बैनर का मोहताज नहीं हूँ..."

मैं ख़ामोश बैठी उनकी बातें सुनती रही।

"सोचा आप पुरानी साथी हैं, नयी टीम बनाऊँगा सो आपसे पूछ रहा हूँ..." वे मुस्कुराये

"लेकिन इतनी जल्दी?...कैसे होगा...? आप लौट आयें...फिर बैठ कर बात करते हैं..."

"गुड...सोच लें...कोई जल्दी नहीं...डिटेल्स लौटकर बताता हूँ..."

अनुपमा को ड्रॉप करने के बाद जब अजय जी ने गाड़ी का दरवाज़ा बन्द किया तो अनुपमा ने उनके चेहरे पर एक अद्‌भुत शान्ति देखी जैसे अभी–अभी बाड़ तोड़कर बाहर निकल आये हों।

सेवा सम्पादक यानी चपरासी मंगूलाल सकुचाता हुआ टेबल पर आया और अनुपमा के सामने एक पर्ची रखकर चला गया। अनुपमा ने क़लम रोककर पर्ची को उठा लिया।

"मैडम, आप ये बतायें कि कल सारे अख़बारों में जो ख़बर आयी है वह आपसे कैसे छूट गयी, जबकि वह आपकी बीट थी? आप बतायें कि आप पर एक्शन क्यों न लिया जाये?" सौरभ शर्मा–ब्यूरो चीफ़ की डेस्क से।"

पर्ची पढ़कर अनुपमा अवाक् रह गयी।

यह नया ब्यूरो चीफ़ अभी–अभी तो आया है, काम सँभाले हुए अभी एक महीना भी नहीं हुआ। आते ही पीछे पड़ गया। हे भगवान!...ये भी...इससे लाख दर्जा बेहतर तो अजय जी ही थे। उनका ख़ुद के अख़बार का प्रोजेक्ट लटक गया नहीं तो अनुपमा तो कब की जा चुकी होती। यहाँ झख नहीं मारती। ऐसे भी इस दफ़्तर के तौर–तरीक़ों से उसका मन अब उचाट हो गया था। माहौल भी अब पहले जैसा नहीं रहा। ब्यूरो के बजाय डेस्क का काम मिल जाता तो अनुपमा को राहत मिलती। इन दिनों वह यही सब सोचती रहती और स्टैंडिंग कमेटी में डिस्कस भी करती। उसने कई दोस्तों से किसी लोकल पेपर में डेस्क का काम दिलवाने के लिए कह भी रखा था। बस फ़ीचर से बचना चाहती थी वह। उससे ये चूड़ी, बिन्दी, टिकुली वग़ैरह पर नहीं लिखा

जा सकेगा और न ही वह पति और ससुराल को ख़ुश रखने वाले टिप्स लिख सकती थी।

उसकी बातें सुनकर सारे साथी हो–हो कर हँस पड़ते थे। रजत बोलता, "आजकल अख़बारों में फ़ीचर पेज बढ़ाये जा रहे हैं। वहाँ काम मिल सकता है। ज़्यादातर फ़ीमेल रिपोर्टर्स ही रखी जा रही हैं। तुम चाहो तो ट्राई किया जा सकता है।"

"मेरी पैरवी कर दो..." अनुपमा की बजाय मुरली या सलिल हँसकर कहता।

"अरे यार...तुम पहले जाओ तो...बात करो...बायोडाटा दो...फिर कन्सर्न्ड पर्सन बताना...कराई जायेगी पैरवी..."

"किसी नेता से कहलवा दें कहो तो?" मुरली ने आँख दबाई थी।

"ठहरो भी...कोई पानी में नहीं भीग रही हूँ...चलो जाने दो फिलहाल, जब नौबत आयेगी तब देखा जायेगा...एक्सपीरियंस है, कहीं–न–कहीं काम मिल जायेगा..."

अब ये नयी मुसीबत..!

नये बॉस से सारी उम्मीदें एक झटके में टूट गयीं। 'अब क्या जवाब दूँ...किसी के ब्यूरो में ऐसा सुना नहीं।' पता नहीं, सब ऐसा करते होंगे। ख़बरें छूट जाने पर डाँट तो सभी खाते हैं। आये दिन कोई–न–कोई ऐसा रोना लिए मिल जाता है। फिर अगले दिन ताज़ा ख़बरों के लिए वह सारे दरवाज़े खटखटा आता है। ग़लती से कहीं कुछ छूट न जाये। हर एक को सन्देह की नज़र से देखता है कि कहीं कोई ख़बर छुपा तो नहीं रहा। उस रोज़ दूसरे साथी उसको ख़बरें बुला–बुलाकर देते क्योंकि सबकी हमदर्दी उसी बन्दे से रहती थी। अनुपमा क्या करे? वह फ़ील तो कर रही थी कि एक बड़ी ख़बर उससे छूट गयी थी। क्या करती, शाम को जल्दी ख़बर निपटाकर दोस्तों के साथ थोड़ी मस्ती करने का मूड था। ख़बर देर रात तक पककर बाहर आयी थी।

सरकार के कामकाज और रवैये से सहयोगी दलों के कुछ असन्तुष्ट सांसदों ने रात को मीटिंग की थी। और अपनी ही सरकार को कठघरे में खड़ा कर दिया था। देर रात तक किसी नामालूम ठिकाने पर बैठकों का दौर चलता रहा। जिस–जिस कॉरेस्पोंडेंट को भनक लगी थी उसने बहुत देर से ख़बरें लिखीं। कभी–कभी लोकल पेपर वालों से

दोस्ती भी उनके काम आती है। लोकल पेपर वाले देर रात की ख़बरें समेटते हैं। ब्यूरो में ख़बरें जल्दी भेजने का चलन है। आमतौर पर जब तक किसी बड़ी ख़बर की उम्मीद न हो, ख़बरों का इन्तज़ार नहीं किया जाता। अनुपमा को इसलिए भी यह नौकरी रास आ रही थी कि आठ बजते–बजते काम पूरा। उसके बाद डी.टी.सी. की ठुँसी हुई बस में जाना उसे ज़रा भी नहीं भाता था। सैलरी इतनी कम थी कि कोई गाड़ी ख़रीद नहीं सकती थी। पार्टी दफ़्तरों में जाने के लिए तो ठीक वक़्त पर बिल्डिंग से इतनी गाड़ियाँ निकलती थीं कि अनुपमा किसी में भी बैठ जाये, लोग कृतज्ञ भाव से उसका स्वागत करते थे। यहाँ कई बार भाषाई बन्दिशें भी टूट जातीं। एक बांग्ला डेली का रिपोर्टर अंजन बनर्जी उसे अक्सर लिफ़्ट देता था और ख़ुश भी होता था। फिर वह लम्बा चक्कर लगाकर पार्टी ऑफ़िस पहुँचता या पार्टी ऑफ़िस से दफ़्तर वापस लौटता। वह ख़ूब बातें करता था और अनुपमा को उसकी हिन्दी बहुत मज़ेदार लगती थी। बाद में उसकी कॉपी करके सबको सुनाती और सब मज़े लेते थे। अनुपमा उससे बंगाली में बात करती तो अंजन और भी ख़ुश हो जाता। वह कई बार ख़बरें भी शेयर करता था और उसे ख़बरों के पीछे की ख़बर के बारे में भी बताता था।

लेकिन अनुपमा उस शाम चूक गयी थी। उसके साथियों ने भी नहीं बताया उसे। अंजन ने भी फ़ोन नहीं किया था। चिट–पुर्जी पढ़ते हुए उसे बॉस पर कम और अपने भरोसेमन्द साथियों पर ज़्यादा ग़ुस्सा आ रहा था। अब आख़िर क्या जवाब दे इसका? वह नये ब्यूरो चीफ़ के सामने चुप लगा गयी। लेकिन अगले दिन से वह जी–जान लगाकर ख़बरों की खोज में लग गयी थी। देर रात भी हॉस्टल से फ़ोन करके तसल्ली करती रहती थी कि कहीं कुछ लापरवाही से भी छूट तो नहीं रहा। अंजन उसकी बहुत हेल्प करता था। उसका अनुपमा से कोई कॉम्पिटिशन भी नहीं था। अनुपमा दिल्ली से बाहर के अख़बार में थी और अंजन एक लोकल डेली में, और वह भी अंग्रेज़ी भाषा का। इस वाक़ये के बाद दफ़्तर में एक अघोषित–सा तनाव ज़रूर फैल गया था। नया बॉस ज़रा कड़क है, इसकी जानकारी सबको हो गयी थी। उस दिन के बाद एक्सक्लूसिव ख़बरें भेजने के बाद भी अनुपमा को बाईलाइन मिलना बन्द हो गया। अब रोज़ एटेंडेंस रजिस्टर चैक किया

जाने लगा। बजाप्ता मीटिंग बुलाकर स्टाफ़ को यह बता दिया गया कि लेट पहुँचने वाले को काम नहीं दिया जायेगा। किसी भी वजह से देर से दफ़्तर पहुँचने वाला रिपोर्टर अब पूरे दिन ख़ाली–ख़ाली घूमता रहता। संवाददाताओं के टेबल पर किसी–न–किसी कारण चिट–पुर्जी पहुँचना अब आम बात थी। कई बार स्टाफ़ से रिटेन एक्सप्लेनेशन माँगा जाता था। अनुपमा के लिए यह सब असहनीय होता जा रहा था। इस कर्फ़्यू से माहौल में काम करना दूभर हो गया था। बीच–बीच में आज़ादी तभी महसूस होती थी जब बॉस किसी काम से दिल्ली से बाहर जाते। पूरा स्टाफ़ दुआ करता कि वे कुछ अधिक दिन बाहर ही रहें तो चैन की साँस ली जाये। लेकिन बॉस बनने के बाद सबको अपनी कुर्सी और केबिन बहुत अच्छा लगने लगता है। नया बॉस भी अपनी कुर्सी पर कुछ ज़्यादा ही चिपका रहता था। बामुश्किल तीन महीने बीते थे कि बॉस को हेड ऑफ़िस से बुलावा आ गया। जाने से पहले उन्हें फ़ोन पर गिड़गिड़ाकर सफ़ाई देते हुए सुना गया, ''नो सर...यस सर...सॉरी सर...नॉट अगेन सर...गिव मी वन मोर चांस सर...मैं आता हूँ सर...मिलकर क्लियर करता हूँ सर...''

अनुपमा ने अनुभव किया था, बॉस की घिग्घी बँधी हुई थी। कैसा रोमांचक दृश्य रहा होगा! कैसे वंचित रह गयी ऐसे महान दृश्य से! फ़ोन ऑपरेटर दिनेश नेगी ने तो असल मज़ा लिया होगा। वह सारी ख़बरें ऑपरेटर से लेती थी। नेगी भी नये बॉस को पसन्द नहीं करता था। सारे संवाददाताओं के जाने के बाद बॉस क्या–क्या और...कैसी–कैसी बातें करता–इसकी पूरी जानकारी नेगी के मार्फ़त ही मिलती थी।

''अच्छा, तो ये बात है...!'' और पूरा दफ़्तर ठहाकों से गूँज उठा था। लगता है इस बार बॉस की वाट लगने वाली है। यह ख़बर स्टाफ़ में फैल चुकी थी कि बॉस को पहले से ही हेडऑफ़िस से 'शो कॉज़' सर्व हो चुका था।

शो कॉज़ में लिखा था, ''आपने सम्पादक को आश्वासन दिया कि लन्दन एयरपोर्ट पर आपको लेने भारतीय दूतावास का कोई अधिकारी आयेगा। वह पहली बार वहाँ जा रहे थे। आपके आश्वासन पर वह देर तक हवाई अड्डे पर इन्तज़ार करते रहे। वहाँ उनके साथ बदसलूकी भी हुई और उन्हें वापसी की उड़ान पकड़कर लौटना पड़ा। आपने ग़लत

आश्वासन क्यों दिया? इस लापरवाही के लिए आपके ख़िलाफ़ कार्रवाई क्यों नहीं की जाये?"–प्रधान सम्पादक की डेस्क से।

उस दिन सबसे जूनियर संवाददाता रमेश रस्तोगी ने सबको समोसे और जलेबी खिलायी। सबको बॉस के लौटकर आने का इन्तज़ार था। देखें, कैसा मुँह लटकाये वापस आते हैं। यहाँ सबको चिट–पुर्जी भेज–भेजकर हलकान किये रखा था और अब जब ख़ुद को पर्ची मिली तो जान निकल गयी। अब पता चलेगा बच्चू को कि क्या हालत होती है। पहले आये तो सही...चेहरे का रंग देखें हम भी। इस बात की उम्मीद सबको थी कि शायद इस चिट–पुर्जी से हमेशा के लिए निजात मिल जाये। दारोगा वाला रवैया छोड़कर अब शायद ज़मीन पर आ जाये। ये चिट–पुर्जी से पत्रकारिता नहीं होती। यह सरकारी तौर–तरीक़ा है, और पत्रकार कोई ढोल–डाँगर नहीं हैं।

बहरहाल ब्यूरो चीफ़ जो गये, फिर लौटकर नहीं आये। और जो आये, वह कोई और थे। झूठ की फ़सल ज़्यादा दिन नहीं लहलहाती। कब तक काटते रहते! उनकी यह अतिरिक्त योग्यता ही उनको ले डूबी। मालिक–सम्पादक की टुच्ची आकांक्षाओं को जब तक खाद–पानी देते रहो, तब तक ठीक है। लेकिन ज़रा–सा चूक गये तो मार डाले जाओगे। यह ब्रह्मज्ञान उस दफ़्तर में सबको मिल गया था। इस घटना के बाद सबके व्यवहार में एक अतिरिक्त सावधानी ज़रूर आ गयी थी। बातें उतनी ही करो जितनी पूरी कर सको। ऊँची–ऊँची हाँककर मुसीबत मोल लेने से यथासम्भव बचो, नहीं तो परमगति को प्राप्त होने में ज़्यादा देर नहीं लगेगी।

"यह ख़बर तो नहीं चलेगी मैडम...फर्ज़ी लगती है। हमने तो नहीं सुना कि यू.पी. के असन्तुष्ट विधायकों ने कहीं बैठक की है या समर्थन वापस लेने पर विचार कर सकते हैं। कहाँ से लेकर आयी हैं चण्डूखाने की यह गप?"

"सूत्र मत पूछिये सर, लेकिन आप भरोसा करिये, किसी भरोसेमन्द सूत्र ने ही बताया है। झूठी निकलेगी तो सारी ज़िम्मेदारी मेरी होगी। पनिशमेंट के लिए तैयार हूँ। आप छपने दें, हंगामा हो जायेगा। एकदम एक्सक्लूसिव रिपोर्ट है.."

अनुपमा पूरी तरह कॉन्फिडेंट थी। यह ख़बर एक तरह से उस तक चलकर आयी थी। यूँ कहें कि वह ख़बर जहाँ पक रही थी वह वहीं बैठी थी...बिल्कुल अनजान। सब कानन सुनी–आँखन देखी बात थी। बॉस भरोसा करें न करें...कल तक तो ख़बर आम हो जायेगी। आज फर्स्ट हैंड ख़बर दे रही हूँ तो उनको यक़ीन नहीं हो रहा। कल जब सब जगह छप जायेगी तब पता चलेगा। अनुपमा आज पूरी तरह जिरह के मूड में थी।

बॉस मुँह में पान दबाये जुगाली कर रहा था। नया बॉस बिल्कुल 'विचित्र किन्तु सत्य टाइप' जन्तु था। पहले ही दिन उसका दफ़्तर का एक्सपीरियंस किसी लतीफे से कम नहीं था। अनुपमा को उस कॉमिक कैरेक्टर को देखते ही हँसी आ गयी। मुँह में पान चबाता, कुरता–पाजामा पहने, काँख में नोटबुक और मर्दाना पर्स दबाये, जैसा अक्सर छोटे शहरों में बसों में कंडक्टर लेकर चलते हैं, सुबह ठीक दस के आसपास ब्यूरो ऑफ़िस में हाज़िर हो जाता। पूरा ब्यूरो ऑफ़िस परेशान कि भला कोई इतनी सुबह दफ़्तर आता है क्या। नया ऑफ़िस कल्चर शुरू होने वाला है, लगता था। नया बॉस यानी देवेन्द्र भदौरिया सीधे कानपुर से उठकर ब्यूरो सँभालने चला आया था। सो बहुत–सी आदतें वहीं की थीं। कुरता–पाजामा एक अनिवार्य–स्थायी साथी। लोइया–पान मुँह में दबाये बिना वक़्त नहीं कटता था। अनुपमा हैरान थी कि आख़िर क्या सोचकर हेड ऑफ़िस ने इसे नया ब्यूरो चीफ़ बनाकर भेजा था। वह ख़ुद तो सुबह आ ही जाता था, नेगी को भी उसी वक़्त बुला लेता था। वो बेचारा परेशान हो गया था। पहले 12 से 8 की ड्यूटी थी उसकी। अब उसे दो घण्टे अधिक काम करना पड़ता था। वैसे नया बॉस था मस्तमौला।

सुबह घर से ही एकाध ख़बर लिख लाता था और दोपहर तक अपनी ख़बरें लगाकर जूनियर साथियों की क्लास लेने में बिजी हो जाता। रोज़ ख़बरें भेजने का जैसे उसने दस्तूर बना लिया था। ख़ुद ही सफ़ाई भी देता, "देखिए, मैं गाँव का हूँ (गाँव का हूँ पर गँवार मत समझना की तर्ज़ पर)। मैं यहाँ ज़्यादा किसी को जानता नहीं। अपने प्रदेश के नेताओं को पहचानता हूँ, बस। इससे ज़्यादा पहचान बढ़ानी भी नहीं है। आप लोग हैं ना हमारा हाथ मज़बूत करने के लिए। आप लोग काम करिए, नाम करिए, आगे बढ़िए..."

हौसला बढ़ाने वाला उनका प्रवचन लगभग रोज़ शाम को लईया फाँकते हुए सुनने को मिल ही जाता था। कन्धे उचका–उचकाकर सब सुनते और अपनी–अपनी ख़बर लिखने में जुट जाते। एक जैसी हँसी किसी एक के होंठ से उठती और देखते–देखते सबके होंठों तक फैल जाती।

फ़िलहाल अनुपमा जिस ख़बर के लिए जिरह कर रही थी, बॉस को उस पर यक़ीन नहीं हो रहा था, "मैं कहता हूँ न आपको, सुनती नहीं हैं, यह राजू की दुकान पर जो आप लोगों की स्टैंडिंग कमेटी जमती है, वहाँ से ख़बरें न लाया करिए। सब उड़ाते भी हैं, भरमाते भी हैं।"

"सर, आपके प्रदेश की ख़बर है, आप अपने सूत्रों से चैक कर लेते...कोई गुप्त बैठक पक्का हुई है...मुझे बेहद भरोसेमन्द सूत्रों से पता चला है...कैसे आपको विश्वास दिलाऊँ?"

अनुपमा के भीतर की खीझ बढ़ती जा रही थी। उसे लगा कि या तो ख़बर को जला डाले या दूसरों में बाँट दे। कहाँ तो बाईलाइन की चाह...अब ख़बर पर यक़ीन करने को भी तैयार नहीं है। कहीं नये बॉस को उसकी प्रतिभा पर तो संशय नहीं था, एक पल के लिए अनुपमा ने सोचा।

"एक तो पहले से ही अख़बार की रेपुटेशन ठीक नहीं, ऊपर से अपने दम पर कोई ख़बर निकालकर लाती हूँ तो उलटा आप मुझ पर ही शक करते हैं। यही ख़बर आपको राम, श्याम, मोहन, सोहन कोई भी लल्लू–पंजू लाकर देता तो आपको यक़ीन होता...," अनुपमा ने कदाचित ऊँची आवाज़ में कहा था।

"देखिए..." उसकी उँगलियाँ हवा में लहरायीं। छोटी–छोटी आँखें फैल गयीं। "हम पर चिल्लाइए मत। यहाँ हम बॉस हैं कि आप?... हाँ?...कहिए भला...ये कोई तरीक़ा है बात करने का?...हमको पावर है, हम ख़बर भेजें या नहीं भेजें...आप लिखकर दीजिए बाक़ी हम पर छोड़िए...कोई आपसे सवाल करने आयेगा तब न कौनो संकट होगा?...लिखिए...लिखिए...देखते हैं...और कह देते हैं, हमें तेवर न दिखाइयेगा आगे से...हम यहाँ आपकी तरह क़लम घिसने के लिए नहीं रखे गये हैं। हम सिस्टम के लोग हैं, हमारा काम सब कुछ...(सब कुछ पर ज़ोर दिया) देखना है...समझीं...जाइए, काम कीजिए...हम बहस करने के लिए नहीं हैं यहाँ..."

उसके धब्बेदार दाँत चमक रहे थे। गोरा चेहरा खिजलाहट से लाल हो रहा था। दफ़्तर का बाक़ी स्टाफ़ सहमा हुआ अपनी–अपनी जगह पर बैठा रहा। अनुपमा का ग़ुस्सा भी अब तक उतरने लगा था।

उसने ख़बर लिखी और सम्पादक के हाथों में थमा दी। उसका काम ख़त्म हो गया था। ख़बर छपे या न छपे, उसे कोई मतलब नहीं। आज की उसकी ड्यूटी पूरी। कल अगर यह ख़बर किसी दूसरे अख़बार में छप गयी तब इस आदमी को मुझ पर भरोसा नहीं करने का पछतावा होगा। ख़बर तो ऐन उसकी आँखों के सामने घटित हुई थी। यह संयोग ही था कि अनुपमा उस वक़्त वहाँ मौजूद थी जहाँ ये रणनीतियाँ बनाई जा रही थीं।

कुछेक विधायकों वाली एक क्षेत्रीय पार्टी से जुड़ी हुई ख़बर थी। सूबे की सरकार उसी पार्टी के समर्थन से चल रही थी। सत्तारूढ़ दल का सारा समय समर्थक पार्टी के आलाकमान के साथ तालमेल बिठाने में ही चला जा रहा था। इसके पहले ये पार्टी राष्ट्रीय स्तर पर इतनी चर्चित कभी नहीं हुई थी। मीडिया का भी ध्यान उस ओर गया था। पार्टी के राष्ट्रीय अध्यक्ष किसी पत्रकार से न के बराबर मिलते–जुलते थे। नये बॉस ने अनुपमा को उनका इंटरव्यू करने का काम सौंपा था। भदौरिया ने आते ही पहला काम यह किया था कि चारों संवाददाताओं की टेबल बदल दी और उनके कामों को नये सिरे से बाँट दिया। अरसे बाद ब्यूरो दफ़्तर में यह उलटफेर हुआ था। अनुपमा को पुरानी बीट के साथ–साथ उपेक्षित और छोटी पार्टियों का अतिरिक्त प्रभार भी दे दिया गया। उसने अपने दोस्तों को भी इस बारे में बताया था।

साहिल हँसा था–"कैसे करोगी? वह पार्टी प्रेसिडेंट तो किसी पत्रकार से मिलता ही नहीं?"

रजत बोला, "यार, उसको पहले फ़ोन मिला तो सही। बात करने को राज़ी हो तो ठीक है वर्ना यह लिख देना कि बहुत कोशिशों के बावजूद पार्टी अध्यक्ष से बात नहीं हो पायी। ख़बर लिखे जाने तक वह इस पर प्रतिक्रिया देने के लिए उपलब्ध नहीं हो सके...ब्लाँ–ब्लाँ... ये सब अन्त में डालते हुए कन्क्लूड कर देना..."

मुरली के पास अनोखे आइडियाज़ होते हैं।

"अरे ये सब छोड़ो...फ़ोन करो सीधा...क्या पता बात कर ले। लड़कियों के फ़ोन को नेता लोग नॉर्मली इग्नोर नहीं करते। या फिर

सीधा पहुँच जाओ, तुम्हें देखकर अन्दर बुला लेगा। इतनी भी बुरी नहीं हो...''

''वहाँ का फ़ोन नम्बर?''

अनुपमा ने मुरली का जोक एवॉइड किया। वह मज़ाक़ के मूड में क़तई नहीं थी।

''हम में से कोई भी इस पार्टी को कवर नहीं करता। एक ही आदमी मदद कर सकता है....अपना त्रिपाठी...उसके पास उसका नम्बर पक्का मिलेगा...''

उनकी उम्मीद सच साबित हुई। उसने झट से पॉकेट डायरी निकालकर एक लैंडलाइन नम्बर लिखवा दिया। लेकिन साथ ही शर्त् रख दी–''इंटरव्यू हो जाये तो साथ में एक कॉफ़ी पियोगी ताकि मुझे भी जानकारी मिले कि क्या बात हुई।''

''वह किसी से बात नहीं करता। बहुत सारे लोगों ने आजमा कर देख लिया। अंग्रेज़ी के पत्रकारों को भी नहीं फटकने देता है बुड्ढा।''

''सुना है आप इस पार्टी को शुरू से कवर कर रहे हैं...''

''हाँ, करता तो हूँ। आज तक इससे जुड़ी कोई ख़बर ग़लत नहीं हुई मेरी। संयोग है कि एक–दो लोग वहाँ मेरे जानने वाले हैं। ख़बरें ख़ुद चलकर आ जाती हैं। लेकिन पार्टी सुप्रीमो से मिलना और बात है।''

''बेहतर है, सूत्रों के हवाले से लिखा करिए...''

''वही तो करते हैं हम सब...कौन–सा हम दो लोगों की बैठकों में जाते हैं, ना ही हम सुन पाते हैं उनकी बातें। बस लिखते ज़रूर हैं–'उच्च पदस्थ सूत्रों से पता चला है कि...''

''मुझे भी यही करना पडेगा लगता है। पता नहीं, वह बात करने के लिए तैयार होगा भी या नहीं। जब किसी से भी नहीं करता है तो मुझसे क्यों करेगा?''

अनुपमा उदास हो गयी थी। गोया उसने पहले ही हथियार डाल दिये थे।

''अरे!...तुम भी ना!...बिना ट्राई किये हार क्यों मानती हो? अपना काम है कोशिश करते रहना...मना ही तो करेगा ना...सामने पड़ जाये इत्तेफ़ाक़ से, तो उसका रियेक्शन...आय मीन बॉडी लैंग्वेज ज़रूर नोट करना...''

"क्यों?"

"शायद मैं कोई एंगल दे पाऊँ...!"

त्रिपाठी का रवैया बहुत दोस्ताना था। उस पल वह अनुपमा को भा गया।

अनुपमा ने त्रिपाठी के दिये नम्बर पर फ़ोन लगाया। दो रिंग होते ही किसी ने रिसीवर उठा लिया था–"हैलो...!"

"मैं अनुपमा बोल रही हूँ प्रेस से। क्या राजाराम जी से बात हो सकेगी?"

"जी, बोल रहा हूँ..."

"क्या...?"

"यस...मैं राजाराम बोल रहा हूँ..."

मैं...मैं...मुझे यक़ीन नहीं हो रहा कि यह आप हैं! आप फ़ोन कैसे उठा सकते हैं! आय मीन...आपके सेक्रेटरी या कोई और नहीं हैं क्या?. ..नहीं–नहीं..ये आप नहीं हैं..." अनुपमा हकलाने लगी थी। उसे सहसा यक़ीन नहीं हुआ कि पार्टी सुप्रीमो ख़ुद फ़ोन उठा लेगा। उसे अभी भी लगा, कोई स्टाफ़ मज़े ले रहा है। उसका मन हुआ फ़ोन पटक दे या चार मोटी–मोटी गालियाँ सुना दे।

उसने बड़ी मुश्किल से ख़ुद पर क़ाबू रखा।

"अरे भाई, मैं हूँ...राजाराम...कैसे यक़ीन दिलाऊँ आपको?...बताइए कैसे फ़ोन किया...?"

"मैं....मैं...आपसे मिलना चाहती हूँ...आपका इंटरव्यू करना चाहती हूँ अपने अख़बार के लिए!"

"इंटरव्यू तो मैं देता नहीं किसी को...हाँ, मिलना हो तो अभी चली आओ..."

"अभी?"

"हाँ, अभी...इसी वक़्त।"

"कैसे...?"

अनुपमा ने खिड़की से परदा हटाकर देखा। बाहर हलकी बूँदा–बाँदी हो रही थी। उसे पता तक नहीं चला। बन्द कमरे में दफ़्तर की रौशनी और दफ़्तर का ही मौसम होता है। बाहर प्रकृति कैसे–कैसे रंग बदलती रहती है, पता ही नहीं चलता।

"हाँ, हैलो...लेकिन अभी तो बारिश हो रही है! मेरे पास आने का साधन भी नहीं है, अभी तुरन्त आ पाना सम्भव नहीं लग रहा है। आप कोई और टाइम दे दीजिए मैं पक्का हाज़िर हो जाऊँगी। प्लीज़...!"

"आपका ऑफ़िस कहाँ है...? एड्रेस बताइए, तैयार रहिए,... आपको लेने गाड़ी भेज रहा हूँ...अरे गोविन्द!..."

"इसकी क्या ज़रूरत...? मैं आ जाऊँगी, बस बारिश रुक जाये.."

"एड्रेस प्लीज़..." इस बार किसी गोविन्द की आवाज़ थी...

अनुपमा अभी भी विश्वास और अविश्वास के बीच झूल रही थी। रह–रहकर नम्बर चैक करके आश्वस्त होने की कोशिश कर रही थी। कहीं किसी ने मज़ाक़ तो नहीं बनाया उसका? तरह–तरह के सवाल मन में आ रहे थे। जिस नेता से मिलने के लिए रिपोर्टर्स इतने बेचैन रहते हैं, जो किसी से फ़ोन पर भी बात नहीं करता था, वह पहली बार में ही अनुपमा का फ़ोन कैसे उठा सकता था! केवल फ़ोन ही नहीं उठाया बल्कि बड़े आराम से उससे बात की और उसे लेने के लिए गाड़ी भी भेज दी। वह हक्की–बक्की थी। वह तो शुक्र था कि उस वक़्त दफ़्तर में कोई और मौजूद नहीं था जो अनुपमा को इस हालत में देख पाता। अभी वह सँभली भी नहीं थी कि गोविन्द दफ़्तर में मौजूद था। कोई बीस मिनट बाद ही नेता जी की गाड़ी बिल्डिंग की पार्किंग में खड़ी थी।

वह पहली मुलाक़ात इतनी बड़ी ख़बर दे जायेगी, पता न था। गोविन्द के पीछे वह एक हॉल में दाख़िल हो गयी। हॉल में एक बड़ी–सी कुर्सी पर एक गोरा–चिट्टा, हलकी दाढ़ी वाला एक सुदर्शन और उम्रदराज़ आदमी बैठा अपने सामने की कुर्सियों पर बैठे कुछ कार्यकर्ता और नेतानुमा लोगों से बातें कर रहा था। अनुपमा उनमें से किसी को नहीं पहचानती थी। राजनीति कवर करते हुए अभी उसे अधिक दिन नहीं हुए थे। राजाराम की क्षेत्रीय पार्टी के लोग तो अभी बिल्कुल नये थे उसके लिए। राजाराम एक सम्भ्रान्त व्यक्ति दिखता था और उसकी बातचीत का सलीका भी संजीदा था। उसके चेहरे से सत्ता का दर्प टपक रहा था। इस समय एक बड़े सूबे की सरकार इसी आदमी के समर्थन पर चल रही थी। अनुपमा की आँखों में आमतौर पर फ़िल्मों में देखे गये किसी पावरफुल नेता की छवि कौंध गयी।

"आप मीटिंग निपटा लें...मैं बाहर वेट कर लेती हूँ..."

'नहीं, नहीं, बैठिए...बात हो चुकी है...छुपाने लायक कुछ नहीं...''

सामने बैठे लोग तक़रीबन एक ही साथ उठ खड़े हुए और एक–एक करके उनके पैर छूकर हॉल से निकलते गये। गोविन्द उनके चाय–पानी के इन्तज़ाम में लगा हुआ था।

''आपको पता है कि मैंने फ़ोन क्यों उठाया था?''

अनुपमा की आँखों में तैरते सवालों को देखकर उसने पूछा।

''यहाँ बैठक चल रही थी...हमारी गोपनीय बैठक। मैं नहीं चाहता था कोई और फ़ोन उठाये और किसी भी तरह से यह बात लीक करे कि यहाँ कोई गोपनीय बैठक चल रही है।''

''आप मुझे बता रहे हैं !...''

अनुपमा मुस्कुरायी थी। राजाराम की सहज आत्मीयता और बात–व्यवहार ने उसे थोड़ा सहज कर दिया था।

''हाँ, आप पहली बार आयी हैं...बैठक से ख़बर नहीं बनेगी। आपको तो इंटरव्यू चाहिए।''

''जी...''

''मैं इंटरव्यू नहीं दूँगा तो...?''

''मुझे दुख होगा...''

''आपको पता है कि एक पत्रकार को इंटरव्यू दूँगा तो दूसरे पत्रकारों को इनकार नहीं कर सकूँगा और अभी सिचुएशन ऐसी नहीं है। वैसे भी मेरी फिलॉसफ़ी थोड़ी अलग है। मैं ज़मीन से जुड़ा आदमी हूँ । ज़मीनी काम करता हूँ। अख़बारों और बयानों की राजनीति नहीं करता। मेरे वोटर भी अख़बार नहीं पढ़ते हैं। इसलिए मैं भी दूर रहता हूँ।''

''आपको मीडिया से थोड़ा–बहुत तो मिलना–जुलना चाहिए। इंटरव्यू न सही, प्रेस ब्रीफ़िंग ही सही...सत्ता में हैं तो ज़रूरी हो जाता है...''

अनुपमा ने सोचा, किसी तरह घेराबन्दी की जाये उसकी तो शायद पिघल जाये और उसका काम बन जाये। मन में जैसा तय किया था कि किसी भी हाल में उसका पीछा नहीं छोड़ेगी।

''आप सही कह रही हैं...पर...ख़ैर जाने दीजिए...'' उसने गोविन्द की तरफ़ देखा। उसके हाथ में चाट–पापड़ी की प्लेट थी।

''मैं बहुत चटोरा हूँ खाने–पीने में। गोविन्द इसी का इन्तज़ाम करने निकला हुआ था, जब आपने कॉल किया था।''

"ओह... लेकिन मैं यहाँ चाट खाने नहीं आयी हूँ राजाराम जी...आप कुछ मुद्दों पर बात करते तो अच्छा लगता। मुझे एक्सक्लूसिव इंटरव्यू मिलता। मेरे करियर के लिए..."

"ओह...ये तो बात...हो...हो...हो...हो!..." वह ज़ोर से हँसे।

चाट खाते–खाते अनुपमा ने ग़ौर किया कि राजाराम तो उसी से लगातार सवाल किये जा रहा था। वह ज़रा सँभली।

"क्या छोटी–सी भी बातचीत सम्भव नहीं?"

"मैं आपसे वादा करता हूँ, नौबत आयी तो पहला इंटरव्यू आपको ही दूँगा। गोविन्द इनका फ़ोन नम्बर रख लो।"

"तो आज क्या मैं ख़ाली?..."

अनुपमा के भीतर एक मायूसी पसरने लगी। इतना समय भी ख़राब किया और कुछ हासिल भी नहीं हुआ!

"आप निराश न हों, एक ख़बर देता हूँ। चला दें...इंटरव्यू के लिए मैं ख़ुद आपको कॉल करूँगा। ख़बर ध्यान से सुनिए।"

अनुपमा बैग से नोटबुक और पेन निकालने लगी।

"नहीं, न...नोट मत करिए। सुन लीजिए। ऑफ़ दी रिकॉर्ड बता रहा हूँ। मुझे ग़लती से भी कोट ना करें।" राजाराम ने उसे बैग खोलने से पहले ही रोक दिया।

"कल हमारे विधायक दल की बैठक लखनऊ में हो रही है। बैठक में सरकार से समर्थन वापस लेने का फ़ैसला लिया जायेगा। हमने यह तय कर लिया है। आप मेरे हवाले से ख़बर न लगायें। पत्रकार सूत्रों के हवाले से बहुत लिखते हैं, उसी तरह लिखें कि विधायक दल की बैठक होने वाली है जिसमें हमारी पार्टी अपनी भूमिका को लेकर कुछ महत्त्वपूर्ण फ़ैसला लेने वाली है। याद रखिए... यह ख़बर सिर्फ़ आपके लिए है, लोकल पेपर्स को न बतायें। कृपया गोपनीय रखें।"

"कैसा फ़ैसला?..."

अनुपमा पूरी ख़बर सुनने को बेताब थी।

"जाइए...आपका यहाँ आना व्यर्थ नहीं हुआ। फिर आपसे बात होगी...नमस्कार..."

सुप्रीमो झटके से उठा, ताली बजाने के अन्दाज़ में हाथ जोड़कर नमस्कार किया और अन्दर चला गया। अनुपमा उसे जाते हुए देखती

रह गयी। जाता हुआ सफ़ेद–श्यामकेशी सुप्रीमो हॉलीवुड की फ़िल्म के किसी कद्दावर नायक की याद दिलाता गया। गोल चेहरा, अनुभव से बोझिल, सपनीली–सी आँखें। जो इन्सान क्या, हवा की चाल को भी भाँपने का माद्दा रखती हों। वह कुछ बोलना चाहती थी लेकिन उसकी आवाज़ जैसे गले में ही फँस कर रह गयी।

गोविन्द उसे वापस ड्रॉप कर आने के लिए जैसे सिर पर सवार था। अनुपमा का मन हुआ कि लपककर उसी दरवाज़े में घुस जाये जिसमें सुप्रीमो अभी–अभी दाख़िल हुआ था, और पूरी ख़बर लेकर ही लौटे। लेकिन दरवाज़ा उस पार से बन्द हो चुका था। बातचीत की कोई गुंजाइश नहीं बची थी। मन मारकर उसे लौटना ही था। मन हुआ माथा पीट ले। ज़रा–सी जानकारी की कमी से ख़बर अधूरी रह गयी थी। कल जो भी फ़ैसला होना होगा वह तो तय हो ही चुका होगा। कल सिर्फ़ विधायकों की मुहर लगने की औपचारिकता भर होगी।

अनुपमा को त्रिपाठी की याद आयी, वह तो बहुत बड़ा ख़बरची है। इस ख़बर से अनजान नहीं होगा! क्यों न पूरी ख़बर उसी से डिस्कस की जाये! उसने कहा भी था कि बातचीत के दौरान राजाराम की बॉडी लैंग्वेज़ पर नज़र रखना। वह बेहतर समझता होगा सुप्रीमो के संकेतों को। आख़िर सालों से पार्टी को जन्म लेते और पनपते देखा है।

अनुपमा तनाव में थी, पता नहीं बॉस यक़ीन करेगा या नहीं। आज शाम कई चौंका देने वाली बातें हो रही हैं। उसका माथा चकराने लगा। इस तरह फ़ोन पर राजाराम का मिलना, गाड़ी भेज कर घर बुलाना, फिर ये ख़बर देना। ख़बर लीक करवा रहा था या अधूरी ख़बर देकर प्रेशर बनाना चाह रहा था। उसकी पॉलिटिक्स समझ से परे थी...

राजाराम की गाड़ी उसे वापस आई.एन.एस. बिल्डिंग तक छोड़ गयी। वह उतरी तो शाम को ख़बरों के आदान–प्रदान के लिए रिपोर्टर जुटने लगे थे। जब उन्होंने अनुपमा को उतरते देखा तो उनकी कानाफूसियाँ शुरू हो गयीं। शायद उनमें से कोई राजाराम की गाड़ी पहचानता था। कमबख़्त ने भेजा भी तो अपनी पर्सनल गाड़ी से! कोई दूसरी गाड़ी भेज देता। मन–ही–मन कुढ़ती–भुनभुनाती अनुपमा की आँखें त्रिपाठी को ढूँढ़ रही थीं। उसे ध्यान आया कि यह वक़्त तो

त्रिपाठी का 'मुलाक़ात' में किसी लड़की को कॉफ़ी पिलाते हुए ज्ञान देने का है। अनुपमा बिल्डिंग की तरफ़ न जाकर सड़क क्रॉस कर गयी। उसे 'मुलाक़ात' रेस्तराँ में सबसे बड़े ख़बरची की तलाश करनी थी जिसके तौर–तरीक़ों से उसे बहुत चिढ़ थी, आज उसे उसी आदमी के साथ कॉफ़ी की टेबल साझा करने की नौबत आ गयी थी। लेकिन आज तो वह किसी भी चुनौती के लिए तैयार थी। कोई दूसरी ख़बर होती तो वह दूसरे साथियों से भी डिस्कस कर सकती थी। यहाँ तो इम्बारगो लगा है,...किसी को बता भी नहीं सकती इतनी एक्सक्लूसिव ख़बर के बारे में...यह तो अच्छा हुआ कि बारिश हो गयी। वर्ना नीचे जाती तो मुँह से कुछ–न–कुछ निकल ही जाता...और सबके कान बेवजह खड़े हो जाते। और फिर, इतना सब कुछ झेलकर जब ख़बर लिखी तो बॉस से यह सब सुनना पड़ रहा है! हे भगवान...!!

"मैं ख़बर भेज रहा हूँ। छपेगी और तहलका मचेगा। परिणाम उलटा भी हो सकता है। आप तैयार रहियेगा। ख़बर ग़लत निकली तो हम दोनों मारे जायेंगे। आपको अपने सूत्र पर बहुत भरोसा है तो मैं भी आप पर भरोसा करके भेज रहा हूँ..."

लेकिन अनुपमा के कानों में त्रिपाठी की आवाज़ गूँज रही थी। उसकी बातों पर भरोसा–सा था अनुपमा को।

"युद्ध के बारे में क्या जानती हैं आप?....कभी इतिहास पढ़ा है क्या...? कश्मीर समस्या का कुछ अन्दाज़ा भी है आपको?...यह बड़े लेवल की रिपोर्टिंग हैं, किसी सीनियर को जाना चाहिए...वैसे भी आप लड़की हैं...हम ये रिस्क नहीं ले सकते...", सम्पादक पूरी तैश में था।

"बरखा दत्त लड़की नहीं है क्या!...सुनयना दत्त तो फ़ोटोग्राफ़र है! वे वहाँ पहुँच चुकी हैं। और भी ज़रूर जा रही होंगी, मैं क्यों नहीं जा सकती?"

"बड़े–बड़े हाथी दह गये, आप (गदहा) चली हैं पानी नापने!..."

खी...खी...खी करके हँसा वह...साथ में ट्रेनी रिपोर्टर श्रीकान्त ने भी ताल मिलायी। श्रीकान्त उसका परम भक्त था।

"आप मेरे ज्ञान पर शक कर रहे हैं या फंड की मजबूरी है? स्पष्ट करिए सर...मेरे लिए ये जानना बहुत ज़रूरी है..."

"अरे भाई, जब हम एजेंसी की ख़बरें ले रहे हैं, तो क्या ज़रूरत है किसी को वहाँ जाने की?"

"आप बस परमिशन दे दें, अपने जाने लायक जुगाड़ मैं ख़ुद कर लूँगी...मैं डिफ़ेंस के पी.आर.ओ. से बात कर चुकी हूँ। वहाँ हमें सहयोग मिलेगा सर। प्लीज़! मैं अपने ख़र्चे पर चली जाऊँ..."

"क्या...?" वह हैरान हुआ, "इस हद तक बेचैन हैं आप...ऐसा है, आप छुट्टी पर चली जायें। ख़बर नहीं छापेंगे हम...जाइए वार कवरेज का शौक़ भी पूरा कर आइए...जाइए–जाइए। लेकिन आपकी यह बेचैनी समझ में नहीं आ रही है?"

"सर, सैन्य इतिहासकार कार्लवोन क्लाउटिज ने कहा है कि युद्ध हमेशा सेना और जनता के बीच तालमेल से लड़ा जाता है। जनता यानी मीडिया...यानी हम...क्या वजह है कि सभी चैनल लाइव रिपोर्टिंग कर रहे हैं? पहला युद्ध है जिसकी लाइव कवरेज हो रही है। वहाँ कर्नल अर्जुन रे के नेतृत्व में मीडिया प्रकोष्ठ बनाया गया है। किसी तरह की कोई बाधा नहीं है। यह सब देखकर मेरा भी जी कसक रहा है...मैं पत्रकार हूँ। मैं ऑन द स्पॉट रिपोर्टिंग करना चाहती हूँ। और...इसमें बुराई क्या है?...फिर ऐसा चांस ना मिले...प्लीज़ सर...!" उसने लगभग गिड़गिड़ाते हुए अनुरोध किया था।

"आपको पता है कि करगिल में जोजिला दर्रे से आगे पत्रकारों को जाने की अनुमति नहीं है। आप वहाँ भी एक ही जगह बैठ कर...उनकी ब्रीफ़िंग पर ख़बरें लिखेंगी। और क्या तीर मार लेंगी? बताइए?...जो वहाँ पता चलेगा, वही यहाँ पता चल रहा है..."

"सर..."

"लाइव कवरेज देखकर मैडम यहीं से ख़बर लिख दें। आप बाईलाइन दे दीजिएगा...कौन देखने जा रहा है? मैडम यहाँ से लिख रही हैं या ऑन द स्पॉट...?" यह मशविरा श्रीकान्त का था।

श्रीकान्त का सुझाव गर्म शीशे की तरह उसके कान में उतरता चला गया। मन हुआ, उठे और दो चाँटे ज़ोर से रसीद करके बाहर निकल जाये। बॉस ने भी उसकी तिलमिलाहट को नज़रअन्दाज़ कर दिया था।

"सर, मैं फिर रिक्वेस्ट कर रही हूँ। बात सिर्फ़ ख़बर लिखने भर की नहीं है। वहाँ जाकर आँखों से देखना, महसूस करना, स्थानीय लोगों का दुःख–दर्द। उनकी समस्याएँ सुनना–समझना एक पत्रकार होने के नाते...उपलब्धि ही नहीं ज़िम्मेदारी भी है सर। आप समझते क्यों

नहीं?...मुझे अच्छा नहीं लग रहा आपसे इतना जिरह करते हुए लेकिन... प्लीज़ आप समझें कि करगिल–युद्ध की कवरेज मेरे करियर में एक बड़ी उपलब्धि होगी।''

वह चुपचाप सुन रहा था।

''...और देखिएगा...ज़्यादा दिन तक वे पत्रकारों को जोजिला दर्रे तक रोक कर नहीं रखेंगे। अभी युद्ध का फर्स्ट स्टेज है, सैनिकों की आवाजाही और हम पत्रकारों की सुरक्षा की वजह से आगे नहीं जाने दिया जा रहा है। कितने दिन रोके रखेंगे? जंग वाले इलाकों में आख़िर सिविलियंस भी तो रहते हैं...ज़्यादा दिन रोक पाना असम्भव है...''

उसकी बहस में एक उतावलापन था। एयरकंडीशंड कमरे में भी उसके माथे पर पसीने की बूँदें चुहचुहा आयी थीं। गोरा चेहरा लाल हो आया था। उसका आत्मविश्वास अपने उत्कर्ष पर था। एक जंग वह अपने भीतर–ही–भीतर भी लड़ रही थी...और उसे जीतने की कगार पर खड़ी थी...

अचानक वह किसी गोले की तरह फट पड़ा और उसके सपनों से बारूद के कण टकराने लगे।

''हमसे बहस करती हैं...नेम ड्रॉपिंग से धौंस में आने वालों में हम नहीं हैं...हम एजेंसी की ख़बरें ले लेंगे...किसी को लाइव कवरेज के लिए भेजना हम अफ़ोर्ड नहीं कर सकते।''

उसने लगभग गुर्राते हुए कहा। इस लम्बी बहस से उसकी साँस फूलने लगी थी।

''एक तो बिना मतलब आप करगिल में जो हो रहा है, उसको युद्ध करार देने पर आमादा हैं...अरे भई! अपनी ज़मीन आतंकवादियों से ख़ाली करवाना कोई युद्ध हुआ क्या?...कोई पाकिस्तानी सेना थोड़े ना लड़ रही है?...बहुत झोल है इन बातों में...कुछ खोजकर नया लाइए... लाना ही है तो कुछ सनसनीखेज़ लाइए...तब डिफ़ेन्स आपको ही कवरेज के लिए दे देंगे...एक चैलेंज समझिए इसको...''

''सर, आप बड़े हैं...सीनियर हैं और अनुभवी हैं,...मैं कैसे यह दलील दूँ लेकिन आज न कल पाकिस्तान को भी इंटरनेशनल कम्युनिटी के सामने यह सच स्वीकारना ही पड़ेगा कि भारत के ख़िलाफ़ यह उसकी तीसरी जंग है। इसमें आप सियाचीन में होने वाली छोटी–मोटी लड़ाइयों

और आतंकवादी हमलों को नज़रअन्दाज़ कर दें तो भी...यह साबित हो जायेगा सर कि आतंकवादियों के वेश में पाकिस्तानी सेना है...''

''क्यों करेगी पाकिस्तानी सेना ऐसा? आपको विदेश नीति की जानकारी भी है? ध्यान नहीं आपको..कितने महीने हुए...इसी फ़रवरी में तो लाहौर समझौता हुआ है...उसका ड्राफ़्ट पढ़ा नहीं?...साफ़–साफ़ लिखा है उसमें...शिमला समझौता तो पढ़कर पत्रकारिता में आयी होंगी न?...नहीं...क्या?...बोलिये?''

''नेगी...अरे ओ नेगी!...मैडम को ज़रा लाहौर समझौते का घोषणा पत्र मेरी फ़ाइल में होगा, निकालकर पढ़वाओ। इनका माइंड क्लियर हो जायेगा...''

''आप नेगी को कष्ट मत दीजिए सर...मेरे बैग में पड़ा है, देख लीजिए...''

उसने चार पन्नों का टाइप्ड दस्तावेज़ उनके सामने टेबल पर रख दिया।

''मैं पेपर देखे बिना बता सकती हूँ सारे पॉइंट्स...आजकल यही सब पढ़ रही हूँ सर...''

मन हुआ कहे, 'आप भले एक बार और पढ़िए और समझिए। पढ़ना और समझना दोनों अलग प्रक्रियाएँ हैं।'

फिर भी उसने धीरे–से कह ही दिया, ''सर, आप हेमिंग्वे को जानते हैं न! फिर आप कहेंगे कि नेम ड्रॉपिंग कर रही हूँ...पर क्या करूँ बिना कोट किये रहा नहीं जाता। हॉस्टल की बहुत सारी ख़ाली और तन्हा रातें किताबें पढ़ते–पढ़ते ही कटी हैं...ख़ैर, हेमिंग्वे ने कहा है कि युद्ध छिड़ता है तो सबसे पहले सत्य आहत होता है।''

''अच्छा–आपसे कहा है?...बहुत बढ़िया...जाइए कुछ नया लेकर आइए...बहस बेकार है...आप लोग हर बात पर बहस करते हैं। इतना दम काम में दिखाइए...''

वह अब बेतरह बिदक गया था।

अनुपमा उठी–''मुल्क और मेरे जुनून का मसला हो तो कुछ भी करना पड़े...चलेगा।''

वह बड़बड़ा रही थी। कॉटन की चुन्नी को उसने गले से ज़ोर से लपेट लिया। माथे का पसीना पोंछने या हाथ पोंछने में बड़ा काम आती

हैं सूती चुन्नियाँ। अक्सर गर्मियों में अपने गले से वही लपेटे रखती है अनुपमा।

आज बहस कुछ ज़्यादा हो गयी थी। ब्यूरो में कोई और इतनी बहस नहीं कर सकता। लड़के तो बॉस से उलझते ही नहीं थे,...बिल्कुल राजा बेटा बने रहते थे और नीचे राजू की दुकान पर जाकर बॉस की सात पुश्तों की माँ–बहन एक करते थे। लेकिन उनके पास तो और भी बहुत मुद्दे थे बॉस के सिवा...हाँ, बॉस के रवैये से जो तनाव चेहरे पर स्थायी जगह बनाता जा रहा है, वह उनके मन की चुगली कर ही देता था। लेकिन दफ़्तर के भीतर सबके चेहरे पर मिलते–जुलते से भाव होते थे। कुछ चालाक क़िस्म के जीव भी थे जो बॉस का नाम बीच में आते ही गूँगे–बहरे बन जाते थे या फिर टॉपिक बदल देते थे। मानो बॉस न हुआ बासमती चावल का कंकड़ हुआ। आज बॉस को भी ठीक एहसास हो गया होगा कि लड़कियाँ बहस में किसी से नहीं दबतीं। लड़कियों की नॉलेज और इनफॉर्मेशन पुख़्ता होती है और वे भी लड़कों की तरह ज़िम्मेदारियाँ उठा सकती हैं। वैसे भी बॉस का ज्ञान सुन–सुन के वह पक चुकी थी। अमूमन अनुपमा कोई भी ख़बर लाती तो पहले बॉस उसे अपनी मण्डली के बीच डिस्कस करता, उसकी चीर–फाड़ करता, उस ख़बर से जुड़ी हुई अपने पराक्रम की कुछ कहानियाँ सुनाता और उसे घेरे बैठे चापलूस उसकी हाँ में हाँ मिलाते। बेमतलब की आह–वाह करते और फिर वह गद्‌गद होकर अपने एंगल से ख़बरों के परखच्चे उड़ाता रहता। अनुपमा के लिए यह सब असहनीय था। लेकिन बाक़ी दो उनके ख़ासमख़ास थे। दो नये जूनियर रिपोर्टर उसकी मजलिस में शामिल होने के लिए बाहर से आ जाते थे। अच्छी मण्डली जुटती थी...शाम के वक़्त जब सारे रिपोर्टर अपनी ख़बरें लेकर आते थे। उसका असली काम तो शाम से शुरू होता था और ठीक इसी वक़्त में मण्डली की हाहाकारी बैठकें असहनीय हो उठती थीं। अनुपमा से एक बार भी नहीं पूछा जाता कि वह इस ख़बर पर क्या सोचती है। वह उनके लिए ख़बर लाने वाली बस एक मशीन थी और वह उस मशीन के उपभोक्ता।

अनुपमा की हैरानी अन्तहीन थी। अपने आसपास घट रहे घटनाक्रम से इतनी परेशान कि अब कुछ दिन का ब्रेक लेना उसे ज़रूरी लगा। उसने सोचा कि बेहतर रहेगा कि कुछ दिन के लिए घर

रह आये। राँची की ताज़ा बेलौस हवा में शायद उसे कुछ राहत मिलती। इस बीच बहुत कुछ उलट–पुलट चुका था। केन्द्र में सत्ता बदल चुकी थी। मध्यावधि चुनाव के बाद नयी सरकार का गठन हो चुका था। जनता को भरोसा था कि यह सरकार पाँच साल पूरे कर लेगी। तमाम सियासी नौटंकियों का अस्थायी ही सही लेकिन फ़िलहाल पटाक्षेप हो चुका था। सत्तारूढ़ दलों की स्टैंडिंग और स्टीयरिंग कमेटियाँ दोनों भंग हो चुकी थीं। इधर अनुपमा की चौकड़ी भी तितर–बितर हो चुकी थी। सलिल किसी न्यूज़ चैनल में चला गया, मुरली को उसके अख़बार ने लन्दन भेज दिया और रंजीत का कहीं कुछ अता–पता नहीं था। शालिनी ज़रूर रह गयी थी और उसका जलवा भी बदस्तूर क़ायम था। वह अपने अख़बार की ब्यूरो चीफ़ बन गयी थी। बड़ा–सा ब्यूरो बनाया था और अख़बार मालिक उससे बहुत प्रसन्न थे। उसका क्षेत्रीय अख़बार ख़ासा फल–फूल रहा था।

अनुपमा को परेशान देखकर शालिनी ने उसे अपने ब्यूरो में काम करने का ऑफ़र दिया, जिसे अनुपमा ने बहुत अच्छी तरह विचार करने के बाद अस्वीकार कर दिया था। वह कुछ दिन फ्रीलांसिंग करना चाहती थी। बहुत भागदौड़ करके देख लिया था। नये ब्यूरो चीफ़ ने क़दम–क़दम पर उसे परेशान करने में कोई कसर नहीं उठा रखी थी। एक दिन उसने अचानक उसे रिपोर्टिंग से हटाकर डेस्क का काम सौंप दिया।

"अनुपमा जी, आपकी ज़रूरत हमें फ़ीचर के लिए पड़ रही है। कोई महिला ही चाहिए जो दिल्ली से फ़ीचर मैनेज करके लखनऊ भिजवाये। हम चार पेज रोज़ रंगीन फ़ीचर निकालेंगे। अब लखनऊ तो आप जाने से रहीं..."

दाँत निपोरते हुए बॉस ने फ़रमाननुमा जानकारी दी थी। एक बार को तो अनुपमा के जैसे होश फ़ना हो गये। मतलब! क्या अब एक पार्टी की संवाददाता नहीं रह गयी थी? वह सत्तारूढ़ दल के भी बहुत क़रीब थी और उसे अब पॉलिटिकल कवरेज में मज़ा आने लगा था। ख़ूब घूमना–फिरना और तरह–तरह के लोगों से मिलना–जुलना हो रहा था और महत्त्वपूर्ण ख़बरें भी आने लगी थीं। बस राजाराम की पार्टी कहीं बहुत दूर...बहुत पीछे छूट गयी थी। अपने पुरुष सहकर्मियों की तुलना में वह

नेताओं तक आसानी से पहुँचने में सफल होने लगी थी। कई बड़े नेताओं से इंटरव्यू के दौरान ब्यूरो चीफ़ चाहता था कि अनुपमा भी उसके साथ चले और ख़बरों को लिखने में भी वह पूरी मेहनत करे। और,...नाम दोनों का। सितम इतना ही नहीं...कई एक्सक्लूसिव ख़बरों में मामूली रद्दोबदल के साथ बाईलाइन भी शेयर होने लगी थीं।

यह सब उसे भीतर–भीतर टीसता था। लेकिन चुप्पी साधे रहने के सिवा कोई विकल्प नहीं था। रह–रहकर उसे ब्यूरो चीफ़ का ही कहा जुमला याद आता था, "...रहिमन चुप हो बैठिए, देख दिनन के फेर..."

वह दिन के इसी फिरने का बेसब्री से इन्तज़ार कर रही थी। पिछले कुछ दिनों से उसे अपने सबसे पहले ब्यूरो चीफ़ की याद आ रही थी। उन्होंने जाते–जाते वादा किया था कि कोई नया प्रोजेक्ट शुरू करेंगे तो उसे चांस ज़रूर देंगे। उसके बाद उनका कुछ पता नहीं चला। किसी ने बताया कि कहीं पत्रकारिता का संस्थान खोल लिया था उन्होंने। कई बार सोचा भी कि उनसे मिले। लेकिन उनका लैंडलाइन नम्बर नहीं था और इत्तिफ़ाकन मोबाइल नम्बर भी सेव नहीं था। अनुपमा आमतौर पर जिस किसी से मिलती थी, अपना मोबाइल नम्बर उसे ज़रूर पकड़ा देती थी। वह सबकी पहुँच में रहना चाहती थी। यह उसके पेशे की माँग थी। यह कमबख़्त मोबाइल भी उसके लिए कम परेशानी का सबब नहीं बना। ब्यूरो चीफ़ से कितना कुछ सुनना पड़ा था। दिन भर व्यंग्य बाण चलाते रहते और धीरे–धीरे दोनों की आदत में यह शुमार हो गया। एक तीर छोड़ता और दूसरा उसे अपने ऊपर से निकल जाने देता। यह आदत तब छूटी जब चीफ़ ने ख़ुद मोबाइल ख़रीद लिया, और वह भी तब जब ऑफ़िस ने बिल अदा करने का वादा कर लिया। उससे पहले अनुपमा के मोबाइल का जितना बेजा फ़ायदा उठा सकता था, उठाया। लेकिन ब्यूरो चीफ़ के मोबाइल ख़रीदने से एक नयी परेशानी शुरू हो गयी थी। अनुपमा अब सीधे उसकी पहुँच में थी और उसको किसी भी वक़्त फ़ोन किया जा सकता था। दिन हो या रात। वह झुँझलाती तो जवाब मिलता, "आप रिपोर्टर हैं मैडम!...आपकी तो चौबीसों घण्टे की ड्यूटी है! क्या कीजिएगा, आप लोगों की ट्रेनिंग ही ख़राब हुई है...आपके गुरुओं ने बताया नहीं कि रिपोर्टर की कोई टाइमिंग नहीं होती...?"

"सर, आप कॉल करते हैं तो मेरा बिल भी तो बढ़ता है? आप ऑफ़िस से पेमेंट सैंक्शन करवाते नहीं...कब तक भरती रहूँ?"

'जहाँ बेदर्द हाकिम हो वहाँ फ़रियाद किससे करना...' की तर्ज़ पर उसकी भी सारी फ़रियादें अनसुनी ज़ाया हो रही थीं। सामने पड़ने पर सबके सामने खरी–खरी सुनाते–

"हम लोग इसीलिए लड़कियों और महिलाओं को रिपोर्टिंग में प्रेफ़र नहीं करते। लड़कियाँ ऑड ड्यूटी करेंगी नहीं, बाहर भेजो तो दस बहाने। जब देखो...घर–बार, बाल–बच्चों का ही रोना रोती रहती हैं। अरे भाई! पत्रकारिता कर लो, या फिर घर–परिवार ही सँभालो। दोनों हाथ में लड्डू तो नहीं मिलेगा ना..."

इस तरह की बकवास सुनते–सुनते एक दिन वह फट पड़ी–"आप लोगों के इसी रवैये के चलते हिन्दी में लड़कियाँ कम हैं सर...एक तो वैसे ही मेल डॉमिनेटिंग मीडिया में लड़कियों को काम करने में दिक़्क़त होती है, ऊपर से आप लोगों की ऐसी सोच!...जितना बन पड़ता है हम करती ही हैं। ऐसे हतोत्साहित करेंगे तो लड़कियाँ कैसे आगे आयेंगी?' घरवाले वैसे भी नहीं चाहते कि हम लड़कियाँ मीडिया में आयें...हम छोटे शहरों की लड़कियों के लिए अभी भी टीचिंग लाइन ही सबसे परफ़ेक्ट माना जाता है..."

"अरे मैडम...तो कौन आप लोग को कहता है पत्रकारिता में आने...कौनौ पण्डित ने कहा है का...जाइए उधर, फिर...काहे दूसरों का मौक़ा मारती हैं आप लोग?"

"आप जैसे लोग ही लड़कियों की राह में रोड़ा डालते हैं...क्यों जायें हम?...हम कोई डरकर बैठ जाने वालों में से नहीं हैं...बताइए हमने कौन–सा एसाइनमेंट नहीं किया? जब जो कहा आपने, हमने किया...अब कभी–कभी तो किसी के साथ भी समस्या हो सकती है सर...आप इस तरह इंसल्ट करते हैं!..."

अनुपमा को ग़ुस्से के साथ–साथ रोना भी आ गया था। लगा जैसे कुछ एकदम से फूट पड़ेगा उसके भीतर...

"अरे...रे!...रोइएगा मत भाई...लड़कियों की यही सबसे बड़ी समस्या है...तुरत टेसुए बहाने लगती हैं...बहस में टिकती नहीं हैं...मने हम एगो बात बोले थे...नथिंग सीरियस जी...छोड़िए...फ़ीचर सँभालिए।... आपकी

दिलचस्पी का है...हम किसी और को बाहर से लायें, उससे अच्छा है कि आप देखिए।''

अनुपमा बख़ूबी समझ चुकी थी कि उसके बाहर जाने के दिन क़रीब आ गये थे। अब वह पूरी तरह बॉस की आँख की किरकिरी बन चुकी है। फ़ीचर सँभालने के बहाने दरअसल उसे रास्ते से हटाने की साज़िश की जा रही थी। उसे ब्यूरो चीफ़ की हिदायत का 'बिटवीन द लाइंस' अच्छे से समझ में आ रहा था। उसे तीन लोगों की बहुत याद आ रही थी। अजय कुमार, रंजीत यादव और शालिनी की। लेकिन वे तीनों अपनी–अपनी दुनिया में मस्त थे। पता नहीं वे अनुपमा को याद भी करते थे या नहीं। अनुपमा जैसे ख़ुद में ख़बर बनकर रह गयी थी। वह जैसे ख़ुद अपने ही सवालों से घिर गयी थी।

उस शाम रंजीत उससे क्या कहना चाहता था? जो कुछ कहा वह मज़ाक़ था या वह सचमुच संजीदा था। और अगर संजीदा था तो वह बात उसे संजीदगी के साथ कहनी चाहिए थी...फिर शालू? ...उसने जो प्रस्ताव दिया उसका क्या करे? वह सीधे–सीधे अलग सम्बन्धों की बात कर रही थी बिना किसी लाग–लपेट के। वह दूसरों से अलग थी। मसलन उसने कहा था,...वह लड़की है और वह लड़कियों से ही प्यार करती है, मसलन...वह आजीवन ऐसी ही रहेगी...उसे ऐसा करने की पूरी आज़ादी भी है...पर क्या वह ऐसा जीवन चुन सकती है?...हॉस्टल की कड़वी यादों ने उसका जी इतना ख़राब कर दिया था कि वह हर तरह के रिश्तों से भागने लगी थी...क्या उसके भीतर अनावश्यक रूप से अधिक शुचिताबोध है?...या रिश्ते बनाने से डरती है? लेकिन कब तक?...साथी तो आख़िरकार चुनना ही है एक दिन...लेकिन किसे चुने? समय भी बहुत अधिक नहीं उसके पास, कोई बच्ची तो रही नहीं। तो क्या रंजीत के साथ? उस शाम वह जबरन हाथ पकड़कर कह देता तो शायद उसे फ़ैसला लेने में आसानी होती...या, शालिनी ही जबरन उसे खींचकर अपने घर ले जाती तो शायद कोई रास्ता खुल पाता...वह दो ध्रुवों के बीच उलझती जा रही थी। रंजीत का कहीं पता नहीं...उसने वहाँ जाकर कोई सम्पर्क नहीं किया? और तो और अपना फ़ोन नम्बर तक मैसेज नहीं किया। उस शाम के बाद वह मिला भी कहाँ...वह खोजती रही...वह तो सलिल ने

बताया कि घर गया है। वहाँ से लौटकर जर्मनी चला जायेगा। उसे लगा, भीतर कुछ धुआँ–धुआँ सा भर गया है। मन में उठते उस धुएँ से अचानक उसकी आँखें जलने लगीं। सब कुछ याद आने लगा....रंजीत का हॉस्टल आना, अपने साथ इंडिया गेट ले जाना, उसे गहरी निगाहों से घूरना...छोटी–से–छोटी बात पर उसे फेवर करना...उससे अपनी ख़बरें शेयर करना...ख़बरों का एंगल डिस्कस करना...उसको लेकर कुछ हद तक पज़ेसिव रहना!!...आह!...ये सारे लक्षण तो प्यार के ही हैं!...कल ही तो फ़ीचर पेज के लिए लेख भिजवाया है–'कैसे करें प्रेम का इज़हार, जब न समझे दिलेनादाँ।'

वह ख़ुद ही दिलेनादाँ निकली...प्रेम उसके दरवाज़े पर दस्तक देकर लौट गया था। उसने अपनी देह को अपनी ही बाँहों में समेट लिया। जैसे ख़ुद को सिहरनों से भरती रही। रगों में दौड़ती सरसराहट महसूस करती हुई बिस्तर पर लेट गयी। एक अनोखे आनन्द ने उसकी देह को घेर लिया था। वह आपे में नहीं थी। आज रात वह चुप थी और उसकी देह बोल रही थी। वह बस उस बोले हुए को सुन रही थी। देह गा रही थी। देह ही ख़ुद को बजा रही थी।

"ट्रिंग्ग..." सिरहाने पड़ा मोबाइल घनघना उठा। इन्द्रधनुषी सपने जैसे एक झनाके से टूट गये।

"मैं अजय कुमार बोल रहा हूँ...याद है?...या भूल गयीं?..."

"सर, आप!...इतने सालों बाद?...कैसे याद किया?..." अनुपमा की आवाज़ में उत्तेजनाजन्य कम्पन था। उसने सहज होने की कोशिश की।

"कहाँ हैं? क्या कर रही हैं?..."

"जी कहिए...हॉस्टल में हूँ आप...आदेश करें सर...कहाँ हैं आप?... आपने तो हमारी खोज–ख़बर ही नहीं ली...!"

"सुनिए...एक पता नोट करिए...हमारे परम मित्र निरंजन कपूर आपका इन्तज़ार कर रहे हैं, जाइए उनको ज्वाइन करिए।"

"इतनी जल्दी?...अभी तो मैं वहाँ काम...!"

"छोड़िए...बहुत हुआ...कितने साल और झेलेंगी उस कम्पनी को?. ..मैंने आपसे वादा किया था वही निभा रहा हूँ।"

उन्होंने बीच में ही बात काट दी। उन्हें जल्दी थी शायद।

"ओके सर...थैंक्यू वेरी–वेरी मच!...आपसे कब मिलना होगा?"

"जल्दी...पहले कल मिल लें उनसे...वह कल आपका इन्तज़ार करेंगे। नयी टीम बना रहे हैं....न्यूज़ वीकली निकालने जा रहे हैं..."

"सर, मैं क्या बात करूँगी उनसे?...पद या पैसा?"

"जो दें, ले लीजिए...बड़ा ब्रांड है, फ़्यूचर बन जायेगा..."

"चलिए, कल फिर बात होगी...बेस्ट ऑफ़ लक..."

अचानक ही सारा दुख, सारा क्षोभ भूल गयी अनुपमा। कल से नयी ज़िन्दगी शुरू होने वाली थी। सब कुछ इतनी जल्दी और आसानी से हो जायेगा, सोचा भी नहीं था। डेस्क पर काम करना एक सज़ा थी उसके लिए, फिर भी करना पड़ रहा था। छोड़कर जाती भी तो कहाँ?...जब तक कोई सॉलिड प्रोजेक्ट हाथ में न हो। एक अनजानी उम्मीद के भरोसे जैसे–तैसे वक़्त काट रही थी। दोनों मोर्चों पर अपनी विफलता का एहसास हो रहा था। न साथी का चयन कर पायी थी और न पसन्द की नयी नौकरी। सब निकल गये और कुछ न कुछ बन गये थे। शालू के साथ रहती तो कम–से–कम एक सेंस ऑफ़ सिक्योरिटी तो मिलती! शालू के साथ रहा जा सकता था, पर तय की हुई शर्तों पर...उसके साथ रिश्ता...! एक ज़ख़्म अभी टीसता ही रहता है...

शालू ने कभी उस पर अपनी तरफ़ से दबाव नहीं डाला। बीच–बीच में उसे टटोलती रहती थी। बाज़ दफ़ा उकसाने की भी कोशिशें कीं। अनुपमा हँसकर टालने के लहजे में इनकार कर देती। कभी–कभी मन हुआ कि शालू का हाथ थामकर छोड़ दे सब कुछ। फिर से पुराना घाव टभकने लगता और माँ का ख़याल आने लगता। उन्हें पता चलता तो जीते जी मर जातीं...इसी दिन के लिए तो राँची से दिल्ली नहीं आने दिया था न! अब उसे लगने लगा था कि शालू ने कभी ज़िद क्यों नहीं की...एक बार कोशिश तो करती...शायद उसे अच्छा लगता। वह भागती फिर रही थी सब चीज़ों से...कोई तो रोक लेता। उम्र का पहिया तेज़ी से बढ़ता जा रहा था...

उसने इन ख़यालों को दिमाग़ से झटक दिया—नहीं!...अभी उसे अपने काम पर, अपने करियर पर फ़ोकस करना है। कहीं भटक न जाये। कल से नयी पारी शुरू करनी है। अजय सर अचानक मसीहा बनकर उसकी ज़िन्दगी में आये थे। कल से ज़िन्दगी का नया अध्याय शुरू।

वह फिर से ख़ुद को साबित करेगी–'...आय विल बी बैक सून'... उसने ख़ुद से वादा किया, 'आय वॉन्ट माई ओल्ड रिपोर्टिंग डेज़ बैक...!'

"तेरे बिना ज़िन्दगी से कोई शिकवा तो नहीं...शिकवा नहीं..."

तेज़ रफ़्तार से भाग रही अनुपमा की गाड़ी को फ़ोन की लगातार बजती इस रिंगटोन ने रुकने को मजबूर कर दिया। साउथ दिल्ली के पॉश इलाक़े में साइड करके अनुपमा ने अपनी गाड़ी रोकी और कॉल पिक किया।

"हैलो...!"

"हैलो...आप अनुपमा जी बोल रही हैं?"

"जी...बोल रही हूँ!"

"अनुपमा जी आपको नेशनल फ़ाउंडेशन फ़ॉर मीडिया का फ़ेलोशिप दिया जा रहा है। आपने एप्लाई किया था न? वर्ष 2003–2004 के लिए आपके नाम का चयन हुआ है।"

थोड़ी देर के लिए अनुपमा का मुँह खुला का खुला रह गया था। वह कुछ और पूछ पाती, इससे पहले ही फ़ोन कट गया था। उसने कॉल बैक करने की बात सोची, पर ऐसा कर नहीं सकी। उसे अपने कानों पर यक़ीन नहीं हो रहा था। अँगुलियाँ जैसे बर्फ़ की तरह जम गयी थीं। वह कभी ख़ुद को तो कभी फ़ोन को देखती थी। अचानक उसके रुँधे गले से हिचकियाँ फूट पड़ीं। कोई दस मिनट तक उसकी आँखों से अविरल आँसू बहते रहे। उसने इस ख़बर की उम्मीद भी नहीं की थी। करती भी कैसे! ऑफ़िस के मौजूदा माहौल में यह कहाँ सम्भव था? उसने तो रिस्क लेते हुए फार्म भर दिया था। जानती थी, मुक़ाबला तगड़ा है। सिर्फ़ बाहर वालों से ही नहीं बल्कि अपनी पुरानी कुलीग रह चुकी रंजना सक्सेना के साथ भी। इस साल भी सबसे प्रबल दावेदार वही थी। अच्छी–ख़ासी लॉबिंग कर रखी थी उसने। ऐसे भी पिछले दो साल से लगातार कोई–न–कोई फ़ेलोशिप और पुरस्कार हथियाने में वह कामयाब रही थी। उसे तो एप्लाई भी नहीं करने दिया गया था। इस साल भी आवेदन के आख़िरी दिन उसने किसी तरह से लस्तम–पस्तम फॉर्म भर दिया था, और वह भी बिना किसी को बतलाये। मन में उत्साह जैसा कोई भाव नहीं था। अकेले श्रीकान्त ने उसका हौसला बढ़ाया था। एप्लाई करने के बाद वह ख़ुद भूल चुकी

थी। फ़ेलोशिप मिलने की महत्त्वाकांक्षा मन में जैसे दफ़्न कर चुकी थी हमेशा के लिए। जो जोड़–तोड़ में पारंगत थे उनको मिली, या फिर एकाध ख़ुशक़िस्मतों को। अब ये अचानक फ़ोन...! कानों में जैसे जल तरंग बज उठा था उस अपरिचित आवाज़ को सुनकर। गोया आसमान के अनगिनत तारे टूट–टूटकर उसकी देह को रंग–बिरंगी रौशनियों से भर रहे थे। आकाश का रंग अचानक कुछ और नीला लगने लगा था...और धूप कुछ थोड़ी और चमकीली...!

उसे लगा कि पाँवों में जैसे पंख लग गये थे...वे इतने हलके हो गये थे कि एक्सीलरेटर पर भी नहीं पड़ रहे थे। उसने अपनी वैगन–आर को एक ख़ाली जगह देखकर साइड किया और सीट पर अच्छी तरह टेक लगाकर थोड़ी देर शान्त बैठी रही। कितना कुछ झेला था उसने अपने करियर में! कितना मुश्किल–मुश्किल काम किया था! कितनी स्टोरीज़ ब्रेक की थीं...रिपोर्टिंग और डेस्क दोनों का काम एक साथ करते हुए! वह सिर्फ़ दो पन्नों तक महदूद रहने वाली एक मामूली रिपोर्टर! अतीत का गुज़रा हिस्सा आज भी डायरी के पन्नों में दर्ज है। हमारे दर्द की जड़ें दरअसल हमारे अतीत में गड़ी होती हैं।

उसे पिछले कुछ सालों की घटनाएँ एक के बाद एक याद आ रही हैं। एक ज़रूरी और बड़ी कामयाबी ने उसके अतीत के पन्नों को खोल दिया था। अजय कुमार के कहने पर ही उसने पावरगेम पत्रिका ज्वाइन की थी। उसके पेशे की चुनौतियाँ बहुत थीं जो उसे अपने निजी हौसले के बूते पूरी करनी थीं। उसे ख़ुद को फिर से साबित करना था। उसे दुनिया को बताना था कि वह बेहतर रिपोर्टर है जो उसे मौक़ा मिलने पर अपना लोहा मनवाने की कुव्वत रखती है। उसे क्या पता था कि पत्रकारिता की अन्दरूनी उठापटक से वह यहाँ भी बची नहीं रहेगी। फ़र्क़ बस इतना था कि वह एक नरककुण्ड से निकली थी और दूसरे में दाख़िल हो रही थी। वहाँ पहले से ही कुछ पिशाच घात लगाये उसके इन्तज़ार में बैठे थे। उनसे बच पाना सम्भव नहीं था।

पत्रिका की बनी–बनायी टीम में अनुपमा आख़िरी सदस्य थी। वहाँ एक से एक खुर्राट धुरन्धर पहले से जमे बैठे थे। उन्होंने सम्पादक के तलवे चाट–चाटकर आपस में ही अपने पसन्द के कामों को बाँट लिया था। बचे–खुचे काम अनुपमा के ज़िम्मे आये थे। फुलटाइम रिपोर्टिंग

का सपना फिर से अधूरा रह गया था। पावरगेम में उसे रिपोर्टिंग के साथ–साथ डेस्क का काम थमा दिया गया।

आई.एन.एस. बिल्डिंग छूट चुकी थी और उसके साथ ही पुराने संगी भी छूट चुके थे। कुलीग से लेकर वर्क कल्चर तक सब बदल चुका था। लेकिन जैसी भी थी...नौकरी तो थी, सो करनी थी। जहाँ से आयी थी वहाँ तो लौट नहीं सकती थी, इसलिए अब इसी हाउस में रहकर ख़ुद को साबित करना था।

चुनौतियाँ साये की तरह साथ चलती हैं। उनको स्वीकार करना आधी जीत होती है। ऐसा बुज़ुर्गों ने भी कहा है। चुनौतियों से तो वह जूझ सकती थी लेकिन दफ़्तर के भीतर के दाँव–पेंचों से उसके हाथ–पाँव फूलते थे। उसके देखते–देखते ही रंजना सम्पादक की चहेती और दफ़्तर की स्टार रिपोर्टर करार दी जा चुकी थी। सम्पादक कैसे एक अदने से रिपोर्टर को स्टार बनाने की हैसियत रखता है, यह देखना अनुपमा के लिए बिल्कुल एक नया तजुर्बा था। वह हैरान और क्षुब्ध दोनों थी।

रंजना को रोमिंग कॉरेस्पोंडेंट का दर्जा प्राप्त हो चुका था। उसे एक के बाद एक नये एसाइनमेंट पर भेजा जा रहा था। उसके पैर दफ़्तर में टिकते ही नहीं थे। हर हफ़्ते टूर पर जाती और एक एक्सक्लूसिव स्टोरी के साथ वापस लौटती...कई बार तो उसकी औसत स्टोरी को भी एक्सक्लूसिव बनाकर पेश किया जाता था।

अभी कुछ दिन पहले ही रंजना ट्रैकिंग करके लौटी थी भूटान और सिक्किम के दुर्गम पहाड़ी इलाक़ों से। यह उसका वेकेशनल ट्रिप था। उसी हफ़्ते अनुपमा भी विदर्भ के किसानों की आत्महत्या पर रिपोर्ट लेकर लौटी थी। उसकी रिपोर्ट हफ़्ते की कवर स्टोरी बन सकती थी। उन आत्महत्याओं पर संसद में बहुत सवाल उठे थे। और महाराष्ट्र के सांसदों ने सदन की कार्रवाई ठप कर दी थी। किसानों का सुसाइड इस समय का सबसे ज्वलन्त मुद्दा था। अनुपमा को विश्वास था कि पत्रिका उसकी रिपोर्ट को कवर स्टोरी बनाकर छापेगी। उसकी वीकली का रसूख़ बढ़ेगा। सपोर्ट में बैंकों से किसानों के ऋण सम्बन्धी दस्तावेज़ भी बतौर प्रमाण लगाये गये थे। अनुपमा ने ख़ुदकुशी कर चुके किसानों

के पीड़ित परिवारों और क़र्ज़ के बोझ में दबे किसानों से बातचीत भी की थी। इस स्टोरी को करके वह ख़ुद भी बहुत आश्वस्त और सन्तुष्ट थी। स्टोरी के साथ सम्पादक के केबिन में दाख़िल होते वक़्त उसका उत्साह अपने चरम पर था।

सम्पादक के केबिन में रंजना हमेशा की तरह कजरारी आँखों में एक अनुराग भरे सम्मोहन के साथ पहले से जमी बैठी थी। अनुपमा ने उसकी अनदेखी की और उत्साह में अपनी स्टोरी सम्पादक को बताने लगी।

"सर, कवर स्टोरी बनाइए,...संसद में तय है हमारी पत्रिका की कॉपियाँ लहराई जाने लगेंगी। आने वाले समय में किसानों की आत्महत्या बहुत बड़ा मुद्दा बनने जा रही है। अभी लोग समझ नहीं पा रहे...साईनाथ का इंटरव्यू भी कर लिया है..."

अनुपमा चहक रही थी। सम्पादक के सम्भावित रेस्पांस के बारे में सोच–सोचकर पुलक रही थी।

"कवर स्टोरी तो नहीं बन पायेगी। इस बार पर्यटन विशेषांक जा रहा है। रंजना जी बढ़िया कवर स्टोरी करके लायी हैं, आप लिखें, आपकी स्टोरी भी जायेगी..."

"सर, बहुत बड़ी स्टोरी है, छोटी छापेंगे तो मर जायेगी...कम से कम सेकेंड लीड स्टोरी बना दें..."

अनुपमा ने कमोबेश अनुनय की भाषा में कहा था। उसकी सारी मेहनत ज़ाया होने जा रही थी। पूरे पाँच दिन वह उन सूखाग्रस्त इलाक़ों में इस उम्मीद में भटकती रही थी कि उसकी स्टोरी एक्सक्लूसिव होगी।

"अरे! पर्यटन विशेषांक में ये रोने–धोने वाली स्टोरी कहाँ अच्छी लगेगी? बाद में छप नहीं सकती, अभी मुद्दा गरम है...चलिए दो पेज ठीक हैं। आप दो पेज की स्टोरी बनाइए...जाइए...ज़रा मैं पर्यटन विशेषांक प्लान कर लूँ..."

हाथ के इशारे से निरंजन कपूर ने उसे बाहर का रास्ता दिखा दिया था। हताश अनुपमा दो पेजों में सिमटकर बाहर आ गयी थी। कहाँ आठ पेज और कहाँ सिर्फ़ दो पेज! वह इतनी ऊँचाई से गिरी थी कि ख़ुद को सँभाल नहीं पा रही थी। उसे विदर्भ के सूखी दरारों वाले खेत, किसानों की सूखी आँखें, औरतों और बच्चों के होंठों पर जमी हुई

सूखी पपड़ियाँ याद आ रही थीं। अपनी रिपोर्ट के सबूत में जो दस्तावेज़ निकालकर लायी थी वे पन्ने उसकी अँगुलियों के बीच फड़फड़ा रहे थे। एकबारगी मन हुआ, उनको वहीं फाड़कर फेंक दे और दफ़्तर छोड़कर निकल जाये। सीढ़ियों की दीवार से लगकर उसने अपना सिर पकड़ लिया। वह फूट–फूटकर रोना चाहती थी। फिर उसे भदौरिया का कहा याद आ गया। क्या लड़कियाँ सचमुच जल्दी रोने लगती हैं? इसीलिए उन्हें कोई नौकरी नहीं देता? वह ख़ुद को कमज़ोर साबित नहीं करना चाहती थी। वह समझ गयी कि चुनौतियाँ उसके लिए कभी ख़त्म नहीं होंगी। पहली को हल करते–करते दूसरी आ खड़ी होगी। चुनौतियाँ गोया उसको आजमाने के लिए ही बनी थीं। जब से पैदा हुई थी तभी से चुनौतियाँ मानो उसका पीछा कर रही थीं। वह लड़की नहीं हुई जैसे आज़माने का सामान हो गयी, उसकी यह धारणा धीरे–धीरे दृढ़ होती जा रही थी। लेकिन रंजना भी तो एक लड़की थी, शालिनी भी थी, दूसरी कई और थीं। फिर सारी बाधाएँ उसी के रास्ते में क्यों थीं? ज़िन्दगी अकेले उसी पर इतनी मेहरबान क्यों थी? हर क़दम कोई–न–कोई नया घमासान! यही कुछ सोचते–सोचते वह सीढ़ियों पर धम्म से बैठ गयी। किसी ने आवाज़ लगायी तब जैसे उसकी नीमबेहोशी टूटी थी।

उसने मन–ही–मन तय किया कि अब अगली बार से कोई रंगारंग रिपोर्ट लेकर आयेगी। गम्भीर रिपोर्ट को लेकर सम्पादक के रवैये से वह परिचित हो चुकी थी। भीतर–भीतर वह हैरान थी कि महाराष्ट्र के दौरे पर भी तो उसे सम्पादक ने ही भेजा था! रिपोर्ट को लेकर भी डिटेल में बात हुई थी। उसे अच्छी तरह याद था कि सम्पादक ने क्या कहा था–'जाइए, घूमकर आइए। सरकारी यात्रा है...कुछ ख़ास रिपोर्ट बनेगी नहीं....उतना ही दिखायेंगे जितना सरकार दिखाना चाहेगी...फिर भी जाना चाहिए। बस पत्रिका के प्रोडक्शन के दिन वापस लौट आयें।

तब इस कथन का मतलब वह समझ नहीं पायी थी। जाने से पहले सम्पादक ने उससे स्टोरी कहाँ डिस्कस की थी? दोनों तरफ़ से रिपोर्ट को लेकर कोई ठोस बात नहीं हुई थी। वह तो अनुपमा ने अपनी तरफ़ से तय कर लिया था कि सरकारी यात्रा में भी समय निकालकर किसानों की बुनियादी तकलीफ़ों पर अलग से काम कर लेगी।

इसका मतलब सम्पादक की पहले से ही कोई दिलचस्पी नहीं थी! किसानों की आत्महत्याएँ और उनकी दूसरी समस्याएँ उनके लिए कोई मायने नहीं रखती थीं। उनके लिए तो पर्यटन विशेषांक और ट्रैकिंग स्टोरी ज़्यादा ज़रूरी थीं क्योंकि दोनों स्टोरी बिकाऊ माल थीं। मई के महीने में वैसे भी कई पत्रिकाएँ पर्यटन विशेषांक निकालती हैं। छुट्टियों का मौसम होता है, ट्रैवेलिंग एजेंसियाँ विज्ञापन भी भर–भर कर देती हैं। यह प्लानिंग भी पक्का पहले की थी। अनुपमा को ख़बर तक नहीं। उसका माथा ठनका। हो न हो, सम्पादक ने रंजना को दफ़्तर के असाइनमेंट पर भेजा होगा। ओह...तभी...!

कोऑर्डिनेटिंग एडिटर सुशान्त सिंह की आवाज़ सुनकर वह अपने डेस्क की तरफ़ लपकी। वह उसे बुला रहा था। जानना चाह रहा था कि सम्पादक से उसकी क्या बात हुई और कितने पेज की, कौन–सी रिपोर्ट थी उसकी? अंक फाइनल हो रहा था।

"विदर्भ में किसानों की समस्या पर सिर्फ़ दो पेज की रिपोर्ट!" उसने अनमने भाव से जवाब दिया था।

वह अपनी डेस्क पर जाकर चुपचाप बैठ गयी थी। कम्प्यूटर ऑन कर लिया और कुर्सी के पीछे सिर टिकाकर आँखें बन्द कर लीं। सुशान्त उसकी मनोदशा समझ रहा था। उसे तो बस हुक्म की तामील करनी थी। सबसे बारी–बारी पूछकर वह अपने काम में लग गया। कई बार पेशेगत मजबूरियाँ आदमी को मनुष्येतर व्यवहार का आदी बना देती हैं। मन के भीतर अपने आसपास के प्रति करुणा नहीं उपजती। एक विचित्र–सी शुष्कता या रुखापन भर आता है। दुनिया चाहे उस वक़्त मरती रहे, मर जाये। मछुआरे की मनोदशा भी ऐसी होती होगी,...जाल में फँसी छटपटाती हुई मछलियाँ मरती हैं...मर जायें वह तटस्थ भाव से देखता है उनकी छटपटाहट को...उनकी मौत को। उसकी निगाह में बस बाज़ार होता है, मछलियों की छटपटाहट नहीं। एक मछुआरे का कर्तव्य–बोध यही है। भले कोई बेवकूफ़ जज़्बाती आदमी इसे उसकी मजबूरी मान बैठे।

उस वक़्त पूरा दफ़्तर ऊपर से मुस्कुराता और भीतर से छटपटाता रह गया जब प्रोडक्शन इंचार्ज संजय शर्मा कवर अप्रूव कराने सम्पादक के केबिन में दाख़िल हुआ था। पत्रिका का कवर चमचमा रहा था।

सफ़ेद बर्फ़ से ढँकी हुई पहाड़ों की रजत चोटियाँ और उस पर चमकती धूप। बैकग्राउंड में जंगल और झरनों की तस्वीरें। फ़ोटो क्रेडिट–रंजना. ..कवर लाइन–'अनदेखी–अनजानी दुनिया की खोज'...'इस बार गर्मियों में ऐसी जगहों पर जायें' –पावरगेम संवाददाता की विशेष रपट।

कवर अप्रूव होते ही रिपोर्ट बनाने की तैयारी शुरू हो गयी थी। रिपोर्ट का पेज बनाने का ज़िम्मा अनुपमा को दिया गया था। पूरा दफ़्तर इस ख़बर से और मज़े ले रहा था। सबके लिए यह दिलचस्प मसाला था। घोर प्रतिद्वन्द्वी को ही पेज तैयार करने का ज़िम्मा सौंपकर सम्पादक ने कोई राजनीति खेली थी, या दोनों को आपसी डाह से भरकर मज़ा लेने की तैयारी में था। कुछ लोग बेशक सकते में थे। वे सही–सही समझ रहे थे कि यह अनुपमा के धैर्य का सबसे बड़ा इम्तिहान था। इसमें पास या फ़ेल होने की शर्तों पर ही उसकी नौकरी टिकी थी। वरना अख़बारी और पत्रिकाओं की दुनिया का सच तो सबको पता था कि स्टाफ़ की नौकरी हर रोज़ सम्पादक की कृपा और मूड पर टिकी होती थी। किसी भी पल नौकरी हाथ से जा सकती थी। सम्पादक जब चाहे किसी को भी दूध की मक्खी की तरह निकालकर फेंक सकता है। मैनेजमेंट कुछ नहीं कर सकता, या करना चाहता भी नहीं। सम्पादक का एक लाइन का संवाद होता, फलाँ स्टाफ़ से काम लेना बहुत टफ़ है, बस मैनेजमेंट के लिए यह कारण पर्याप्त होता है। मैनेजमेंट को अगर ज़्यादा सहानुभूति है किसी से तो तबादला कर देगा। अण्डमान निकोबार...या फिर जहाँ कहीं उसकी मर्ज़ी। कई लोग अपने आप जॉब छोड़ जाते हैं। कुछ केस लड़ने पर आमादा हो जाते हैं। जिसके भीतर स्वाभिमान ज़्यादा होता हैं वे सम्पादक के निर्णय की भनक लगते ही चुपचाप डेस्क से अपना सामान उठाते हैं और सबको गुडबाय बोलकर निकल जाते हैं। भय और संशय के इस माहौल में सारा स्टाफ़ हर रोज़ काम करता है। किसी का दो साल का अनुबन्ध होता, तो किसी का एक साल का। ये सारे अनुबन्ध धरे रह जाते हैं जब सम्पादक का दिमाग़ फिर जाता है। इसलिए सारा स्टाफ़ रोज़ सुबह सम्पादक से मीटिंग से पहले सम्पादक का मूड बाहर से ही पता करना शुरू कर देता था। सुबह की मीटिंग शान्ति से, निर्विघ्न सम्पन्न हो गयी फिर सब लम्बी साँस लेते कि आज नौकरी चल गयी। कल की कल देखेंगे। इसी

अनिश्चितता के बीच पावरगेम का पूरा स्टाफ़ काम कर रहा था। अनुपमा तो इस भय को पिछले दस सालों से झेल रही थी। अब उसने परवाह करनी छोड़ दी थी लेकिन इस नौबत से वह भी बचना चाहती थी कि सम्पादक को कभी उसे बेइज़्ज़त करके निकालने का मौक़ा मिले। अख़बारी दुनिया छोड़कर पत्रिका में आते हुए वह ढेर सारी चुनौतियाँ भी अपने साथ लायी थी। ख़ुद को साबित किये बिना वह कहीं दूसरी जगह नहीं जाना चाहती थी। वे चुनौतियाँ साये की तरह उसके साथ चल रही थीं और वह एक–एक कर उनसे निजात पाने की कोशिशों में जुटी थी। धीरे–धीरे उसे चुनौतियों की आदत पड़ गयी थी।

रंजना की रिपोर्ट बड़ी हो रही थी। कवर स्टोरी के लिए हमेशा छह पेज तय होते हैं, लिहाज़ा रिपोर्ट उसी स्पेस के मुताबिक़ लिखी गयी थी। उन्हीं छह पेजों में उन जगहों की कई तस्वीरें भी लगानी थीं। अब रिपोर्ट को थोड़ा काट–छाँटकर छोटा करने की नौबत आ गयी थी। निर्विकार भाव से पेज बनवाते हुए अनुपमा को लगा, रिपोर्ट से बढ़े हुए शब्द काटकर हटा दे। जहाँ–जहाँ ग़ैर–ज़रूरी विस्तार था, जहाँ विषयान्तर विश्लेषण था, उसे काटकर रिपोर्ट अनुकूल बन सकती थी। उन हिस्सों के कट जाने से रिपोर्ट पर कोई असर नहीं पड़ने वाला था। लेकिन वो जानती थी कि रंजना की रिपोर्ट के मामले में उसे ऐसा करने की छूट नहीं मिलने वाली थी। यह उसके इम्तहान का समय था। अनुपमा उठकर बॉस के पास गयी, "सर, कुछ मैटर काटना पड़ेगा। रिपोर्ट बड़ी हो रही है। आप कहें तो मैं एडिट कर दूँ। रंजना जा चुकी है।"

निरंजन कपूर ने कड़वा–सा मुँह बनाते हुए मना कर दिया था।

"कोई एक रेगुलर पेज ड्रॉप कर दें, इसे एडजस्ट करें या फिर आठ पेज कर दें।"

"पत्रिका में सारे पेज लगभग फ़ाइनल हो चुके हैं, तैयार भी हैं, कहाँ से दो पेज लाऊँ?...सम्भव नहीं सर, आप एक बार देख तो लें, जो–जो हिस्से हटाने लायक हैं, उनको हटा दूँ तो रिपोर्ट कस जायेगी ...एक बार देखिए तो सही..."

उसने रिपोर्ट का प्रिंट आउट निरंजन कपूर की टेबल पर रख दिया। जो हिस्से वह निकालना चाहती थी उनको उसने घेर दिया था।

"रिपोर्ट काटी नहीं जायेगी...आप फ़ीचर पेज ड्रॉप कर सकती हैं, या कोई ऐसी स्टोरी हटा दें जो अगली बार छप सकती है...देखिए... जाइए...कोशिश करिए..."

निरंजन कपूर के चेहरे की तल्ख़ी साफ़–साफ़ देखी जा सकती थी। इतना बोलकर वह कम्प्यूटर की तरफ़ मुड़ गया और अपनी उँगलियाँ की–बोर्ड पर व्यस्त कर दीं। दायें हाथ से कॉल बेल बजायी ...उसे शायद चाय की तलब लगी थी। सामने टेबल पर पत्रिका के कई सारे तैयार पेज रखे थे। अनुपमा थोड़ी देर असहज भाव से खड़ी रही। वह संकेत समझ गयी थी कि सम्पादक की नज़र उसके पेज पर गड़ी हुई है। फ़ीचर पेज में इस बार अलग से कुछ नहीं जा रहा था। फिर किस फ़ीचर पेज की बात कर रहे हैं?

"सर, मैंने भी मेहनत करके रिपोर्ट तैयार की है, कैसे ड्रॉप कर दूँ स्टोरी...?"

अनुपमा की आवाज़ में एक कातरता थी। लगा, अभी फफक पड़ेगी। उसकी आँखें डबडबा आयीं।

"आपकी वजह से छाप रहा हूँ, वरना मुझे पर्यटन विशेषांक में किसानों की आत्महत्या जैसी मनहूस रिपोर्ट नहीं चाहिए। ये अख़बारी ख़बरें हैं, रोज़ छपती रहती हैं, इसमें नया क्या है? वही किसानों का क़र्ज़। मानसून की दगाबाज़ी? उनके परिवारों का रोना धोना...सरकारी वायदे और बन्दर बाँट...हम छापकर क्या नया तीर मार लेंगे?...बताइए? ...मेरी मानिए तो फिलहाल रोक दें इसे। आप कवर स्टोरी पर कंस्ट्रेट करें..."

चपरासी सुखीलाल चाय लेकर अन्दर आ चुका था।

"चाय पियेंगी...?"

निरंजन कपूर ने अनुपमा से पूछा या उसकी बात टाली, पता नहीं। लेकिन अनुपमा उनकी कुटिल मुस्कान को झेल नहीं पायी और केबिन का दरवाज़ा खोलकर बाहर निकल गयी। अपने डेस्क पर जाने के बजाय वह थोड़ी देर एकान्त में काटना चाहती थी। बेसमेंट की तरफ़ जाने वाली सीढ़ियों पर अक्सर हलका अँधेरा रहता है। वह वहीं जाकर बैठ गयी। चुपचाप आँसू बहा लेना चाहती थी। अपने अख़बारी दिनों को याद कर लेना चाहती थी। अपने बिछड़े साथियों को याद

करना चाहती थी। जाने सब कहाँ, किस हाल में होंगे? उसने मोबाइल ऑफ़ कर दिया थोड़ी देर के लिए।

ये कैसी पत्रकारिता कर रही थी! दूसरों की स्टोरीज़ पर मेहनत करना, दूसरों के लिखे को माँजना–चमकाना, उन पर हेडिंग लगाना और...ख़ुद कुछ न लिखना। अपना नाम किसी स्टोरी के साथ देखने के लिए तरस जाना उसका नसीब बन गया था क्या? कहाँ फ़रियाद करे? किसको रोये? सीढ़ियों पर फैला अँधेरा अब उसके दिल में भरता जा रहा था। बाहर शाम भी उतर आयी थी। बाहर–भीतर दोनों तरफ़ अँधेरा था। उसे उन दोनों अँधेरों का मुक़ाबला करना था। अँधेरों की इतनी परतें होती हैं, मालूम न था। अचानक उसे लगा जैसे रंजीत ने हौले से उसके कानों में बुदबुदाते हुए कुछ कहा था...'रोशनी को भी कौंधने के लिए एक अँधेरा चाहिए होता है'...

'तुम कहाँ हो रंजीत...'

उसे शिद्दत से रंजीत याद आया। आज वह रंजीत के सामने बिखर जाने को उतावली थी। वह चाहती थी कि रंजीत उसके बिखराव को काश देख पाता!। उसके बिखरे टुकड़ों को समेट पाता! सालों से वह अकेली टूट रही थी। सालों से वह अपने को ख़ुद समेट रही थी। अपने ही बिखरे टुकड़े उठाते–उठाते वह एक गहरी थकान से भर गयी थी।

'लौट आओ रंजीत। वापस लौट आओ...'

अनुगमा फिर से अपनी डायरी के पन्नों में घुसने को आतुर थी। वह अपने को थोड़ा बदलकर भी आज़माना चाहती थी। वह बदले तो शायद उसके दिन भी बदलें। और तब शायद सम्पादक का दिल भी बदले।

वह ऐसी थी या ऐसी बना दी गयी थी?...सिर्फ़ यह दर्ज करने के लिए आज वह इस डायरी के अनगिन पन्नों को रँगने वाली थी। डायरी के पन्नों को भर देने के बाद भी उसे चैन नहीं आया था। उसे शायद यह ख़ुशफ़हमी थी कि एक दिन यह तंगदिल दुनिया उसे इन्हीं पन्नों के हवाले से देखकर अपना नज़रिया बदलने को मजबूर हो जायेगी। लेकिन फ़िलहाल उसे पावरगेम के उन्हीं दो पन्नों में ज़िन्दा रहना था जो निरंजन कपूर ने उसके सुपुर्द कर रखे थे। उन्हीं दो पन्नों में उसका

घर, उसके सपने और अपने औरत होने को लेकर क्षमाप्रार्थी न होने का उसका विश्वास रहता था। चश्मे के भीतर वह अभी भी एक ख़ूबसूरत लड़की थी और चश्मे के बाहर देश की एक नामचीन पत्रकार। इसीलिए वह अपने सम्पादक और बॉस निरंजन कपूर को चश्मा उतारकर देखा करती थी। निरंजन कपूर आज भी उससे सीढ़ियों पर टकरा गया था। कौन जाये लिफ़्ट में! लिफ़्ट से चढ़ने–उतरने में न तो पसीना आता था और न ही बॉस को पसीने के नमकीन भीगेपन में लिपटी अनुपमा को देखने का मज़ा मिल पाता था।

बॉस ने आज भी पसीने की धार वाली उसकी सुघड़ गर्दन देखी थी और उसकी गन्ध को अपने नथुनों में महसूस भी किया था। उसने मुस्कुराते हुए अपने 'दो पन्नों' को हैलो कह दिया।

"अनुपमा, ज़रा केबिन में आना...!"

अनुपमा मुस्कुराती हुई बॉस के पीछे हो ली। उसने चेहरे पर अपना चश्मा चढ़ा लिया। अब वह पत्रकार थी। केबिन तक पहुँचने के रास्ते में मिलने वाले सारे स्टाफ़ ने निरंजन कपूर के रुतबे को अपना नमस्कार किया। उन अभिवादनों के कुछ छींटे अनुपमा के चश्मे के लेंस से भी टकराये। विज़िटिंग कार्ड की तरह मुस्कुराहट बाँटते हुए वह बॉस के चेंबर में उनकी टेबल के ऐन सामने खड़ी थी...उसने अपना चश्मा टेबल पर रख दिया था। दोनों के बीच बातें होती रहीं। कुछ ऑफ़िस और पत्रिका की। और कुछ अपनी। बातें आगे भी जारी रहतीं बशर्ते रंजना केबिन में दाख़िल नहीं हुई होती तो। अनुपमा, रंजना सक्सेना से थोड़ी सीनियर थी लेकिन इस बात की ख़ुशी थी कि इस ख़ुशी का एक बहुत छोटा–सा हिस्सा ही उसके दामन में आ पाया था...बाक़ी बची ख़ुशियों को रंजना की चालाकियों ने निगल लिया था। सच यही था कि अनुपमा के करियर की कहानी की असल खलनायिका रंजना ही थी। बहरहाल, उसी रंजना ने अपनी बनावटी मुस्कुराहट में लिपटे एक औपचारिक नमस्कार का तोहफ़ा अभी–अभी अनुपमा को पेश किया था जिसे उसने भी उसी औपचारिक भाव के साथ क़बूल किया था। दोनों के बीच के इस लेन–देन का मज़ा बॉस ने भी लिया।

यह कहानी का एक दृश्य था। जिस तरह हर आदमी की अपनी कहानी होती है, उस कहानी के असंख्य पात्र होते हैं, ठीक उसी

तरह इन तीनों के अलावा भी उनकी ज़िन्दगियों में कहानियों और किरदारों की कोई कमी नहीं थी। अनुपमा के लिए भी 'पावरगेम' के ऑफ़िस की मुख़्तलिफ़ कहानियों की एक बुलन्द इमारत खड़ी हो चुकी थी। एक ऐसी इमारत जिसके भीतर कोई लिफ़्ट नहीं लगी थी और जिसके अन्तिम माले पर उसको रोज़ चढ़ना और रोज़ उतरना होता था। हालाँकि इमारत के भीतर उसका दफ़्तर प्रधान सम्पादक उर्फ़ निरंजन कपूर, सहायक सम्पादक उर्फ़ अनुपमा और उप-सम्पादक रंजना सक्सेना सहित और भी पत्रकारों-मुलाजिमों से आबाद था लेकिन अनुपमा का एक दिल था जो न किसी शै से भरा था और न किसी चीज़ से ख़ाली ही था।

"इस बार तो आप धमाल कर रही हैं...कवर स्टोरी भी चेंज हो गयी है!"

"हर बार तो आप छायी रहती हैं..."

"अरे, किस बात का ताना!...आपने तो पहले ही इतना पैर पसार रखा है कि मेरी चादर हमेशा ही छोटी पड़ जाती है।"

"अरे काहे का पैर और काहे की चादर!..."

"आप तो पहले से हैं! आपका ही पैर और आपकी ही चादर...मैं तो बस दो पन्नों की किरायेदार हूँ! उनसे अधिक पर कोई हक़ नहीं है मेरा। मेरी कई अच्छी-अच्छी स्टोरी पेंडिंग हैं और आप हैं कि धड़ाधड़ स्टोरी पर स्टोरी किये जा रही हैं।"

"अनुपमा जी...वो तो बॉस जानें और उनका काम जाने। निरंजन जी के फ़ैसलों और मूड का कोई क्या कहे?..."

"मोहतरमा, ज़रा हमें भी यह बतायें कि बॉस का मूड बनता कैसे है?"

एक पल के लिए रंजना और अनुपमा दोनों की आँखें एक-दूसरे से टकरायीं और दोनों ही हँस पड़ीं। एक की हँसी का एक ख़ास अर्थ था और दूसरे की हँसी में कोई अर्थ नहीं था।

दोनों के केबिन भी एक-दूसरे से लगे हुए थे। दीवार के नाम पर बस तीन फ़ीट ऊँचा हार्डबोर्ड का एक डिवाइडर था। दोनों की निगाहें दिन में कई बार एक-दूसरे से टकरातीं। लेकिन इन टकराहटों की अनुगूँज कभी-कभी पूरे ऑफ़िस को सुनाई देती।

पुरुषों से घिरी पत्रकारिता की दुनिया के आकलन के लिए दोनों ने अपनी–अपनी सहूलियतों के मुताबिक़ दुनिया और दुनियादारी की परिभाषाएँ भी गढ़ ली थीं। जो लक्ष्य अनुपमा अपने श्रम और प्रतिभा के बूते हासिल करना चाहती थी, रंजना ने उसके लिए शॉर्टकट चुनना पसन्द किया था। जो पत्रकारिता अनुपमा के लिए जीवन पद्धति थी वही पत्रकारिता रंजना के लिए फ़क़त एक महत्त्वाकांक्षा थी।

और....रंजना जीत रही थी–बार–बार...लगातार!

अनुपमा हार रही थी–वह भी बार–बार...लगातार!

"अच्छा चलती हूँ.."

रंजना ने अनुपमा का ध्यान तोड़ा। उसकी आँखें अपने कम्प्यूटर स्क्रीन पर गड़ी हुई थीं। उसे इसका भी ध्यान नहीं था कि रंजना उसे बड़ी देर से पढ़ रही थी।

"ओके...बाय!" अनुपमा ने लम्बी साँस ली थी, "मुझे तो अभी वक़्त लगेगा।"

रंजना मुस्कुराती हुई अपनी चेयर से उठ चुकी थी।

"बॉस, मेरी उत्तराखण्ड वाली स्टोरी का क्या कर रहे हैं आप? तीन महीने से दबाकर रखी है! हर अंक में कट जाती है। आप मेरे ही साथ ऐसा क्यों करते हैं?" बात ज़रा मज़ाकिया अन्दाज़ में कही गयी थी जबकि उसमें छिपा सवाल वाजिब और गम्भीर था।

निरंजन ने अपनी आँखें अनुपमा पर टिका दीं।

एक पल को अनुपमा को लगा, कहीं बॉस बुरा तो नहीं मान बैठा। उसने अपनी आवाज़ में शिकायत और गम्भीरता का पुट कम किया और शब्दों को मासूमियत और इसरार की गाढ़ी चाशनी में डुबोते हुए कहा, "आप मेरा ज़रा भी ख़याल नहीं रखते सर!"

"अनुपमा जी, हम आप ही का ख़याल रखते हैं। आप तो सब कुछ जानते हुए बात को कहाँ से कहाँ ले जाती हैं। अरे देखा है मैंने, इस बार भी आपकी 'बॉलीवुड स्पेशल' स्टोरी पर ढेर सारे पत्र आये हैं।"

"बहलाइए मत बॉस" अनुपमा ने निरंजन की टेबल पर झुकते हुए कहा। एयरटाइट वातानुकूलित कमरे में भी न जाने कहाँ से निरंजन ने एक परिचित–सी गन्ध महसूस की। सामने टेबल पर झुकी हुई अनुपमा बैठी थी। उसकी आँखों पर उसका चश्मा नहीं था। अनुपमा को एक

पुरुष, एक सम्पादक और एक बॉस को सुविधानुसार एक साथ और अलग–अलग दोनों तरीक़े से हैंडिल करने का हुनर पता था। मगर जब से स्साली यह मोटी चमड़ी वाली रंजना आयी है तब से बॉस की चाबी उसी के हाथों में थी। अनुपमा के सारे तीर निशाने से चूक रहे थे।

''मेरी मेरिट और क़ाबिलियत को और कितने इम्तिहानों से गुज़रना होगा?'' अनुपमा को अपने ही गले से आती आवाज़ परायी–सी लग रही थी। क्या वह बॉस से मिन्नत कर रही थी?

''अरे, आप तो बेवजह सीरियस हो गयीं! हा....हा...हा...!!''

यह बेमतलब की हँसी अनुपमा को पसन्द नहीं थी, लेकिन चूँकि यह बॉस की हँसी थी सो उसके साथ–साथ वह भी हँस रही थी।

''आज शाम क्लब में मिलें? बहुत दिन हो गये साथ ड्रिंक लिए!'' यह बॉस का प्रस्ताव था।

''नहीं सर, आज नहीं...फिर कभी।''

''अरे हाँ, ख़ूब याद दिलाया, आज मुझे भी एक पार्टी में जाना है।''

अपने बैग के साथ निरंजन कपूर उठकर खड़े हो चुके थे। दोनों ऑफ़िस से बाहर निकले।

''अरे अनुपमा जी, आप साथ होती हैं तो लिफ़्ट में जाने का मन नहीं करता...चलिए, सीढ़ियों से ही चलते हैं। यू नो...सीढ़ियाँ चढ़ते–उतरते एक ख़ास तरह का फ़ील होता है।''

''जी, मुझे भी होता है।''

सेकेंड भर के लिए दोनों की आँखें मिलीं। इस बार अनुपमा ने ठहाका लगाया था। अपनी नापसन्दगी के बावजूद बिना मतलब का। लेकिन निरंजन कपूर को उसकी हँसी अच्छी लगी थी। उसकी नज़रें ठीक वहीं थीं, जहाँ उसके जैसे आदमी की होनी चाहिए थीं।

अनुपमा का यह तीसरा पेग था। दूसरी टेबल पर भी पत्रकार बैठे हुए थे। ख़ासी गहमागहमी थी, लेकिन उसकी टेबल पर उसके साथ 'पावरगेम' का कार्यकारी सम्पादक राजीव चतुर्वेदी बैठा हुआ था। राजीव चतुर्वेदी। मतलब अनुपमा का छोटा बॉस। कभी साथी...कभी बॉस। और कभी न साथी और न बॉस। बस केवल पूरा का पूरा मर्द...कभी कुछ भी नहीं। ख़ैर, फिलहाल वह ड्रिंक पार्टनर था जिससे नशे के आलम में कुछ दिल की बात कही–सुनी जा सकती थी।

"मालूम है, वो साली नक़ली है?"

तीसरे पेग के बाद अनुपमा के दिल की बात होंठों पर आ गयी थी।

"अच्छा! रंजना का कोई डबल रोल भी है?" राजीव ने उसे छेड़ा था।

"देखो यार राजीव जी, आप पकाओ मत मुझे। आप जानते हो, मैं क्या कह रही हूँ। आप साले मर्द लोग न...एक जैसे होते हो सब! आप लोगों के लिए किसी भी परिभाषा में औरत एक देह भर होती है।"

अनुपमा शुरू हो चुकी थी। चश्मा तो उसने पहले ही बैग में डाल लिया था। अब वह ख़ालिस एक लड़की थी जो अपने सामने बैठे एक मर्द से बात कर रही थी...नशे में बहककर नहीं बल्कि सदियों का नशा तोड़ने की कोशिश में।

"आप भी तो समय आने पर उसी फुलझड़ी के साथ हो लेते हो। उसका नक़ली चेहरा आपको भी अच्छा लगता है।"

"आप भी तो एक औरत को किसी मर्द के थर्मामीटर से मापना चाहती हैं!"

राजीव ने 'थर्मामीटर' जुमला एक आम लहजे में कहा था लेकिन अनुपमा को उसके कहे में उसकी मर्दानी शरारत दिख गयी। दोनों बहस में उलझते जा रहे थे और ख़ाली होते गिलासों की संख्या भी बढ़ती जा रही थी। विषय बदल रहे थे। अनुपमा ने बैग से चश्मा निकाल लिया। अब वो दोबारा से एक पत्रकार थी...स्त्री काया लेती हुई एक लड़की थी जिसका एक घर भी था। खुद का बनाया हुआ....छोटा–सा फ़्लैट, और जिसके किसी भी कोने में वह ख़ुद को सबसे ज़्यादा महफ़ूज़ महसूस करती थी।

आज प्रोडक्शन का दिन था। ऑफ़िस में अफ़रा–तफ़री की स्थिति थी। सब अपने–अपने काम को फ़ाइनल टच देने में व्यस्त थे। चाय के प्यालों और सिगरेट के धुएँ के दरमियान थोड़ी फ़ुर्सत तलाशने की कोशिशें हो रही थीं। अनुपमा भी अपने 'दो पन्नों' को डिज़ाइनर से बनवा चुकी थी। वह आज ख़ुश थी। उसकी ताज़ा रपट 'अपने घर कभी न लौटने लायक बन चुकी लड़की' पर आधारित थी। लेकिन यह ख़ुशी इस इश्यू के निकलने के साथ ही तिरोहित होने की

भी तैयारी कर रही थी। उसकी जानी–पहचानी हमराज उदासी ही उसकी असल साथी थी जो उसके साथ बची रहने वाली थी। आख़िर उदासी भी क्या करती? अनुपमा ने उसे कभी अपने 'दो पन्नों' में जगह देने लायक समझा ही नहीं। उसकी आँखें अचानक रंजना पर टिक गयीं। वह अपने काम में व्यस्त थी। उसकी काजल लगी आँखें मॉनिटर पर टिकी थीं और अँगुलियाँ की–बोर्ड पर हरकतों में मसरूफ थीं। पिछले कई दिनों से अनुपमा रंजना पर ख़ास ग़ौर कर रही थी...शायद वह असली और नक़ली रंजना के बीच का फ़र्क़ तलाशने की कवायद कर रही थी। एक गम्भीर वेशभूषा वाली झोलामार्का पत्रकार बॉस के सामने पड़ते ही अचानक एक ज़हीन और ख़ूबसूरत औरत में कैसे तब्दील हो जाती है! वक़्त के हिसाब से चोला बदलने की रंजना की इस अदा ने अनुपमा के मन में एक अनायास कौतूहल पैदा कर दिया था। वह रंजना को बिल्कुल आर–पार देखने को लालायित थी। उससे उम्र में छोटी...और देखने में उससे कम सुन्दर!

"स्साला, सीढ़ियाँ मैं चढ़ूँ...चश्मा मैं उतारूँ...बोल्ड औरत होने की छवि मेरी और मज़े लूटे यह! कमाल है...पता नहीं। हुँह!!" लगातार ऐसी अनाप–शनाप बातें सोचते हुए अनुपमा ने निगाहों और सवालों का सामना करने का फ़ैसला कर लिया था।

अकेले बैठी अनुपमा अक्सर घण्टों सोचती रहती–'आख़िर उस लड़की में ऐसा ख़ास क्या है, जिसने मुझे अपने वजूद को लेकर आशंका, डर और असुरक्षा से भर दिया है?'...जिन रास्तों पर रंजना चल रही है, क्या उन रास्तों को उसे भी आज़माकर देखना चाहिए? ...शायद रंजना की तरह धड़ाधड़ कामयाबी उसके क़दम भी चूमने लगे। दफ़्तर में बैठी–बैठी वह उन्हीं शॉर्टकट्स के बारे में सोचती रही। न जाने कितनी पुरानी बातें फ़िल्मों की रील की तरह उसके दिमाग़ में घूमने लगी थीं...

एक क्षेत्रीय अख़बार के पुराने से दफ़्तर में वह एक उबाऊ शाम थी। बॉस धड़धड़ाते हुए अन्दर घुसा। उसकी तरफ़ देखकर मुस्कुराया और पास की कुर्सी खींचकर बैठ गया। अनुपमा ने उसकी तरफ़ देखा। ठीक आमने–सामने बैठे थे दोनों।

बॉस ने अपनी हथेली उसकी जाँघों पर फेरी थी, ''एक ऑफ़िशियल टूर बन रहा है हैदराबाद का, तुमको भेजना चाह रहा हूँ। जाओगी?''

टूर के नाम पर हमेशा अनुपमा की लार टपकती है। इस बार भी उसकी आँखें चमक उठीं लेकिन जल्दी ही उनकी चमक फीकी पड़ने लगी और फिर धीरे–धीरे बुझ गयी। बॉस की हथेली जाँघों पर कस रही थी और पंजे के नाख़ून उसकी देह में धँस रहे थे।

हैदराबाद की मीनारें दिखने से पहले ही धड़ाम से औंधी गिरी। वह एक झटके से उठी और बोली, ''मुझे कहीं नहीं जाना। आप संजय को भेज दें!''

उस इनकार के बाद वह अगले कई दिनों तक ऑफ़िस में बॉस की उपेक्षा झेलती रही थी। फिर भी वह ख़ुश थी क्योंकि जाँघों के साथ–साथ उसकी रूह भी सही–सलामत थी।

नये दफ़्तर में बॉस ने उसे कभी कोई संकेत नहीं दिया। क्या वह भी रंजना के रास्ते पर चले? नहीं...! वह चाहती भी तो उसका ज़मीर इसकी इजाज़त नहीं देता। जो अब तक नहीं किया, वह अब क्या करती। फिर क्या करे? उसने पार्किंग से गाड़ी निकाली और इंडिया गेट से जनपथ और कनॉट प्लेस तक के कई बेमतलब चक्कर काटे लेकिन दिलोदिमाग़ में उधेड़बुन अपनी जगह बरकरार रही। ऑफ़िस लौटी तो संगीत–समीक्षक पुनीत वर्मा इन्तज़ार करते मिले। अनुपमा से उनकी बहुत पटती थी। उसने मेल इनबॉक्स चेक किया, कोई नया मेल नहीं था। विदेश में पढ़ाई के लिए गये बेटे को ई–मेल करने और उसके जवाब का प्रिंट लेने के लिए पुनीत को अनुपमा की मदद की ज़रूरत पड़ती थी। वह अक्सर उसके पास आकर बैठते और बेटे के नाम ई–मेल टाइप करवाते थे।

अनुपमा उन्हें देखते ही फट पड़ी थी, ''बहुत हो गया पुनीत जी। मुझे भी कोई उपाय बताइए...आप मर्द हैं आख़िर। कैसे पटेंगे लड़कियों से आप? मैं ऐसा क्या करूँ कि बॉस मुझे फ़ेवर करने लगे?''

पुनीत जी मुस्कुराये। दोनों हाथ आडवाणी की तर्ज़ पर मलते हुए उचके, ''आपसे अब नहीं होगा अनुपमा जी। देर हो गयी है। आपके और रंजना के बीच उम्र का फ़ासला है। साइज़ की तरह उम्र भी बहुत मायने रखती है। आप मुक़ाबले में मत उतरिये तो अच्छा रहेगा।''

उम्र...!! अभी पैंतीस साल की तो हुई है। यह भी कोई उम्र होती है मुक़ाबले से बाहर होने की? बहुत पापड़ बेलकर यहाँ तक पहुँची है। उम्र के बारे में तो सोचा ही नहीं कभी। सिर्फ़ रिपोर्टिंग के नशे में डूबी रही। अब उसे उम्र की याद दिलायी जायेगी। औरत की उम्र देखे और मर्द?...वे तो उम्र के बन्धन से मुक्त होकर लड़कियों को फाँसते हैं! अधेड़ों और बुड्ढों की लीलाओं के रंगीन चर्चे रोज़ सुनती–देखती है। तो उम्र से पाला पड़ा है यहाँ?...ओह...!

अनुपमा के पैरों तले ज़मीन खिसक गयी थी! जैसे साफ़–सुथरे और चिकने रास्ते पर अचानक कोई बड़ी ठोकर लग गयी हो।

उसने अपना बैग उठाया और दफ़्तर की सीढ़ियाँ उतरने लगी। यह उतरना जैसे अपनी नज़रों से उतर जाने जैसा था...जिसमें उसके करियर के अनेक साल खप गये थे।

अनुपमा अक्सर अपने मन को समझाती, हो सकता है रंजना सचमुच इंटेलिजेंट हो, जेनुइन हो, समझदार हो। ऐसा करने से उसे एक तसल्ली महसूस होती और वह रंजना के प्रति थोड़ा उदार हो उठती। उसे चॉकलेट खाने को देती। उसकी प्रशंसक बन जाती। लेकिन जैसे ही बॉस उसकी स्टोरी की तारीफ़ करते, अनुपमा बौखला उठती थी। उस क्षण उसे रंजना से बड़ा शत्रु कोई नजर नहीं आता। फ़ौरन फ़ोन उठाती और अपनी किसी क़रीबी दोस्त को अपनी तकलीफ़ बताती। ग़ुस्से में ऊँची आवाज़ में बातें करती ताकि रंजना तक भी उसका कहा पहुँच सके और उसका मूड भी ख़राब हो जाये। इससे कोई लाभ नहीं था लेकिन जाने क्यों ऐसा करके अनुपमा को एक तरह का सन्तोष मिलता था। वह फ़ोन पर चिल्लाती हुई कहती, '...स्साली पता नहीं कितने घर तोड़ेगी? रहती किसी और के साथ है, घूमती किसी और के साथ है। कोई एथिक्स नहीं इसके। मतलब के ढेरों यार हैं इसके। सबको धोखे में रखती है। यहाँ भी नरक कर रखा है!'

रंजना को सब सुनाई पड़ता था। वह कनखियों से अनुपमा के तमतमाये चेहरे को देखती और उसकी फ्रस्ट्रेशन को एंजॉय करती। लेकिन दोनों का अपना–अपना सुख तब अवसाद में बदल जाता जब अगले दिन बॉस किसी छोटी–सी बात पर भी अनुपमा की क्लास लगाने लगते। चपरासी भी ग़लती करता तो डाँट अनुपमा को ही पड़ती थी।

दफ़्तर में बॉस की नज़र में जो कुछ भी ग़लत घटित होता उसकी सीधी ज़िम्मेदार अनुपमा!

अनुपमा के अलावा भी दफ़्तर के दूसरे साथी इस बात को समझने लगे थे।

लेकिन अनुपमा ने आज जो देखा था, उसे वह सबको दिखाना चाहती थी। पूरे ऑफ़िस को सुनाई देने वाली आवाज़ आज फुसफुसाहट में बदल गयी थी। बग़ल में बैठी रंजना को अनुपमा ने ही अपनी तरफ़ से टोका था।

"क्या मैडम, क्या हो रहा था बॉस के केबिन में?"

रंजना जवाब में ख़ामोश रही। कहती भी तो क्या? जान–बूझकर अनुपमा आज मोटी चमड़ी में अपने तंज़ की सूई गड़ाने पर आमादा थी। अपनी मोटी चमड़ी को रंजना अपनी ताक़त के तौर पर इस्तेमाल करती थी। इसी ताक़त का इस्तेमाल वह अनुपमा के लिए भी करती थी। ऑफ़िस में उठने वाली तेज़ आवाज़ भी उसकी मोटी चमड़ी सोख लेती थी। उसका चेहरा थोड़ा सख़्त ज़रूर हुआ, लेकिन अनुपमा का सामना उसकी मोटी चमड़ी कर रही थी और अनुपमा उसकी मोटी चमड़ी के पार जाकर उसको औरत होने का मतलब समझाना चाहती थी। रंजना की ओढ़ी हुई सादगी की चमक खुरच देना चाहती थी वह।

"क्या हुआ, बोल क्यूँ नहीं रही हो?"

आक्रामक रुख़ देखकर इस बार सँभल नहीं पायी रंजना, "कहना क्या चाहती हैं आप?"

"तुम्हारे नहीं दिखने वाली चालाकियों के बारे में कहना चाहती हूँ। और हाँ, तुम्हारी मोटी चमड़ी बहुत ज़्यादा दिनों तक सच्चाई को नहीं पचा पायेगी, याद रखना।"

रंजना अपने काम में लग गयी थी, जैसे कुछ हुआ ही नहीं। अनुपमा भी मोटी चमड़ी की हक़ीक़त से लड़ते–लड़ते अपने दो पन्ने में घुसने के लिए तैयार हो रही थी। शब्दों की चादर ओढ़कर ज़िन्दगी के चार हिस्सों में बिछी अनुपमा ने कम्प्यूटर स्क्रीन पर ही अपना एक कोना ढूँढ़ा, जहाँ अपने को ठीक से ओढ़ने–बिछाने में उसे किसी रंजना का सामना न करना पड़े। उसने अपनी पर्सनल फ़ाइल बनायी जिसमें अपनी अनछपी रिपोर्ट्स को लिख–लिखकर जमा करने वाली थी। जहाँ

किसी से पन्ने नहीं माँगने थे, न किसी का सम्पादन, न किसी का हिडेन एजेंडा। वह भविष्य के लिए रसद जमा करना चाहती थी, ताकि ख़ुद याद रख सके कि जब दुनिया में ऐसे हालात थे तब उसने उनसे मुँह नहीं मोड़ा था। अनछपी रिपोर्ट्स का कबाड़खाना ही उसकी पूँजी होगी एक दिन।

दफ़्तर का माहौल बहुत तनावपूर्ण हो चला था। ज़्यादातर साथी अनुपमा की लड़ाई को सही मानते थे लेकिन वे सब चुप थे और लगभग रंजना और निरंजन कपूर की मनमानियों के सामने घुटने टेक चुके थे। पूरे दफ़्तर में रंजना की तूती बोल रही थी और कमोबेश एक विकल्पहीनता की स्थिति पैदा हो चुकी थी। कार्यकारी सम्पादक राजीव चतुर्वेदी भी सम्पादक से ज़्यादा रंजना की चमचागिरी करने में लगा रहता था। रंजना का ज़्यादातर वक़्त सम्पादक के केबिन में बीतने लगा था। अन्दर से दोनों के ज़ोर–ज़ोर से हँसने और बातें करने की आवाज़ें आती रहतीं। बाहर बैठे पी.ए. पंकज रावत और चपरासी दोनों ही जानते–समझते हुए भी अनजान बने रहते और अपने कामों में उलझे रहते और दफ़्तर के लोग बाहर बैठे उनके फ्री होने का। लेकिन रंजना इससे बेफ़िक्र सम्पादक के केबिन में घण्टों अड्डा जमाये रहती। रिपोर्ट्स को अपनी स्टोरीज़ डिस्कस करके फील्ड में निकलने की जल्दबाज़ी होती थी। इन्तज़ार करने वालों का हुजूम बाहर बढ़ता जाता था। आजिज़ आकर पंकज ने मुलाक़ातियों की पर्चियाँ अन्दर भेजनी शुरू कीं और एक्सटेंशन पर बॉस को फ़ोन मिलाया। अन्दर से बुलावा आने लगा। कभी एक–एक कर कभी एक साथ दो–चार लोगों को। लेकिन इन मुलाक़ातों में भी रंजना अनिवार्यतः उपस्थित रहती थी। न वह ख़ुद उठती थी और न बॉस उसे उठकर जाने को कहता था। आख़िरकार सबने धीरे–धीरे उसकी इस उपस्थिति को हज़म करने की आदत डाल ली थी। अनुपमा अक्सर दो–एक दूसरे स्टाफ़ के साथ भीतर दाख़िल होती और पत्रिका के अंक की प्लानिंग करके बाहर निकल आती। कई बार वह अकेली रुककर कोई स्टोरी डिस्कस करना चाहती भी तो उसे मौक़ा नहीं मिलता था। शायद रंजना यह चाहती भी नहीं थी। अनुपमा मन मसोसकर रह जाती। रंजना की उपस्थिति में अपनी स्टोरी डिस्कस करना उसे मंज़ूर नहीं था। नतीजतन धीरे–धीरे उसका रिपोर्ट लिखना

कम होता गया। उसके भीतर घुटन रोज़ बढ़ती जा रही थी। कई बार बहुत काम की स्टोरी हाथ लगती लेकिन वह उसे दबा देती। दफ़्तर में कोई ऐसा न था जिससे ये सब बातें शेयर करती। अलग तरह का माहौल बनता जा रहा था। दफ़्तर में कोई भी रंजना से बैर मोल लेने को राज़ी नहीं था, यह बात अनुपमा ने समझ ली थी। बल्कि अनुपमा से सबने एक ख़ास दूरी भी बना ली थी और उससे कोई गॉसिपिंग भी नहीं करता था। रंजना का नाम लेने से डरने लगे थे सबके सब। एक अघोषित हिटलरशाही पूरे माहौल पर काबिज़ थी। अनुपमा के पास दूसरे राज्यों की ख़बरों वाले पेज थे लिहाज़ा उसने उन पर ज़्यादा फ़ोकस करना बन्द कर दिया था।

एक दिन 'पावरगेम' का एक ताज़ा अंक उसके हाथ में था और वह अनमनी–सी उसके पन्ने पलट रही थी। कटेंट पेज पर एक नज़र दौड़ाकर उसने एक आह भरी, शुक्र था कि अभी भी रंजना का नाम उसके बाद ही छपता था। उसे एक तसल्ली महसूस हुई...सीनियोरिटी का लिहाज़ बचा हुआ था। अचानक उसकी नज़र चिट्ठियों वाले पन्ने पर चली गयी। एक इकलौती चिट्ठी पूरे पेज में छपी दिख गयी। सम्पादक के नाम लिखे गये उस पत्र को पढ़ते ही वह चौंक गयी। हाथ से पत्रिका लगभग छूटते–छूटते बची। सत्तारूढ़ दल की पार्टी के अध्यक्ष का पत्र था–

'उत्तर प्रदेश के पान किसानों की समस्या की तरफ़ आपने ध्यान दिलाया, उसके लिए आभारी हूँ। अपनी पत्रिका की रिपोर्ट के माध्यम से आपने हमें जो जानकारी मुहैया करायी, उस आधार पर हमने केन्द्र सरकार से समुचित क़दम उठाने का आग्रह किया है। कदाचित विलम्ब हुआ है किन्तु इस कार्रवाई के अनुकूल और सकारात्मक परिणाम निकले हैं।

'आपको जानकारी देते हुए हर्ष का अनुभव कर रहा हूँ कि पिछले बीस सालों से पान की खेती को कृषि का दर्जा देने की जो माँग उठाई जा रही थी, केन्द्र सरकार ने उस पर उदारतापूर्वक विचार किया है। अखिल भारतीय चौरसिया महासभा को भी इस आशय का पत्र कृषि मन्त्रालय ने प्रेषित कर दिया है। उम्मीद है, अभी तक कृषि का दर्जा नहीं मिलने से जिन सुविधाओं से वे वंचित थे, उन्हें अब वे समस्त

सुविधाएँ प्राप्त हो सकेंगी। पिछले जाड़े में ठण्ड से क़रीब 80 करोड़ रुपये के पान की फ़सल बरबाद हो गयी थी। इस वित्तीय वर्ष में महोबा, वाराणसी, ललितपुर, बाराबंकी, सीतापुर, हरदोई, उन्नाव, प्रतापगढ़ आदि ज़िलों के पान किसानों की फ़सलें ख़राब होने के आँकड़े जुटाये जा रहे हैं और किसानों की माँग के अनुसार मुआवज़े का मानक तैयार होने पर सरकार उनकी समुचित सहायता करेगी।

'इतने महत्त्वपूर्ण मसले को हमारे संज्ञान में लाने के लिए आपकी संवाददाता रंजना सक्सेना, पत्रिका और स्वयं आपके जैसा सम्पादक साधुवाद के पात्र हैं। आपने पत्रकारिता का पुनीत कर्तव्य निभाया है। पत्रिका उत्तरोत्तर विकास की मंगलकामनाओं के साथ।'

सम्पादक के नाम पत्र काफ़ी विस्तार से लिखा गया था। पत्र में रंजना सक्सेना का नाम हाईलाइट किया गया था। ऐसा होता नहीं कभी।...कोई तो वजह होगी। क्या चल रहा है दफ़्तर में? कोई खिचड़ी पक रही है! कुछ तो है जिसकी परदेदारी है! अनुपमा का माथा चक्कर खाने लगा। यह पान किसानों से जुड़ी रिपोर्ट कब छपी थी? उसकी नज़र उस पर क्यों नहीं गयी? रंजना अक्सर टूर पर रहती थी और सिर्फ़ अंक निकलने से पहले आती थी...बाहर का एसाइनमेंट लेकर फिर दूरदराज टूर पर निकल जाती थी। यह नयी बात सबने नोटिस की थी। अनुपमा का बाहर जाना पूरी तरह बन्द हो गया था। जब उसकी रिपोर्ट ही नहीं छपती तो टूर पर कौन ले जाता या वो ख़ुद ही क्यों जाती? उसने पूरी तरह खुद को डेस्क के काम में झोंक दिया था। विदर्भ के सूखाग्रस्त इलाक़ों की स्टोरी नहीं छपने के बाद उसका फ़ील्ड रिपोर्टिंग से मन उचाट हो गया था। जब सम्पादक ने खुलकर अपनी नापसन्दगी ज़ाहिर कर दी थी तो उसके बाद बचता ही क्या था? उसे बार–बार रंजीत का कहा जुमला याद आता, 'वृन्दावन में रहना है तो बाबा जी को सहना होगा...' अख़बारों के सम्पादक उन बाबाओं की तरह ही तो होते हैं। कुर्सी पर बैठे–बैठे तोंदियल होते सम्पादक...चश्मे के भीतर से दुनिया को देखते...नेताओं के आगे खीसें निपोरते....और लड़कियों को अपने साथ घुमाते...उन्हें आपस में सौतिया डाह से भरते...लड़वाते–भिड़वाते बाबा! सोचते–सोचते उसका जी कड़वा हो गया था। वह एक तरह के मोहभंग की स्थिति से गुज़र रही थी।

बहरहाल, वह पत्रिका का ताज़ा अंक छोड़ वह अंक ढूँढ़ने लगी जिसमें रंजना ने पान किसानों की दुर्दशा पर स्टोरी की थी। पाँच पेज की रिपोर्ट को जाने कैसे मिस कर गयी थी अनुपमा! शायद जी कुछ अधिक उचाट हो गया था कि रुटीन की तरह अपने हिस्से का काम करती थी और वापस अपनी खोह में लौट आती थी। उसने रिपोर्ट पढ़नी शुरू कर दी–

'पान किसानों की दुर्दशा पर एक्सक्लूसिव रिपोर्ट; महोबा, सीतापुर और बाराबंकी से, रंजना सक्सेना (मार्च–2005)'

'पान उगाने वाले किसान आर्थिक रूप से ख़स्ताहाल, लाल–पीले होकर टूटकर गिर रहे हैं पान के पत्ते।...पान की खेती को कृषि का दर्जा देने की माँग। प्रशासन गम्भीर नहीं। खुदकुशी पर आमादा हो रहे किसान...'

बहुत अच्छी और सटीक रिपोर्ट थी...बिल्कुल वैसी ही जानकारियाँ थीं जैसी अनुपमा विदर्भ के किसानों के बारे में लेकर लौटी थी। उसे तब समझ में नहीं आया था कि सम्पादक को किसानों की समस्या से लेना–देना क्यों नहीं, क्यों वे किसानों की समस्याओं से कन्नी काट रहे थे और महाराष्ट्र की ख़बरों को छापने से कतरा रहे थे। यह रिपोर्ट पढ़कर उसको यह बात समझ में आ गयी कि सम्पादक को किसानों से नहीं, दरअसल उससे समस्या थी। थोड़ी–बहुत शायद महाराष्ट्र से भी। महाराष्ट्र से ज़्यादा उत्तर प्रदेश उनके लिए महत्त्वपूर्ण था। ग़ैर–हिन्दीभाषी राज़्यों की हालत से वैसे भी हिन्दी बेल्ट के सम्पादकों का हमेशा से बैर रहा है। अनुपमा को याद है कि अख़बार में रहते हुए जब वह नॉर्थ–ईस्ट गयी थी तब उसकी ख़बरें बहुत काट–छाँट कर छपती थीं। कोई सम्पादक उन इलाक़ों की ख़बरों को ख़ास तवज्जो नहीं देता था। उसे मोटे तौर पर यह बात समझ में आ गयी थी कि अधिकतर अख़बार गैर–हिन्दीभाषी इलाक़ों की उपेक्षा करते हैं। उन्हें लगता था कि वहाँ उनके पाठक नहीं बसते और हिन्दी पट्टी को उन इलाक़ों की समस्याओं से कोई मतलब नहीं होता है। उसे उनकी इस सोच पर खीझ होती थी। सम्पादक खुलकर कुछ नहीं बोलते और आराम से उन इलाक़ों की ख़बरों को गिरा देते थे। अनुपमा की दृष्टि में यह ख़बरों की हत्या थी। उसकी विदर्भ वाली रिपोर्ट की भी हत्या हुई

थी और उसी की नक़ल पर पान किसानों की स्टोरी तैयार की गयी थी। यह रिपोर्ट एक बड़े खेल का हिस्सा थी। उस खेल को समझना ज़रूरी था। हालाँकि वह रंजना की इस धूर्तता पर रीझ गयी थी और उसे रश्क़ हो रहा था कि मामूली–सी बात उसकी समझ में कैसे नहीं आयी। रंजना को भी कहाँ सूझी होगी? ज़रूर निरंजन कपूर का दिमाग़ लगा है इसके पीछे। रोज़ अपने टेबल पर छोटी–सी कैंची और अख़बारों की कतरनें लेकर बैठने वाला उन कतरनों को रिपोर्टर्स के बीच बाँटने वाला सम्पादक उसने पहली बार देखा था। यह दीगर बात थी कि उसे कभी कोई कतरन नहीं दी गयी। निरंजन कपूर ने उसे इरादतन कतरनों से भी वंचित रखा। अपने हिस्से की कतरनें अनुपमा ख़ुद ढूँढ़ती थी। कई बार तो उसे लगा, एक दिन कतरनों के ज़रिये ही वह अपना ठोस वजूद बना लेगी।

उसकी आँखों के सामने कतरनों की असंख्य चिन्दियाँ हवा में उड़ने लगी थीं। उन चिन्दियों में आख़िरी साँस लेते कुछ हर्फ़ दर्ज थे, हवा में लहरा–लहराकर थक चुकी कुछ हथेलियाँ थीं। उसने उन सबको एक बार छूना चाहा लेकिन इस कोशिश में उसकी साँस फूलने लगी, हाथ कुछ नहीं आया। वह बुदबुदायी, ''अपने बिखराव को ख़ुद ही समेटना कितना मुश्किल काम है। ख़ुद को बदल देना होगा उसको...''

अनुपमा तेजी से दफ़्तर की सीढ़ियाँ चढ़ रही थी। उसे थोड़ी देर हो गयी थीं। कार पार्किंग में पीछे की तरफ़ आती एक कार से उसकी गाड़ी टकरा गयी थी। अपनी नीली सेंट्रो से उसे बेपनाह प्यार था। वह छोटी–सी कार उसका दूसरा घर थी जिसमें बैठकर वह कभी–कभार रो लिया करती थी। चीख़–चिल्ला लिया करती थी। फ़ोन पर ज़ोर–ज़ोर से बात कर लिया करती थी। हाई वॉल्यूम में गाने बजा सकती थी। वरना खिड़की गाँव के दड़बों जैसे मकानों में ज़रा ज़ोर से भी बोलो तो पड़ोसी धमकाने–चिल्लाने आ पहुँचते थे...मकान मालिक को शिकायत करने की धमकी देने लगते थे। उसका बूढ़ा पड़ोसी अक्सर बड़बड़ाता रहता, ''जाने लोग क्यों अकेली लड़कियों को किराये पर घर दे देते हैं...कभी नहीं देना चाहिए...व्यभिचार का अड्डा होता है...''

जब भी अनुपमा देर रात काम से लौटती तो बूढ़ा अपनी बालकनी से झाँकता हुआ नज़र आता था। दफ़्तर की गाड़ी उसे गली के मुहाने

तक ड्रॉप कर जाती थी। वहाँ से पैदल चलकर घर तक आती। उसके फ़्लैट तक पहुँचने वाली सड़क बहुत सँकरी थी। अपनी गाड़ी को भी वह गली के बाहर पार्क करती थी। जाने इतनी रातों को क्या किया करता है यह बुड्ढा! बूढ़े को बालकनी से झाँकता देखकर वह सोचती। शायद वह अनुपमा को इस बात का एहसास कराना चाहता था कि कोई उस पर नज़र रख रहा है। अनुपमा बख़ूबी समझती थी लेकिन उसे अब आदत पड़ चुकी थी। वह जब भी घर लौटती तो एक बार ऊपर बालकनी में ज़रूर झाँक लेती। फिर मुस्कुराती हुई अपने फ़्लैट का लॉक खोलने लगती। अकेली लड़की की मुसीबतें झेल–झेलकर वह ऊब चुकी थी। उसकी उम्र भी अब जवानी की ढलान की दहलीज़ पर खड़ी थी। अपने लिए 'लड़की' का सम्बोधन सुनकर उसे ज़रा अजीब महसूस होता था। अधिकतर लोग उसे महिला पत्रकार कहकर पुकारते थे। वह भी ख़ुद को स्त्री कहलवाना पसन्द करने लगी थी। सम्पादक के मुँह से तो हमेशा 'औरत' शब्द ही निकलता। लेकिन ये एक दिन कुछ ऐसा घटा कि सम्पादक की आदत हमेशा के लिए छूट गयी। वह ठिठकती हुई सीढ़ियों पर चढ़ते हुए उस वाक़ये को याद करने लगी।

पत्रिका के मालिक यानी समूह सम्पादक से संक्षिप्त मुलाक़ात करके लौटा निरंजन कपूर उस रोज़ बेतरह बिफरा हुआ था। उस दिन बैठक में सबको घुड़की पिलायी। उस दिन कवर स्टोरी तय होनी थी। महिला विशेषांक के लिए समूह सम्पादक द्वारा बैठक बुलाई गयी थी। कोई नया सर्वे आया था, उसी पर आधारित कवर स्टोरी जानी थी। कपूर कवर लाइन लिखकर उन्हें दिखाने ले गया था और भीतर से डाँट खाकर निकला था। कवर लाइन थी : 'क्या चाहती है औरत'

समूह सम्पादक ने डाँटा था, ''यह क्या 'औरत–औरत' करते रहते हैं आप?...औरत शब्द का इस्तेमाल न किया करें। बैन लगाइए इसके इस्तेमाल पर। यह बहुत बेचारगी वाला शब्द है...अपमानजनक है...जिस तरह समाज बोलता है...मुझे नहीं पसन्द...कवर पर कोई ढंग की लाइन लिखें...''

'' 'औरत' की जगह 'स्त्री' करिये या 'महिला' करिये....नारी भी नहीं चलेगा। यह जुमला भी स्टीरियो टाइप हो चुका है। ट्रेंड से बाहर...कुछ नया सोचिए...अलग हट कर सोचिए...''

वहाँ से लौटने के बाद से ही निरंजन कपूर का फ़्यूज उड़ा हुआ था। अब तक ख़ुद को एकदम युवा और नवोन्मेषी मानकर सब पर धौंस जमाता रहता था। उसकी धज्जियाँ उड़ चुकी थीं। सारी बात सबको उसने ख़ुद ही बैठक में बता दी। शायद कहकर अपना दिल हलका किया। रंजना ने निरंजन कपूर की बात सुनकर मुँह बना लिया।

''हमें तो कोई आपत्ति नहीं 'औरत' शब्द से...पुरुषों को जाने क्या समस्या...लगे हाथ यह सर्वे भी करा लेते सर, पता चल जाता...औरत, महिला, स्त्री भर कह देने से हालात तो नहीं बदलेंगे, रहेगी तो वह वही दोयम दर्जे की नागरिक...''

अनुपमा ने सिर उठाकर रंजना को ग़ौर से देखा। उस पल वह उसे थोड़ी अलग–सी, कुछ–कुछ अपनी जैसी लगी थी।

बैठक में सारे लोग हँस पड़े, ''वाह रंजना जी, आप भी स्त्री विमर्श करने लगीं! वाह!...नारी चेतना जाग गयी आपकी!''

निरंजन कपूर किसी सोच में डूबा था। एक–एक कर सब लोग बॉस के केबिन से खिसकने लगे। सिर्फ़ रंजना अकेली अन्दर बैठी रही।

उस दिन के बाद से पावरगेम पत्रिका और निरंजन कपूर की ज़ुबान दोनों से 'औरत' शब्द हमेशा के लिए निष्कृत हो गया।

कुछ महीने पुरानी इस दिलचस्प घटना को याद करके अनायास मुस्कुराती हुई अनुपमा सम्पादक के पी.ए. के पास जा खड़ी हुई। सबसे पहले वह अन्दर जाना चाहती थी ताकि कुछ बात कर सके, पूछ सके। जो ख़बरें बाहर उड़ रही थीं उनको लेकर एक आश्वस्ति चाहती थी। उन ख़बरों पर उसे यक़ीन नहीं हो रहा था। इसलिए उसने क्लियर करना बेहतर समझा।

सशंकित–सी अनुपमा अन्दर घुसी तो रंजना वहाँ पहले से बैठी मिली। निरंजन कपूर और रंजना दोनों के चेहरे खिले हुए थे। दोनों एक–दूसरे का चेहरा ओढ़े एक–दूसरे को देख रहे थे। रंजना निरंजन कपूर की कुर्सी के पास ही अपनी कुर्सी खींचकर बैठी हुई थी। किसी सामान्य दिन की तुलना में आज कुछ ज़्यादा पास–पास।

लेकिन अनुपमा के कुछ पूछने के पहले ही निरंजन कपूर ने धमाका कर दिया। इसी धमाकेदार ख़बर की पुष्टि करने तो वह आयी थी लेकिन मुँह खोलने की नौबत ही नहीं आयी। बिना पूछे ही धमाका

हो गया। अनुपमा ने उड़ती–उड़ती ख़बर सुनी थी जो अभी कच्ची थी लेकिन यहाँ तो सब कुछ पक चुका था। बस सिर्फ़ औपचारिकता बाक़ी थी। मतलब रंजन सक्सेना और निरंजन कपूर ने अनुपमा सहित पूरे स्टाफ़ को अँधेरे में रखा था! वह इस सम्पादक से पीछा ज़रूर छुड़ाना चाहती थी लेकिन उसे उम्मीद न थी कि उसकी मुराद एक दिन अचानक यूँ ही पूरी हो जायेगी। इस धमाकेदार ख़बर को सुनते ही अनुपमा के चेहरे पर जुलाई का महीना आ गया। गहरी उमस वाली हलकी तपिश। मन में भय और आशंकाएँ और गहराने लगीं। आगे का रास्ता आसान न था। रंजना से पीछा छूटना सम्भव था लेकिन उसके साथ गुज़रे दिनों के अनुभवों की प्रेतछाया से मुक्त होना उतना आसान नहीं था...

"आप सब बहुत याद आयेंगे। बहुत अच्छी टीम थी। मैं मिस करूँगा ऑफ़िस में सबको। आप सब के यहाँ होने से तसल्ली है कि 'पावरगेम' प्रिंट मीडिया में बहुत नाम कमायेगी। आप सब यहाँ रहिए. ...मन लगाकर काम करिए...आप सबका कॉन्ट्रैक्ट रिन्यू कर दिया है। फिर ज़रूर मिलेंगे...कहीं न कहीं...हमारी दुनिया बहुत बड़ी नहीं है...किसी जगह फिर साथ काम करेंगे...इट वाज़ वंडरफुल एक्सपीरिएंस विद यू पीपल।"

बॉस के चेहरे पर फ़रवरी–मार्च की धूप पड़ रही थी। अनुपमा को समझ में नहीं आया कि कैसे रिएक्ट करे। हँसे...रोये या उसे बधाई दे। शायद रंजना नाम की मुसीबत भी यहीं छोड़ जाने वाले थे। इसी बीच राजीव चतुर्वेदी केबिन में दाख़िल हुए–"नमस्ते सर, हैलो रंजना...हाय अनुपमा जी..."

राजीव के चेहरे पर असली रौनक और नक़ली उदासी का ज़बर्दस्त रंगरोगन था।

निरंजन और अनुपमा अपनी–अपनी कुर्सी पर सीधे बैठ गये थे। फिर दोनों ने ख़ुद को कुर्सियों के मुताबिक़ एडजस्ट किया।

निरंजन कपूर राजीव चतुर्वेदी से मुख़ातिब थे–"राजीव जी। आपको बधाई हो....अब 'पावरगेम' आपके ज़िम्मे है।"

"शुक्रिया सर, आपको भी मुबारक़ हो!...देश के इतने बड़े मीडिया हाउस का नया अख़बार निकालने जा रहे हैं! बिल्कुल नये सेटअप और टीम के साथ काम करने का मज़ा ही कुछ और है।"

"नयी टीम के साथ चुनौतियाँ भी तो नयी होती हैं जनाब..."

निरंजन कपूर ने हँसते हुए बीच में ही बात काटी। राजीव ने नज़र उठाकर रंजना की तरफ़ देखा। शायद उसके पास पहले से ही पुख़्ता ख़बर थी। दोनों की आँखें मिलीं। रंजना मुस्करा रही थी। दोनों ने एक–दूसरे को देखते हुए हाथ जोड़ लिए। मानो रंजना शुक्रिया करना चाह रही हो।

राजीव चतुर्वेदी ने रंजना के अभिवादन का जवाब भी बधाई से दिया–

"अरे रंजना जी, आपको ढेर सारी बधाइयाँ। बॉस के साथ आप भी जा रही हैं?"

कुछ ऐसी ही ख़बर सुनने को आतुर अनुपमा मन–ही–मन झूम उठी। किसी ने जैसे सितार के तारों को छेड़ दिया हो। उसने राहत की साँस ली, 'चलो, जान तो छूटी इस चुड़ैल से।'

'चुड़ैल'...बुदबुदाते हुए ज़ुबान काँपी। नहीं, यह घोर स्त्री विरोधी शब्द है, नहीं उच्चारूँगी मैं, दुष्टा ठीक है...चलो, जान छूटी एक दुष्टा से।

अनुपमा के सामने आज पुरानी सीढ़ियों पर नया बॉस था। आज उसने अपना चश्मा नहीं उतारा था। वह नये बॉस के साथ उसके केबिन में दाख़िल हो रही थी...केबिन वही पुराना था, अलबत्ता उम्मीदें नयी जरूर थीं। आज वह 'पावरगेम' के नये प्रधान सम्पादक राजीव चतुर्वेदी के सामने थी। आँखों पर अपने चश्मे के साथ।

"निरंजन कपूर अपनी शिष्या को साथ लेता गया था....उसके बिना आख़िर नया अख़बार निकलता कैसे?..." अनुपमा ने हँसते हुए नये बॉस से कहा।

"आप भी उसकी शिष्या हो सकती थीं! लेकिन आपका सिग्नल बड़ा वीक है। आपने उसके संकेतों को रिसीव ही नहीं किया..."

नये बॉस ने एक बेतकल्लुफ़ हँसी के साथ कहा था...राजीव चतुर्वेदी अब उसका पुराना सहयोगी नहीं रह गया था। इस सच के

बावजूद वह उसके साथ कभी–कभी बेतकल्लुफ़ हो सकती थी...खुल कर बोल–बतिया सकती थी...वे बातें जो पहले नहीं बोल सकती थी। हर समय एक आशंका घेरे रहती थी, जाने कौन सम्पादक के लिए मुख़बिरी कर रहा हो...दफ़्तर में अपना क़द बढ़ाने के लिए...या बॉस की गुडबुक में बने रहने के लिए! इससे पहले इस दफ़्तर में यही सब तो होता रहा था। अनुपमा यह सब अच्छे से समझती थी। इसलिए चुप रहा करती थी और भीतर ही भीतर घुटकर जी लेती थी। निरंजन कपूर की रुख़सती के बाद पहली बार उसने राहत महसूस की थी जैसे किसी गूँगे को ज़ुबान मिल गयी हो। अब वह खुलकर बोल सकती थी। किसी की चुगली से भी कोई फ़र्क़ नहीं पड़ने वाला था। साथ छूटा...अब कभी दोबारा मिलने की तमन्ना नहीं...साथ काम करने की उम्मीद नहीं। कल तक सम्पादक अनुपमा को चुनते थे, अब वह अपनी पसन्द का सम्पादक चुनेगी। सिग्नल वीक ही सही लेकिन उसने तय कर लिया था कि अपने करियर के लिए वह कभी भी शॉर्टकट्स अपनायेगी भी नहीं। सम्पादक की कुर्सी तक पहुँचना उसकी मंज़िल थी भी नहीं। वह इस सच को समझती थी कि मीडिया हाउसेज़ जब तक पुरुषों के क़ब्ज़े में रहेगा तब तक सम्पादक की पोस्ट तक पहुँच पाना किसी भी फ़ीमेल जर्नलिस्ट के लिए आसान नहीं हो सकेगा। अनुपमा को अपनी दुश्वारियों के बारे में पता था। वह अपने काम और मेहनत के बूते पर यहाँ तक पहुँची थी, आगे का सफ़र भी उसे अकेले ही तय करना था।

राजीव के साथ उसे असहज महसूस नहीं होता था। दोनों के बीच अच्छी केमिस्ट्री बन रही थी। एक बॉस के रूप में राजीव ने अपने कामकाज और दफ़्तर के तौर–तरीक़ों को अधिक लोकतान्त्रिक बना दिया था। उसके मातहतों को उसके सुपीरियर होने का खौफ़ नहीं होने पाये, वह इस बात का ख़ास ध्यान रखता था। महीने भर में दफ़्तर में स्टाफ़ को सब कुछ सहज लगने लगा था। नये स्टाफ़ के अपॉइंटमेंट की बात शुरू हो गयी थी। रंजना की जगह अभी भी ख़ाली थी। राजीव परिहास करता था, "यह लेडीज़ कोटा है...कोई औरत ही भरेगी..."

हो...हो...हो करके हँस पड़ते थे सब उसकी बात पर। निरंजन कपूर का प्रसंग कोई नहीं भूला था। बल्कि उसकी विदाई के बाद स्टाफ़

चटखारे लेकर उसके बारे में बात करता था। उस पर राजीव ने नया खुलासा किया कि उस काण्ड पर निरंजन कपूर को न सिर्फ़ फटकार पड़ी थी बल्कि मालिक ने उनकी माँ–बहन की भी ऐसी–तैसी कर दी थी। उसी दिन से उसका मुँह लटका हुआ रहने लगा था और वह नये प्रोजेक्ट की तलाश में लग गया था।

अनुपमा के लिए यह आयी–गयी बात थी...इतनी चुभने और चिढ़ने लायक तो क़तई नहीं कि कोई अपनी सैटल्ड नौकरी छोड़कर नयी जॉब तलाशने की ज़िद बाँध ले। ज़रूर कोई और वजह होगी इसके पीछे! किसी बड़े राजनेता या रसूख़दार उद्यमी का हाथ भी हो सकता है इसके पीछे। सत्ता को साधने और सिस्टम में अपनी पैठ बनाने के लिए किसी दरबारी क़िस्म के सम्पादक की ज़रूरत होगी उसे। प्रकाशन समूहों के भीतर की सड़ाँध तो वह देख ही रही थी। कई बार उसे अफ़सोस भी होता था।...अपने लिए यह कैसा पेशा चुन लिया था उसने!

किसी दूसरे काम के क़ाबिल वह रह भी नहीं गयी थी। पत्रकारिता ने उसकी ज़िन्दगी के दस साल फूँक डाले थे। उसे इसका कोई पछतावा भी नहीं था...उलटा उसे इस काम में मज़ा आता था...तमाम तरह की दुश्वारियों के बावजूद। नये सम्पादक के सामने आज भी वह नये स्टोरी आइडिया लेकर बदस्तूर हाज़िर रहती थी। उस दिन भी वह पेपर पर एक स्टोरी आइडिया लेकर पहुँची थी। राजीत कुछ ज़्यादा उत्साह में नज़र आ रहा था।

अनुपमा ने पेपर टेबल पर अभी रखा ही था कि केबिन में एक स्मार्ट–सी लड़की दाख़िल हुई। नमस्कार की मुद्रा में अपने दोनों हाथ जोड़े हुए। पीठ पर बैगपैक लटकाये, जींस और टी–शर्ट में बहुत जँच रही थी वह। चेहरे पर ग़ज़ब का आत्मविश्वास, ख़ास तरह की बेपरवाही और बेहिसाब हौसले का मिला–जुला भाव था। आँखों में मोटा–मोटा फैलाकर लगाया हुआ काजल और खुले हुए कन्धे तक कटे बाल। वह पत्रकार कम और एक टूरिस्ट ज़्यादा लग रही थी। किसी नये सफ़र के लिए तैयार बैठी एक यायावर! अनुपमा ने भी उसे अपनी आँखों के कोनों से एक नज़र भाँपने की कोशिश की।

"अनुपमा जी, आप हैं अनुराधा शर्मा। आपकी नयी सहयोगी। अब हम लोग मिलकर पत्रिका को बेहतर बनायेंगे।" राजीव ने उस लड़की का परिचय कराया था।

रंजना की जगह पर आयी उस नयी लड़की को अनुपमा ने पहली बार नज़र भर देखा था। अनुराधा ने मुस्कुराते हुए अनुपमा को 'हाय' कहा था।

"अरे! यह तो बिल्कुल उसी टाइप की है!" अनुपमा के हाथ के तोते उड़ गये। मोटी चमड़ी की एक परिचित–सी गन्ध पूरे केबिन में पसर रही थी...बॉस और मोटी चमड़ी वाली उस लड़की की आँखें किंचित अर्थपूर्ण ढंग से एक–दूसरे से मिलीं। दोनों मुस्कुरा रहे थे।

अनुपमा को लगा जैसे उसके पैर अचानक फिसल गये हों और वह एक अन्तहीन–अँधेरे कुएँ में गिरती जा रही हो!

इस नये दफ़्तर में अनुराधा का आगमन हो चुका था। एक रंजना गयी तो दूसरी उसकी जगह लेने आ चुकी थी। अनुपमा को लगा मानो इस जन्म में उसे रंजनाओं से मुक्ति नहीं मिलने वाली है।

साथी...कुबूल; आक़ा... ख़ारिज

अनुराधा को मनचाहे शहर के साथ–साथ मनचाही नौकरी मिल ही गयी थी। धीरे–धीरे नयी जगह और नये काम में उसका मन भी रमने लगा था। यहाँ वे सभी थ्रिल थे जिनकी उसे तलाश थी...दिल्ली की व्यस्तताएँ, रिपोर्टिंग की ज़िम्मेदारियाँ, अनवरत यात्राएँ और उसका पसन्दीदा माहौल। फिर भी ज़िन्दगी में एक नामालूम–सी कमी थी। दिल्ली में सैटल होने के बाद यह कमी और शिद्दत से महसूस होने लगी थी। उसने वीमेन प्रेस क्लब की मेंबरशिप भी ले ली थी जहाँ शाम की मजलिसें जमती थीं। टी.वी. की दुनिया की लड़कियाँ भी अपनी शामें गुज़ारने वहीं आतीं। उसे हमउम्र लड़कों का साथ मिल गया था। उसकी दुनिया तेज़ी से बदल रही थी। चैनल की सुमन वहाँ अक्सर अपने ब्वॉयफ्रेंड के साथ आती थी। सुमन से उसकी अच्छी पटती थी।

सुमन भी अनुराधा को छेड़ती रहती, "तू भी खोज ले अपने लिए किसी को...कुँवारी मरने का इरादा है क्या? पंजाब से ढूँढ़कर न ला सकी तो यहाँ दिल्ली में लड़कों की कमी नहीं है। बस उनको थोड़ा रास्ता तो दे मेरी जान..."

"देख, मैं स्थायी इन्तज़ाम करूँगी। बार–बार कैलेंडर की तरह साथी बदलना मुझसे नहीं हो पायेगा...और ढूँढ़ने की कवायद भी मैं ख़ुद ही करूँगी। घरवालों ने तो साफ़ कह दिया है कि जब सब कुछ अपनी मर्ज़ी से किया है तो पार्टनर भी ख़ुद ही ढूँढ़ लो..."

अनुराधा गहरी सोच में डूब गयी थी। कहाँ से लाये स्थायी साथी? इस अस्थायी और ब्रेकेबल टाइम में कहाँ मिलेगा कोई मन का मीत? अभी तक तो रिपोर्टिंग के नशे में इस क़दर चूर रही कि प्यार–व्यार

के बारे में कभी सोचा ही नहीं! फ़ुर्सत भी कहाँ मिली!..प्यार सोचते ही दिमाग़ में कुछ चेहरे कौंध गये–'मधुकर...प्रकाश...ओह...! कौन?'

मधुकर के लिए दिल ने कभी कुछ महसूस नहीं किया। वह बहुत मददगार था। अब भी फ़ोन पर कभी–कभार उसकी ख़बर पूछता रहता है। उसका सबसे बड़ा सलाहकार वही है...संकटमोचक! वह भी कितना डिपेंड करती है उस पर! छोटे–छोटे फ़ैसले में उससे राय लेती है। कभी मधुकर हावी होने की कोशिश करता है तो डाँट भी देती है। वह हँसकर चुपचाप सुन लेता है, "यार, तुम सखी हो कि गर्लफ्रेंड?...उसी की तरह डाँटती हो बिल्कुल..."

"तुम भी तो ब्वॉयफ्रेंड की तरह कंट्रोल करने की कोशिश करते हो...मैं अपनी आज़ाद दुनिया की बाशिन्दा! पराधीनता का एहसास मुझे विद्रोही बना देता है। बकौल परवीन शाकिर कहूँ तो–'मेरी मिट्टी में बग़ावत बहुत है'...मैंने अपना घर–परिवार छोड़ दिया...फिर चाहे कोई हो...दोस्त हो तो दोस्त की तरह सलाह दो। हुकुम मत दिया करो..."

कई बार दोनों में तीखी नोकझोंक होती और फ़ोन कट हो जाते। लेकिन एक–दूसरे से बात किये बिना दोनों ज़्यादा दिन रह नहीं पाते थे। इतनी निकटता के बावजूद मधुकर ने कभी दिल पर दस्तक नहीं दी। उसके साथ की चाहत होती है लेकिन मन में कोई साज़ नहीं बजा कभी।...और साज़ बजा तो वह भी किसके लिए?...वही जिसने रातभर जागकर प्रेम कविताएँ सुनाई थीं, जो एक अनजान गाँव में उसे खोजता हुआ...उसकी मदद करने पहुँच गया था। दिल्ली में उसकी नौकरी की व्यवस्था करके ख़ुद एक छोटी–सी जगह में टिका रहा। चाहता तो वह ख़ुद भी दिल्ली आ जाता। उसके सम्पादक राजीव चतुर्वेदी से उसकी पुरानी आत्मीयता है। उसकी सिफ़ारिश ने यहाँ तक पहुँचा दिया था उसे। वर्ना दिल्ली जैसी अनजान महानगरी में भला कौन उसे नौकरी देता! प्रकाश सचमुच एक जादुई दुनिया का बाशिन्दा था। दोनों के बीच उस रात जलते अलाव की आग अब तक ज़ेहन में सुलग रही है। वे कविताएँ भी कभी–कभी याद आ जाती हैं। उसे साहित्य से दूर–दूर तक भी लगाव नहीं। इब्ने सफ़ी के जासूसी नॉवेल के सिवा कुछ पढ़ा नहीं था। अपने काम में उसे उन कविताओं की कभी ज़रूरत भी महसूस

नहीं हुई। कविताएँ उसके पल्ले वैसे भी कभी नहीं पड़ीं। लेकिन प्रकाश जिस तरह से कविताओं का पाठ करता है उन्हें सुनकर सूखी डार भी हरिया जाये। प्रकाश शायद उसे भूल गया लगता है। पहले कभी–कभार मैसेज करता था...दिल्ली आने के बाद से वह भी बन्द! कितना सन्तुष्ट और मस्त है वह अपने छोटे से शहर में!

उसके मैसेज अनुराधा सँभालकर रखती थी। एकान्त में उनको पढ़ती और अपने ढंग से उनके अर्थ तलाशने की कोशिश करती। ज़रूरी बातों के अलावा उसे कभी–कभी कविताओं की सुन्दर पंक्तियाँ भेजा करता। जब पहली बार उससे मिलकर लौटी थी तो उसका जो पहला मैसेज आया था, उसे अनुराधा ने आज तक सँभालकर रखा हुआ है। मैसेज–बॉक्स भर जाता तो फ़ालतू के मैसेजेज़ डिलीट कर देती ताकि प्रकाश के मैसेज सेव रह सकें। बाद में तो कुछ मैसेज डायरी में दर्ज कर लिए। उनको खतों की तरह पढ़ती। पहला मैसेज उसे आज भी याद है–

"एक बार और मिलने के बाद भी
एक बार और मिलने की इच्छा
पृथ्वी पर कभी ख़त्म नहीं होती।"

(आलोक धन्वा का कवितांश)

इसके जवाब में अनुराधा ने लिखा था–"कभी अपनी कविताएँ भी भेजा करिए।"

उसे पता था कि मैसेज के जवाब में वह प्रकाश को टक्कर नहीं दे पायेगी। उसकी भाषा रिपोर्टिंग की भाषा थी जिसमें ब्योरे दर्ज हो सकते थे, भावनाएँ व्यक्त नहीं हो सकती थीं। लेकिन लगातार प्रकाश के मैसेज पढ़–पढ़कर वह भाषा की तमीज़ सीखने लगी थी, धीरे–धीरे उसने यह महसूस किया।

उसने डायरी के पन्ने पलटे। पन्नों में प्रकाश के और भी कई मैसेजेज़ दर्ज थे–

"वो रूठी है तो
लगता है
जैसे रस्सियों से बँधी है कोई बारिश
या

खिलौनों की तुतलाती ज़िद
करता है कोई बच्चा
या फिर
समन्दर की लहरें
बोतल में बन्द करता मैं...''

(अज्ञात)

दिल्ली में नौकरी मिलने के बाद जब प्रकाश के मैसेज आने कम हो गये थे तब अनुराधा एक दिन उससे ख़ूब झगड़ी थी। इतनी नाराज़ थी कि कई दिन तक उसका फ़ोन रिसीव नहीं किया था। मैसेज का जवाब भी नहीं दिया था। वादा करने के बाद भी वह मिलने दिल्ली नहीं आया था। अनुराधा ने उसे लगातार कई मैसेजेज़ किये थे लेकिन प्रकाश ने किसी का जवाब नहीं दिया था। दिल्ली का हलकान करने वाला ट्रैफ़िक और जानलेवा दूरियों के बावजूद उसने प्रकाश को एक भी दिन याद नहीं किया हो, ऐसा उसे याद नहीं। छोटे शहर में क्या इतनी व्यस्तता होगी कि प्रकाश उसके मैसेज का रिप्लाई भी कर सके।

दूसरे पन्ने पर एक और पोएटिक मैसेज–

''वो...
पहाड़ी नदी ने जिससे
उधार माँगी थोड़ी चंचलता
वायु ने माँगा थोड़ा–सा वेग
फूलों ने ज़रा–सी हँसी
और मैंने
उन शब्दों की आकृति
जो मुझे देते हैं ऊर्जा...''

(अज्ञात)

उसके अगले ही दिन एक और–

''अनन्त तक फैली
वो पहाड़ी
दूब है तुम्हारा प्यार
जिसके एक छोर पर

आकाश का उदय होता है
और
दूसरे छोर पर उस पहाड़ी नदी की शीतलता है
जो अभी नहा कर आयी है...''

(अज्ञात)

अनुराधा ने सभी मैसेजेज़ के नीचे उनकी तारीख़ें दर्ज कर दी थीं। मार्च और अप्रैल की तारीख़ें थीं। शायद यायावर कहीं घूम रहा होगा...तभी प्रकृति का ऐसा ताज़ा–ताज़ा और हरा–भरा वर्णन कर रहा है। उसे हिमाचल की याद आ गयी। शिमला के आसपास की पहाड़ियों की वह दिलकश यादें और चण्डीगढ़ की वे सर्द रातें। भुतहा छायाएँ...

वह सिहर उठी। प्रकाश तो भूलकर भी कभी प्यार का कुबूलनामा या अपनी बेकरारी नहीं लिखता था। उसके इस अन्तर्मुखी आचरण से जब वह बहुत नाराज़ होती तो वह कविताओं की पक्तियाँ लिखकर भेज देता। इस तरह दिल्ली आये हुए आठ महीने गुज़र गये तब से यही खेल चल रहा है। खेल ही तो है!...उसे जीवन में अब सैटल होना है। ज़िन्दगी के सारे ज़रूरी काम कर लिए, घर में सारी ज़रूरी चीज़ें भी आ गयीं...बस एक साथी...एक पार्टनर की कमी है। ख़ासकर दिल्ली में यह कमी बहुत अखरती है। सहेलियों के संग कब तक पब में जाकर नाचती रहेगी? कब तक उनसे अपनी शामें बाँटती रहेगी? कोई तो साथी चाहिए!...जो उसे सही–सही समझ सके, जो समझदार और मैच्योर हो...जब उसके साथ हो तो उसे भी उसकी श्रेष्ठता के बोध से भर दे।

श्रेष्ठता बोध!!

इस बारे में सोचते ही उसे अचानक मधुकर का ख़याल आया। डायरी हाथ में लिए–लिए वह दोबारा पुराने दिनों में खो गयी। बन्दरों का वह उत्पात और मधुकर का उसका ख़याल रखना...उसके लिए चिन्तित होना। कितना उत्साहित था मधुकर अनुराधा के दिल्ली जाने की ख़बर सुनकर! लेकिन अब तो वह एक गुज़री हुई दास्तान था जो बहुत पीछे छूट गया था।...हिमाचल की पहाड़ियों में कहीं खो गया था। कहावत याद आयी, 'आँख ओझल, पहाड़ ओझल...'

वह भी तो मधुकर की पकड़ से छूट चुकी थी। दो विपरीत छोरों के बीच वह भटक रही थी। किसी भी छोर ने उसे बाँधने की कोशिश नहीं की। और उसने ही बँधने की चाहत कब रखी? वह एक आतुर

पंख थी जिसे अपनी अबाध उड़ान के लिए असीम आकाश चाहिए था। अब उसे मंज़िल मिल गयी है तो उसे भी ठहराव चाहिए। ऐसी इच्छाएँ इन दिनों उसके मन में अक्सर आँखें मिचमिचाती हैं। नींद उसे वैसे भी नहीं आती। उसकी इच्छा नींद की तरह है....कभी पूरी नहीं होती। अधूरी नींद से भरी आँखें, पूरी नींद की खोज में हर रात सोती हैं पर झपकियाँ उन्हें वापस खींच लाती हैं...उसके भीतर के अधूरेपन में। नींद पर आँखों का बहुत पुराना क़र्ज़ है। नींद आये तो सपने में जीवन की रूपरेखा और दिशा स्पष्ट हो पाये। अब टॉस करके ज़िन्दगी के फ़ैसले तो लिए नहीं जा सकते। नींद के बारे में एक सन्देश उसने प्रकाश को भेजा था। एक संक्षिप्त–सा जवाब आया था–"नींद मेरी ख़्वाहिशों की तरह है, कभी पूरी नहीं होती..."

अपने छोटे–से कमरे के निर्जन में लेटी–लेटी वह नींद, चाहत और इच्छाओं के बारे में सोच रही थी। दफ़्तर से कुछ किताबें उठा लायी थी, उन्हीं को उलटने–पलटने लगी। कुछ काम की पंक्तियाँ मिल जायें तो प्रकाश और मधुकर को भेजे और उनके रिस्पॉन्स देखे। दोनों के ठण्डे व्यवहार ने उसे और भी तन्हा कर दिया था। कम–से–कम कमबख़्त मधुकर तो याद करता! उसे भी मेरी कोई चिन्ता नहीं हो रही? क्या हो गया है उसे? किसी किताब के एक पन्ने पर नज़र गयी। किसी आर्टिकल में एक नज़्मनुमा कुछ लाइनें दिखीं। उसने मधुकर को लिख भेजा–

"तुम्हें निहारे हुए बहुत दिन बीत गये
मन को मारे हुए बहुत दिन बीत गये
फिर वहीं तस्वीर टाँग दो कमरे में
जिसे उतारे हुए बहुत दिन बीत गये"

(श्रीप्रकाश श्रीवास्तव)

उसके जवाब का इन्तज़ार करते–करते उसने प्रकाश को फ़ोन लगा दिया। पूरा रिंग जाने के बाद फ़ोन बार–बार कट जाता था। खीझकर उसने मोबाइल रख दिया...तभी फ़ोन की रिंग की आवाज़ आयी। प्रकाश था फ़ोन पर। अनुराधा ने ख़ुद को संयत किया और सीधा सवाल किया–"तुम दिल्ली शिफ़्ट क्यों नहीं करते? क्यों वहाँ छोटी–सी जगह में पड़े हो?...चले आओ..."

जवाब में बहुत देर तक हँसने की आवाज़ें आती रहीं।

"दिल्ली दरबार है, हमसे न होगी दरबारी। एक नौकरी थी और बस हम दो लोग थे। मैं न सही, तुम तो हो वहाँ। मैं छोटी जगह में ही सही हूँ। वहाँ आकर खो जाऊँगा। मैं खोना नहीं चाहता। मैं यहाँ सुकून से हूँ। अपनी सुबहें, अपनी शामें, अच्छी और मर्ज़ी की नौकरी..."

"दिल्ली के बारे में इतना गन्दा सोचते हो तुम..?"

"देखो, पत्रकारों और साहित्यकारों की षड़यन्त्र–नगरी है दिल्ली! मुखौटों वाले चेहरों की नगरी है दिल्ली!...वहाँ लोग काम कम और साज़िशें ज़्यादा करते हैं। सबके चरित्र मल्टीलेयर्ड हैं....इतने जटिल कि आप समझ नहीं सकते उनको। कहाँ जाकर लोग मार देंगे, पता ही नहीं चलता।"

"मैंने तो ऐसा अब तक महसूस नहीं किया है..." अनुराधा ने प्रतिवाद किया।

"कुछ साल रह लो...अनुभव हो जायेगा। वैसे भी स्त्री और पुरुष के अनुभव संसार अलग–अलग होते हैं। हम दोनों के अनुभवलोक भी भिन्न हैं। अपने अनुभव से ही लोक को परखना चाहिए। दिल्ली शिफ़्ट होने की तुम्हारी बेचैनी देखकर ही मैं कुछ नहीं बोला। आज जब बात हो रही है तो खुलकर बतला रहा हूँ।"

"...तो हम सब यहाँ दरबारी पत्रकारिता कर रहे हैं?"

अनुराधा की आवाज़ में तल्ख़ी थी।

"तो तुम ही कर लेते नौकरी, मुझे यहाँ क्यों भेजा...मैं कोई और ढूँढ़ लेती?..."

"मैडम, दिल्ली के रंग–ढंग निराले हैं। मैंने अपनी पत्रकारिता की शुरुआत वहीं से की थी,...दिल्ली का भगोड़ा हूँ जी...मैं लिखने–पढ़ने वाला इन्सान हूँ, यहाँ बहुत वक़्त मिलता है मुझे। वहाँ जाकर खोना नहीं चाहता..."

अनुराधा अवाक् बस सिर्फ़ सुन रही थी।

"ना...ना...यह आरोप मैं सब पर लगा भी नहीं रहा। तुम तो बिल्कुल नहीं। तुम्हारा तो बीट ही अलग है...रोमिंग कॉरेस्पोंडेंट हो तुम!...घूमते रहो...इधर आ जाओ। कई अच्छी स्टोरी मिल जायेंगी..."

"बिना दिल्ली आये नेशनल लेवल की पत्रकारिता नहीं की जा सकती। जैसे पत्रकारिता और राजनीति का गढ़ दिल्ली है...जैसे सिनेमा

का मुम्बई...यहाँ तो मुझे काम करना ही था। अपनी पहचान बनानी थी। मैं रीजनल पत्रकार बनकर नहीं रहना चाहती थी...अब जो होगा देखेंगे...मैं भगोड़ा नहीं होना चाहती...ज़िन्दगी का सामना करना जानती हूँ...लड़ाकू जंग के बीच में मैदान नहीं छोड़ा करते...तुम भगोड़े निकले, मुझे यह बात पता नहीं थी। होती तो कभी तुम्हें यहाँ आने को नहीं कहती...और सुनो, मैं यहाँ स्टोरी डिस्कस नहीं करना चाहती। मैं ज़िन्दगी डिस्कस करना चाहती थी...''

''कुछ दिन गुज़ार लो, ज़िन्दगी समझ में आ जायेगी...अपने लिए सुकून तलाशना भगोड़ा होना नहीं होता। एक दिन ऊबोगी तब मेरी बात याद आयेगी। अभी नया उत्साह है...दिल्ली की सम्मोहक चकाचौंध है। जैसे–जैसे ऊपर जाने की कोशिश करोगी, सच का भयावह रूप सामने आता जायेगा...जैसे मेरे सामने आया...मैं मालिकों के फ़ायदे के लिहाज़ से फ़िट नहीं बैठता था...मैं पत्रकारिता करने गया था, विज्ञापन जुटाने और मालिकों के लिए सत्ता की दलाली करने नहीं गया था। बदल गया है माहौल...कुछ दिन करो...फिर ख़ुद जान–समझ जाओगी...तुम्हारा बॉस राजीव ऐसे ही नहीं सम्पादक बना है। पूछना ज़रा उससे कि उसने मालिकों से क्या–क्या वायदे किये हैं और क्या–क्या करता है उन वायदों को निभाने के लिए....सड़ाँध मिलेगी सड़ाँध!...ख़ैर छोड़ो... कम–से–कम मैं यहाँ स्थानीय पत्रकारिता करके ख़ुश रह लूँगा। मुझे दिल्ली छाप नहीं चाहिए...वैसे भी मैं दिल्ली रिटर्न हूँ...गुडलक सखि!''

इतना बोलकर उसने फ़ोन काट दिया। प्रकाश धाराप्रवाह बोलता जा रहा था और वह जवाब नहीं दे पा रही थी। अजीब कशमकश थी। उसने फ़ोन बगल में रख दिया। लेकिन उससे पहले उसने मोबाइल को साइलेंट मोड में कर दिया। सिरहाने से बोतल उठायी और गटागट पानी पी गयी। आँखें एकबारगी छलछला आयी थीं।

उसे एक गहरी नींद की तलब महसूस हुई। वह नींद में छलाँग लगाना चाहती थी। उसे पहली बार लगा कि नींद एक नायाब और ख़ूबसूरत पलायन है और आदमी के लिए यह पलायन बहुत ज़रूरी है। नींद की झील में गोते लगाना मतलब अपने लिए नयी ऊर्जा और ताक़त लेकर लौटना। फ़िलहाल नींद ही उसे इस मोह और द्वन्द्व से दूर कर सकती थी।

उसने नीचे के केमिस्ट से ख़रीदी हुई 'सोजा' की एक टेबलेट घोंटी और आँखें मूँदकर लेट गयी। बोझिल होती आँखों से उसने मोबाइल की स्क्रीन पर चमकता हुआ एक मैसेज पढ़ा, उसके बाद पलकें बन्द हो गयीं।

"दिल्ली शिफ़्ट हो रहा हूँ, उसी की तैयारी में हूँ। तुम्हें सरप्राइज़ देना था, लेकिन तुमने पूछ लिया तो बताना पड़ा....तैयार रहो..." मधुकर का मैसेज था।

"इस जाल से तुम्हें मुक्त होने का सिर्फ़ एक कीमिया देता हूँ। उस कीमिया का नाम ध्यान है। ध्यान का इतना ही अर्थ है कि कैसे तुम्हारे भीतर मौन हो जाये। एक शान्त चुप्पी हो जाये...मन जब शान्त हो जाता है तो तुम भीतर से आती आवाज़ को सुन पाते हो। यही आवाज़ प्रार्थना है, यही कविता है। बिना किसी विधि–विधान के ध्यान एक आत्यन्तिक स्वभाव है। जो हमारे होने को पुख़्ता करता है। ध्यान है तो बहुत–सी चीज़ें स्पष्ट हो जाती हैं। वरना तुम अँधेरे में टटोलते रह जाते हो..."

ओशो टाइम्स में इतना पढ़ने के बाद अनुपमा ने पत्रिका बन्द करके रख दी। अन्तिम वाक्य पर वह देर तक टिकी रह गयी थी। अब तक अँधेरे में ही तो टटोल रही थी। कुछ हाथ नहीं लगा था। अब तक ज़िन्दगी और करियर को लेकर किसी ठोस निष्कर्ष तक नहीं पहुँच सकी थी। आँखें बन्द करके वह अपने भीतर डूबने की कोशिश करने लगी। इस प्रतिस्पर्द्धा या यूँ कहें कि चूहादौड़ में उसके भीतर की लड़की कहीं खो गयी थी। ध्यान में डूबकर अपने को खोजना ज़रूरी था। अन्यथा वह हमेशा परेशान रहेगी। कोई–न–कोई चीज़ हमेशा उसे परेशान रखेगी। आठ महीने से अनुराधा को झेल रही है। नयी लड़की आयी और उसे हर तरह से पीछे छोड़ गयी। रंजना और इसमें फ़र्क़ यही है कि अनुराधा अपने में मस्त रहती है। अपने काम से काम और फिर सबके साथ ठहाके, मस्ती, यारबाज़ी और तफ़रीह। अनुपमा ने तो दफ़्तर में मशीन की तरह काम करते हुए ख़ुद को भी मशीन में तब्दील कर लिया। अनुराधा ने यह सब नोटिस किया लेकिन वह अपने काम से मतलब रखने वाली निर्लिप्त लड़की निकली। रंजना के ज़माने में जो माहौल और ग़ैर–बराबरी थी, वह लगभग ख़त्म हो चुका था। अनुपमा

ने भी ख़ुद को रिपोर्टिंग से हटा कर अब पूरी तरह डेस्क पर केन्द्रित कर लिया था। पत्रिका के गिरते हुए सर्कुलेशन को लेकर दफ़्तर में कानाफ़ूसी होने लगी थी। राजीव चतुर्वेदी भयंकर दबाव से गुज़र रहा था। इसका असर कुछ–कुछ दिखने भी लगा था। रिपोर्टर्स पर दबाव बढ़ते जा रहे थे और आये दिन प्रबन्धन या सम्पादक से फटकार मिलना उनके लिए एक आम बात थी।

वीकली मीटिंग में सम्पादक झल्ला उठता था, ''मुझे पता नहीं था कि पत्रिका का सर्कुलेशन इतना गिर गया है, वर्ना मैं ज़िम्मा लेता ही नहीं। निरंजन कपूर ने मुझे अँधेरे में रखा। मैं कैसे सँभालूँ? ऊपर से आप जैसे स्टाफ़ की कमज़ोर टीम? संसाधन भी सीमित हैं। फिर भी मुझे नये लोग चाहिए। आप लोग ज़ोर लगायें। कुछ सनसनीखेज़ स्टोरी करें। स्कूप लेकर आयें कि हंगामा हो जाये। अब रुटीन स्टोरी से काम नहीं चलेगा...''

अनुपमा सुनती और मुस्कुरा पड़ती। उसने तो शुरू से देखा है कि पत्रिका कैसे धीमी मौत मर रही थी। एक–न–एक दिन तो यह नौबत आनी ही थी। जहाँ सम्पादक का ध्यान रिपोर्ट्स और पत्रिका से ज़्यादा दूसरी चीज़ों में हो, वहाँ क्या होगा। कितने उत्साह से यहाँ जुड़ी थी! रात–दिन लगकर काम किया। बदले में क्या मिला? न जीवन में, न करियर में।

वह एक साधारण स्त्री थी लेकिन असाधारण प्रेम करना चाहती थी। अपने लिए वैसा ही प्रेमी चुनना चाहती थी जो उसे असाधारण जीवन दे सके। वह अपने जीवन में प्यार को भी ठीक से पुकार न सकी। जाने दिया आसानी से।

एडगर एलन पो ने कहीं कहा है, अनुपमा ने पढ़ा था, ''आल दैट वी सी और सीम इज़ बट अ ड्रीम विदिन अ ड्रीम.'' अनुपमा के भी एक सपने में कई–कई सपने हैं। उन्हीं सपनों में अब भटकती रहती है...उन्हीं सपनों में वह पछताती है अब! वे सपने भी अजीबोग़रीब शक्ल में आते हैं उसकी नीम नींद में...

वह पुकारती हुई पहाड़ के शिखर पर चढ़ गयी है। दूर से बहुत मोहक और चमकीला था शिखर। उस पर असंख्य फूल खिले हुए थे और हवा ख़ुशबुओं से भरी हुई थी। वहाँ तक पहुँचना मुश्किल था। रास्ते दुर्गम थे और रास्ते में बहुत फिसलन थी। हरी घास जैसी काई उसे

बार–बार फिसला देती थी। लेकिन वह हार नहीं मानती। गिरती–पड़ती किसी तरह शिखर पर पहुँच ही जाती है। उसका दम टूट रहा था...वह शिखर को चूमना चाहती थी, अपनी थकान से चूर बाँहों में कस के भरकर। उसने शिखर पर खड़े होकर पहले आकाश को देखा...फिर दोनों बाँहें फैलायीं और ख़ुशी से चीख़ पड़ी।

उत्तेजना में उसके पैर स्थिर न रह सके। वह झूम उठी और लड़खड़ाकर धड़ाम से खाई में जा गिरी। नीचे गिरते हुए वह समझ गयी थी कि स्वर्ग उसके हाथ से छूट चुका है और अपने असाधारण प्रेम को उसने हमेशा के लिए गँवा दिया है। वह गम्भीर रूप से चोटिल हुई लेकिन खर–पतवारों ने उसे मरने से बचा लिया। किसी तरह साहस जुटाकर उठ खड़ी हुई। चारों तरफ़ घना अँधेरा था और आसपास पेड़–झाड़ों के अलावा और कुछ नहीं दिख रहा था। निकलने का कोई मार्ग न था। उसने एक बार के लिए वहीं डेरा बनाने के बारे में सोचा। डाली पर बैठे–बैठे घर के बारे में सोचा, सामने उसे एक गुफा दिखी। पानी के बारे में सोचा, झरने की आवाज़ सुनाई दी। उसे जीने के सामान दिखने लगे। लेकिन अपने प्रेम की चिन्ता उसे यहाँ भी सताये जा रही थी। गुफा में तो उसे गुफा मानव ही मिलेंगे, बौने, दुनिया से कटे हुए, जिनकी खोपड़ी में दिमाग़ नहीं होगा। वे गुफा मानव बोलती हुई स्त्री को उकसायेंगे...उस पर ज़्यादतियाँ करेंगे कि केवल चित्रलिपियों में बातें करे। अधिक बोलने वाली स्त्री गुफा में नहीं रह सकती। बहुत ज़्यादा रौशनी भी गुफा में नहीं जलाई जा सकती। सुविधाएँ मिलेंगी ज़रूरत भर...बस। एक खिड़की भी नहीं मिलेगी जहाँ से बाहर झाँक सके। असाधारण प्रेम का स्वप्न अधूरा ही रहेगा और सपने भी मामूली आने चाहिए! गुफागृहों में बाग़ी सपनों के लिए जगह नहीं होती!

इस खाई ने उसे हमेशा के लिए क़ैद कर लिया था। दूर दिखते शिखर पर फूल खिलते रहे...ख़ुशबुएँ बिखरती रहीं...!

छटपटाकर उठ जाती वह। दिल्ली की सर्द रातों में भी उसका हलक सूखता और बोतल से गटागट ख़ूब सारा ठण्डा पानी पी जाती। इन दिनों ऐसे सपने बढ़ गये थे।...सपने ख़ुद को दोहराने लगे थे।

अनुपमा सपनों के संकेतों को समझने में विफल हो रही थी। अपने भीतर से आती हुई आवाज़ों को सुन नहीं पा रही थी। ध्यान लगाना

इसलिए भी ज़रूरी है शायद...ओशो ने ध्यान पर ज़ोर दिया है। अपने डेस्क पर आँखें बन्द करके बैठ गयी। सुबोजित ने पीछे से आकर धप्पा बोल दिया। चिहुँक गयी अनुपमा।

"दिस इज़ नॉट राइट प्लेस फॉर ध्यान यार! यू मस्ट विज़िट सेंटर फॉर विपश्यना इन ऋषिकेश...यू विल फ़ील योरसेल्फ़ अ टोटली चेंज्ड पर्सन...माई गुस्सेल अंकल जस्ट बैक फ्रॉम देअर...हर समय मॉर्बिड रहने वाला इन्सान, किचकिच करने वाला, सब पर राशनपानी लेकर चढ़ा रहने वाला आदमी कितना हम्बल हो गया! यू वांट बिलीव! कहो तो मैं तुम्हारी बात करवा सकता हूँ..."

अपनी डेस्क पर थोड़ी दूर बैठा ऑपरेटर दिनेश कुमार ध्यान की बात सुनकर उठ खड़ा हुआ।

"यहाँ सबको एक–एक बार ध्यान–केन्द्र में ज़रूर जाना चाहिए ...जितना स्ट्रेस है इस काम में...सब एक–दूसरे पर चढ़ाई किये रहते हैं...सब लोग हो आओ..."

दरवाज़ा खोलकर अभी–अभी दफ़्तर में घुसी अनुराधा ने भी कुछ बातें सुन ली थीं।

"यार, कौन–कौन जा रहा है?...बॉस को बोलो, एक वीकली मीटिंग वहीं कर लें...मैं स्टोरी भी कर लाऊँगी...तुम सब अपना इलाज भी करवा लेना...क्यों अनुपमा जी...?...राइट न..?.."

अनुपमा ने कन्धे उचका दिये।

"क्या यार, आप लोगों ने भी मज़ाक़ बना दिया...मैं कोई ध्यान–व्यान नहीं लगा रही थी...बस आय नीड अ ब्रेक...इट्स आल दैट।...कम–से–कम एक वीक...वांट टू थिंक कि आगे क्या करना है...यहाँ तो हालात ठीक नहीं लग रहे..."

किसी और के कुछ बोलने के पहले अनुपमा का मोबाइल बज उठा। सबको चुप रहने का संकेत करते हुए उसने कॉल रिसीव किया। फिर बातें करती हुई वह उठकर दफ़्तर से बाहर निकल गयी। चेहरे पर हलकी मुस्कान थी। थोड़ी हैरानी का भाव भी। अनुराधा की उत्सुकता बढ़ गयी। आज के हलके–फुलके माहौल और अनुपमा के मूड से उसे लगा कि उससे दोस्ती आगे बढ़ाई जा सकती है। एक दोस्त की तरह से दोस्ती...जो प्रोफ़ेशनल सम्बन्धों की तरह औपचारिक न हो। अनुपमा

कभी सहज नहीं हो पाती थी उसके साथ। हमेशा बस काम भर की बातें करके कट लेती थी। अनुपमा के व्यवहार ने कुछ सकारात्मक संकेत छोड़े थे। अनुराधा उसके पीछे–पीछे चली गयी। वह अनुपमा से कुछ पूछना चाहती थी।

अनुपमा को ठहाका लगाते देखकर वह दूर ही ठिठक गयी। इस तरह कभी उसे ठहाके लगाते और लोटपोट होते नहीं देखा था। लेकिन अनुपमा के चेहरे पर ख़ुशी नहीं थी। अजीब–सा चेहरा बना हुआ था...बस ठहाके लगा रही थी। पेट पकड़कर आगे की तरफ़ झुक जाती थी इसी क्रम में। उसने ख़ुद को सीढ़ियों की रेलिंग से टिका रखा था।

अनुराधा ने थोड़ी दूर से इशारा किया, "क्या हुआ?...कोई ख़ास बात...?"

अनुपमा ने भी हँसते–हँसते उसे पास आने का इशारा किया और फ़ोन काटकर उसे खींचती हुई चाय के अड्डे पर ले गयी। शंकर बिल्डिंग के पीछे मुरुगन के ठीहे पर जिसे सबने चाय का अड्डा बना रखा था। वहाँ ज़्यादातर मर्द अड्डा जमाये रखते थे। लंच के समय और शाम को चार बजे के आसपास काफ़ी भीड़ रहती थी। उस समय तीन बजे थे और भीड़ कम थी। अनुपमा चाय के लिए कम ही नीचे उतरती थी। अनुराधा का वह फेवरेट अड्डा ज़रूर था। वह मुरुगन की पत्नी श्रीलता को नाटकीय अन्दाज़ में छेड़ती, "प्रेमलता...तुम चाय पिलाओ...।

अनुराधा को जाने क्यों लगा कि आज किसी रहस्योद्घाटन के मूड में है अनुपमा। दफ़्तर में हमेशा तनी–तनी रहने वाली उसकी सीनियर ठहाके पर ठहाके लगा रही है...ज़रूर कोई बात है। वह भी पूरी तरह गॉसिप के मूड में आ गयी थी। रात के गहरे तनाव के बाद एक अच्छी नींद से मन और तन दोनों हलका महसूस हो रहे थे। अनुपमा ने उसके कन्धे पर हाथ रखकर बातें शुरू कीं....चाय की एक के बाद एक तीन प्यालियाँ ख़त्म हो गयीं। मगर दोनों की बातें न ख़त्म हुईं। आज प्रेमलता की चाय ने दो स्त्रियों को एक–दूसरे का हमराज़ बना दिया था।

अनुपमा ने बताया कि रंजना को उसके अख़बार से निकाल दिया गया है। उस दिन पत्रकारिता जगत की वो सबसे बड़ी ख़बर थी। उसकी विदाई बहुत अपमानजनक तरीक़े से हुई थी। उसने अपने सम्पादक और पूर्व दोस्त निरंजन कपूर को जो मैसेज किये थे वे भी

लीक हो गये थे। चारों तरफ़ दोनों के एसएमएस सर्कुलेट हो रहे थे। मज़ाक़ बन गया था। रंजना की फ़जीहत हो रही थी। पत्रकारिता जगत के दिग्गज तो यहाँ तक कह रहे थे कि अब उसे कोई दूसरी नौकरी मिलने से रही। रंजना ने बदनामी की कभी चिन्ता नहीं की थी और आज उसे इसी का ख़मियाजा भुगतना पड़ रहा था। निजी महत्त्वाकांक्षाओं के पीछे उसके पागलपन ने दोस्त कम दुश्मन ज़्यादा बना लिए थे। एक बड़ी दुश्मन तो उसने अपने दफ़्तर की सीनियर पत्रकार शालिनी को ही बना लिया था। वहाँ से उसे निकलवाने वाली कोई और नहीं, शालिनी ही थी। शालिनी अनुपमा के पत्रकारिता के शुरुआती दिनों की दोस्त थी और अभी भी दोनों की घनिष्ठता बनी हुई थी। दोनों एक–दूसरे के सम्पर्क में थीं और पत्रकरिता की दुनिया की ख़ैर–ख़बर आपस में साझा करती रहती थीं। शालिनी को सब कुछ पता था–उसके सुख–दुख, उसके तनाव और उसके साथ जो भेदभाव हुआ था...तमाम बातें। उनके कारण भी जानती थी मगर तब उसके हाथ में कुछ नहीं था। वह अनुपमा को अक्सर समझाती, "पत्रकारिता की दुनिया बहुत छोटी है दोस्त! कभी–न–कभी तो हत्थे चढ़ेगी, उसी दिन निपटा दूँगी। तब तक जितना चाहे उतना सितम कर ले! देखना, उसी के औज़ार से मारूँगी उसको..."

निरंजन कपूर के अख़बार में शालिनी ने बतौर न्यूज़ एडिटर ज्वाइन किया था। बहुत ऊँची सिफ़ारिश कराई थी उसने। अख़बार का फाइनेंस भी वही देखती थी। अलग से अपनी विज्ञापन एजेंसी भी खोल रखी थी और अख़बार के लिए विज्ञापनों का जुगाड़ बड़े आराम से कर लेती थी। सत्ता तक सीधी पहुँच तो उसकी पहले से थी।

अनुपमा यह बख़ूबी समझ गयी थी कि एक म्यान में दो तलवारें नहीं रह सकतीं। शालिनी नहीं हारेगी। शालिनी अनुपमा थी भी नहीं। उसने आते ही जाल बिछाने शुरू कर दिये थे।...और, रंजना उसके बिछाये जाल में लगातार फँसती चली जा रही थी। शालिनी ने सबसे पहले निरंजन कपूर को अपने भरोसे में लिया। निरंजन कपूर के मुट्ठी में होने का सीधा अर्थ था, बेबस रंजना भी उसकी गिरफ़्त में थी। अब शालिनी ही उसे काम एसाइन करने लगी। उसकी स्टोरी भी वही जज करने लगी। फिर उसे टारगेट देने लगी और पूरा नहीं होने पर

उसकी कमियाँ ढूँढ़ने लगी। यहाँ तक कि वह रंजना के आधुनिक पहनावे–ओढ़ावे पर भी अपनी आपत्तियाँ प्रकट करने लगी। एक दिन तो हद हो गयी।

शालिनी निरंजन कपूर के केबिन में उससे बातें कर रही थी कि रंजना नॉक किये बिना अन्दर घुस आयी। यह उसकी पुरानी आदत थी। दफ़्तर में एक अकेली वही थी जो सम्पादक के केबिन में किसी भी समय और बेरोक–टोक घुस जाया करती थी। शालिनी के सख़्त क़ायदों के कारण उसकी इस आदत पर थोड़ा नियन्त्रण लगा था। उस दिन जैसे ही रंजना केबिन में दाख़िल हुई तो शालिनी को पहले से वहाँ बैठी देखकर वह थोड़ा सकपका–सी गयी। उसने गहरे गले की टी–शर्ट पहन रखी थी और उसके चेहरे पर मेकअप की मोटी परत भी चढ़ी हुई थी। गोया दफ़्तर नहीं किसी नाइट क्लब में आयी हो, शालिनी ने उसे तुरन्त टोक दिया, ''ये ऑफ़िस है मोहतरमा! फ़ैशन परेड का ग्राउंड नहीं है...ज़रा अपने कपड़ों और तौर–तरीक़ों का ख़याल रखा करें। यह वर्कप्लेस है...''

शालिनी ने अपनी चुन्नी गले में लपेटते हुए रंजना को आगाह किया था। अपमान से तमतमाया चेहरा लिए रंजना उलटे पाँव लौट गयी। निरंजन कपूर भी कुछ नहीं बोल सके। रंजना की आँखों से आँसू झरने लगे, 'ऐसा क्या जादू कर रखा है शालिनी की बच्ची ने...'

तेज़ क़दमों से वह बाथरूम में घुस गयी और ख़ुद को भीतर से लॉक कर लिया। जिस दफ़्तर ने उसे हमेशा मज़बूत लड़की के रूप में देखा है, वहाँ सबके सामने वह अपने आँसू नहीं बहा सकती थी।

आख़िर ख़ुद तो नहीं आयी थी यहाँ काम करने! निरंजन कपूर साथ लेकर आया था उसे और पावरफुल पोज़ीशन देने का वादा भी किया था। यहाँ आने के बाद वह सब भूल गया? रंजना की सैलरी ज़रूर थोड़ी बढ़ गयी लेकिन उसे पावर नहीं मिली। उलटा डेली न्यूज़ पेपर होने की वजह से काम का बोझ बढ़ गया था। शालिनी जिस दिन से वहाँ आयी उसी दिन से रंजना को यह लगने लगा कि उसे टारगेट करने की कोशिश की जा रही है। शालिनी को लेकर उसके ज़ेहन में कोई ख़ुशनुमा तजुर्बा नहीं था। हमेशा लगता रहा कि जैसे शालिनी एक विशेष प्रतिशोध की भावना से भरी हो। जबरन उसमें कमियाँ निकालना,

कठिन एसाइनमेंट पर भेजना, उसकी कॉपी बार–बार ठीक करवाना, फ़ील्ड में दौड़ाना...यही सब रंजना को झेलना पड़ रहा था। यहाँ तक कि इस नौकरी में पहाड़ों पर ट्रेकिंग के नाम पर छुट्टी मिलनी भी बन्द हो गयी थी।

जिस दिन उसके रिमूवल का फ़रमान जारी हुआ, उस दिन रंजना को निरंजन कपूर से मिलने तक नहीं दिया गया। शालिनी ने सीधे एच.आर. से मिलने की हिदायत दी थी उसे। रंजना हक्की–बक्की थी। ऐसा क्या कर दिया था उसने! क्यों ऐसी नौबत आ गयी? उसने सम्पादक को एस.एम.एस. किया। जवाब के इन्तज़ार में बहुत देर तक अपने डेस्क पर बैठी रही। पूरा दफ़्तर उससे नज़रें चुरा रहा था। जैसे सब इसी दिन का इन्तज़ार कर रहे थे। रंजना ने नोटिस नहीं किया था, ऐसा भी नहीं था। लेकिन अब निरंजन कपूर के केबिन में उसकी जगह शालिनी ने ले ली थी। उसका सम्पादक से मिलना कम होता चला गया, और फिर एक दिन आख़िरकार नौबत यहाँ तक पहुँच गयी। जब सम्पादक का कोई जवाब नहीं आया तो उसने ड्राअर से अपना सामान निकाला...कुछ किताबें, कुछ पेपर उठाये, उनको बैग में रख लिया और निकल गयी। दरवाज़े तक जाकर क्षण–भर को ठिठकी, फिर पलटकर अपने डेस्क तक आयी। वहाँ कुछ कोटेशन चिपका रखे थे उसने, उनको नोचकर फेंक दिया और तेज़ी से निकल गयी।

प्रूफ़रीडर कमलेश ने एक लम्बी साँस छोड़ी–"वक़्त–वक़्त की बात है, जैसी करनी, वैसी भरनी..."

पूरा वाक़या सुनने के बाद अनुराधा ने मशविरा दिया–"आपकी सहेली हैं वहाँ, आप क्यों नहीं ज्वायन कर लेतीं? अब तो जगह भी बन गयी है!"

अनुपमा ने बताया, "कोई मधुकर नाम का रिपोर्टर है, वह ज्वाइन करने वाला है वहाँ। सुना है, बहुत शार्प लड़का है...पहले 'उजाला' अख़बार में था कहीं आउट स्टेशन...और जहाँ तक सहेलियों की बात है साथ के लिए, तो वे संग रोने–हँसने के लिए बेहतर होती हैं....साथ काम करने के लिए नहीं। मीडिया की पैट्रियार्की हम सब को एक–दूसरे के दुश्मनों में बदल देती है। शालिनी भले पावरफुल पोज़ीशन पर है, लेकिन तभी तक जब तक वह उनके काम की है। उसे सम्पादक नहीं

बनायेंगे कभी। देखना,...मेरे जाते ही वे लोग सबसे पहले हम दोनों को एक–दूसरे के ख़िलाफ़ खड़ा करेंगे। यहाँ रंजना को मेरी दोस्त नहीं बनने दिया, और वहाँ शालिनी को मेरी दोस्त नहीं रहने देंगे। इसी में उनकी सत्ता क़ायम रहती है कि दो स्त्रियों को आपस में लड़ाते रहो। कभी आपस में उनको दोस्त न बनने दो ताकि इनकी दाल हर तरफ़ गलती रहे। दो–तीन स्त्रियों में से किसी एक–दो को चुन लेंगे, उनको बढ़ावा देंगे...सिर पर चढ़ायेंगे ताकि बाक़ी बची स्त्रियों में जलन पैदा हो, उनमें हीन भावना भरे, वे पैरों पर गिर पड़ें उनके। स्त्रियों की एकता पैट्रियार्की को किसी भी क़ीमत पर पसन्द नहीं...न परिवारों में और न वर्कप्लेस पर। हमारी दुनिया पूरी तरह मेल डॉमिनेटिंग है। कंट्रोल बाई मेल, रन बाई मेल, गवर्न बाई मेल...मज़दूरों में वैसे भी एकता किसे और क्यों बर्दाश्त हो? फूट डालो...राज करो। सम्पादकों की भी यही नीति होती है। निरंजन कपूर तो खुलेआम कहता था कि मैं पत्रकारों की यूनियन के सख़्त ख़िलाफ़ हूँ। यहाँ ये सब नहीं चलेगा। जो लोग यूनियनबाज़ी करते हैं, वो यहाँ से विदा ले लें। आप राजीव को ही देख लीजिए, निरंजन का ही रिफाइंड वर्जन है। हमें आपस में लड़ाने की कितनी कोशिशें करता है! शातिराना ढंग से खेलता है। मुझे ही तुम्हारे ख़िलाफ कितना भड़काया है...''

अनुराधा ने आज एक नयी अनुपमा को देखा था। इतने समय में उसे कभी खुलकर बोलते भी नहीं सुना। कितनी बातें सीने में दबाये काम कर रही थी! उसकी एक–एक बात कितनी सच लग रही थी! उसने बीच में ही टोका। ''हाँ, मुझसे भी आपके बारे में कभी अच्छा नहीं बोला। हमेशा कहता है कि पुराने बॉस की देन हैं। जब अपने साथ लेकर नहीं गये तो क्या करते, झेल रहे हैं!...इतनी सैलरी में तो दो लड़के रख लेता जो डेस्क और फ़ील्ड दोनों का काम करते!''

अनुपमा मुस्कुरायी।

''पता है मुझसे क्या बोला? यार, रख तो लिया लेकिन पहले टेस्ट लेना चाहिए था। दोस्त की क़रीबी रह चुकी है। उसने कहा तो मना नहीं कर सका...अब पछता रहा हूँ। कॉपी तक तो ठीक से नहीं लिख पाती थी शुरू–शुरू में!...एक कॉपी में लिखकर लायी थी...बाबा आदमखोर के ज़माने की बात की बात है...''

"बताओ भला? आदमखोर ज़माना होता है कि बाबा आदम...इसे ये फ़र्क़ भी नहीं मालूम...मैं यहाँ सम्पादक हूँ कि कॉपी एडिटर...थोड़ा सिखाइए आप लोग, भाषा में लालित्य क्यों ज़रूरी है...?" अनुपमा हँसते हुए बोली।

"मेरे मन में आया कहूँ कि सर, जब जीवन में ललित आयेगा तो भाषा में लालित्य भी आ जायेगा..."

दफ़्तर में घुसते हुए अनुराधा ने धीरे–से–कहा, "ललित आ चुका है, अब लालित्य भी आ जायेगा।"

"मेरी भाषा में लालित्य तो है लेकिन ललित नाम की शै तो कोसों दूर है...सात समन्दर पार..." अनुपमा बड़बड़ायी।

ख़ूब जमेगी जब मिल बैठेंगे दीवाने चार!...

दूर से कॉफ़ी कैफे डे यानी सीसीडे में बैठी हुई शालिनी और एक अनजान–सी लड़की को देखकर अनुपमा ने अनुराधा से कहा। ख़ान मार्केट के सीसीडे में सबका पहुँचना तय था। ठीक चार बजे। ख़ान मार्केट दिल्ली की नवधनाढ्य और फ़ैशनपरस्त स्त्रियों का पसन्दीदा शॉपिंग हंट है। कामकाजी लड़कियों और आभिजात्य स्त्रियों की तफ़रीह का फ़ेवरिट स्पॉट जहाँ पूजा–हवन की सामग्रियों से लेकर इंटरनेशनल ब्रांड्स के जूते–कपड़े और एसेसरीज़ सब कुछ उपलब्ध हैं। यहाँ कई अत्याधुनिक बार–कम–रेस्तराँ और कॉफ़ी के ठिकाने हैं...और साथ ही कार पार्किंग की पर्याप्त जगह और सुविधा भी। सीसीडे अनुपमा और शालिनी का फ़ेवरिट ठिकाना है जहाँ वे गप्पें मारते हुए...ठहाके लगाते हुए आराम से कई–कई घण्टे गुज़ार देती हैं। शीशे के पार से उन विदेशी टूरिस्टों की बेचैनियों को देखना उनको अच्छा लगता है जो अपनी यादगार के लिए टिपिकल भारतीय हैंडीक्राफ्ट्स और फ़ैब्रिक की ख़रीददारियों में भटकते रहते हैं।

एक–दूसरे का हाथ थामे हुए अनुपमा और अनुराधा अन्दर दाख़िल हुईं। शालिनी के साथ एक अनजान साँवली–सी लड़की को देखकर वे चौंक पड़ीं। लड़की की आँखें काजल से भरी थीं...गले में आर्टिफ़िशियल बीड्स का बड़ा–सा हार...कलाइयों में चाँदी की एंटिक चूड़ियाँ, कॉटन का कुरता और चूड़ीदार। आँखों ही आँखों में पूरी तरह नाप गयी अनुराध ा उसको। अनुपमा उसकी उपस्थिति को लेकर थोड़ी असहज हुई। उसे शालिनी से कई गोपनीय बातें डिस्कस करनी थीं। किसी तीसरे की उपस्थिति में यह असम्भव–सा जान पड़ता था। शालिनी ने हाथ बढ़ाकर अनुराधा का हाथ थामा, "अनुराधा...राइट...?"

"यस, यू आर राइट...शालू..." अनुराधा बेतकल्लुफ़ हो उठी।

"ये मीनल जैन हैं। दिल्ली की ही हैं। नाज फ़ाउंडेशन से जुड़ी हैं...एक्टिविस्ट हैं और मेरी साथी हैं...इनके सामने हम खुलकर बात कर सकते हैं....नो प्रॉब्लम, बैठो..."

"एंड मीनल, यह अनुपमा...मेरी बेस्ट फ्रेंड...कुँवारी अनुपमा...छाया के पीछे पागल...परछाईं का पीछा करती हैं...ट्रेडिशनल काइंड ऑफ़ वीमेन। यू नो!"

"बोल...बोलती जा...इंट्रोड्यूस करने का तेरा तरीक़ा! तबाही है तबाही!...इन्हें बड़ी चिन्ता है कि कहीं मैं वर्जिन ही न मर जाऊँ...मेरे लिए लड़के ढूँढ़ती रहती हैं..."

चारों का समवेत ठहाका गूँजने लगा था। चार लड़कियाँ जहाँ मिलती हैं वहाँ सारे निषेध टूट जाते हैं।

"मीनल तेरी पार्टनर है न, तूने ढूँढ़ ही लिया कोई...?" अनुपमा की आँखें फैलकर बड़ी हो गयी थीं।

"चुप...धीरे बोल, कोई सुन ना ले...हम अपराधी करार दिये जायेंगे। पता नहीं आगे चलकर क्या हो? फ़िलहाल तो हम अपने अधिकारों की लड़ाई लड़ रहे हैं। देखो, और कितने साल लगेंगे? क़ानून हमें कब मान्यता देगा? अभी तो हम खुलकर इज़हारे–मोहब्बत भी नहीं कर सकते, और न घोषित रूप से साथ ही रह सकते हैं। दुनिया से छुप–छुपकर जीना हमें मंज़ूर नहीं जानी...करें तो क्या करें...हम लड़ेंगे साथी..."

शालिनी ने हवा में मुट्ठी लहरायी और खिलखिला पड़ी।

"चल छोड़ ना...ये कोई मुद्दा नहीं। असली मुद्दे पर आते हैं।" शालिनी ने बात बदल दी।

"यार, मैं बहुत गिल्ट में हूँ...रंजना को लेकर! बेचारी की नौकरी तो गयी ही, बदनामी भी बहुत हो रही है उसकी....मुझे अच्छा नहीं लग रहा है...कहीं हमने ग़लत तो नहीं किया...?" अनुपमा की आवाज़ में एक अफ़सोस था।

"और उसने तेरे साथ जो किया वह क्या था...उसे तो कोई गिल्ट नहीं! उलटा वह मुझे बदनाम करती फिर रही है। उसने निरंजन कपूर को जो मैसेज भेजा है उसमें भी मेरे बारे में अंटशंट लिखा है...वह तो पर्चेबाज़ी करने की धमकी दे रही है, लोग बतला रहे हैं...!"

"मेरी चिन्ता दूसरी है...एक तो लड़कियाँ हमारे प्रोफ़ेशन में पहले से ही कम हैं...गिनी–चुनी लड़कियाँ प्रिंट मीडिया में बची रह गयी हैं, ऊपर ये साज़िशें, बदनामियाँ, एक–दूसरे को नीचा दिखाने की कोशिशें. ..चाहे वह करे, या फिर हम करें...मुझे फ़िक्र होती है...बहुत संघर्ष करके हम लोग यहाँ तक पहुँच सके हैं...यह कारवाँ कहीं रुक न जाये...!"

"बड़ा हृदय–परिवर्तन हो गया मैडम का...अनुराधा जी, कहीं आपकी संगति का असर तो नहीं...ऐसी तो न थी हमारी अनु !...तू भूल गयी जब उसने तेरे ऊपर व्यंग्य लिखा था, 'डाह को डाह ही रहने दो, कोई नाम न दो...' कितना छटपटायी थी तू पढ़ने के बाद?...ज़ार–ज़ार रोयी थी..."

"उससे यह सब लिखवाया गया था...मैं उससे डाह नहीं करती थी। बस एक प्रोफ़ेशनल प्रतिद्वन्द्विता थी जिसमें वह बाज़ी मार ले जाती थी। उसकी वजह योग्य होना नहीं बल्कि सम्पादक की साज़िशें थीं...एक को नीचा दिखाकर दूसरे को प्रमोट करने के बहाने उसे छलना..."

"तेरे मौक़े क्यों छीनती रही वह? तेरे हक़ से क्यों बेदख़ल किया तुझे?"

"छीना,...बहुत छीना...लेकिन मेरे हक़ की शोहरत मुझे भी मिल रही है...भले उसके जाने के बाद ही सही!...देख, भाग्य भी कोई चीज़ होती है। यही लिखा था मेरे भाग्य में तो कोई क्या करता! उसके प्रारब्ध में शायद मुझसे ज़्यादा उपलब्धियाँ लिखी थीं..."

"हम स्त्रियों के भीतर इतनी डाह क्यों होती है? मैं बचपन से यही सुनती आ रही हूँ कि औरत ही औरत की सबसे बड़ी दुश्मन होती है। हम स्त्रियाँ अगर एक–दूसरे का भला नहीं कर सकतीं तो कम–से–कम बुरा तो न करें..." अनुराधा ने एक चिन्तित–सा सवाल दागा।

"अनुराधा जी, यहाँ मैं आपसे इत्तेफ़ाक नहीं रखती। वही बात दोहराती हूँ जो हज़ारों बार मंचों से बोलती हूँ। पैट्रियार्की द्वारा फैलाई गयी सबसे लम्बी अफ़वाह या झूठ जो कह लें...जिस पर हम यक़ीन करके उसे वैधता प्रदान करते चले आ रहे हैं। हमें इस साज़िश को ठीक से समझना होगा। औरत के मुक़ाबले में औरत को आख़िर कौन उतारता है? उनके बीच वैमनस्य और ईर्ष्या का माहौल कौन बनाता है? स्त्री की परस्पर तुलना कौन करता है? स्त्रियाँ पुरुषोचित व्यवहार क्यों करने

लगती हैं? हमारा अनुकूलन ऐसा कर दिया गया है कि हमने अपनी ही जमात में होड़ करनी शुरू कर दी है...मैं कहती हूँ, सारी स्त्रियों को सीमोन को पढ़ना चाहिए...''

मीनल ने बीच में ज़ोरदार हस्तक्षेप करते हुए एक लम्बा वक्तव्य दे डाला।

''स्त्रियाँ ये बात समझती क्यों नहीं, कि हम इस्तेमाल हो जाते हैं एक–दूसरे के ख़िलाफ़...?'' अनुपमा झल्ला उठी।

''देखिए, जिस वक़्त कोई हमारा इस्तेमाल कर रहा होता है, एक–दूसरे के ख़िलाफ़...तब हमें यह बात समझ में क्यों नहीं आती? हम इस प्रवृत्ति के टूल्स क्यों बन जाते हैं? रंजना भी महज़ एक इंस्ट्रूमेंट थी...समझने की कोशिश कीजिए, हमें ऐसी स्त्रियों को थोड़ी छूट देनी चाहिए। मैं नयी हूँ आप लोगों के बीच...पता नहीं कितना हस्तक्षेप करना चाहिए? मगर आपके फ़ील्ड को थोड़ा–बहुत समझती हूँ। जैसा माहौल आपके काम में है वैसा ही हर फ़ील्ड में हैं। पूरा कॉरपोरेट जगत ऐसी गलाकाट प्रतियोगिताओं से भरा हुआ है। हर जगह यह गन्दगी है, सड़ाँध है। ऐसे माहौल में स्त्रियों को कैसे सरवाइव करना पड़ता है, आप समझ सकती हैं। अगर उनके लिए रास्ते आसान नहीं करेंगे, उनको सेफ़ एक्जिट नहीं देंगे तो वे शॉर्टकट अपनायेंगी। स्त्री के जीवन की चुनौतियाँ कई लेवल पर हैं। हर भूमिका में ख़ुद को साबित करने की चुनौतियाँ उनके पैरों में भँवर की तरह बँधी होती हैं। ज़रा–सी चूक हुई और वे डूब गयीं।''

मीनल बोलते–बोलते तैश में आ गयी थी। अनुराधा को यह बातचीत बड़ी मोहक लग रही थी। शालिनी ने मीनल की ठण्डी होती कॉफ़ी की तरफ़ इशारा किया।

''मैं समझ सकती हूँ, इस समय स्त्रियाँ कई तरह के दबावों से गुज़र रही हैं। घर...कामकाज के बीच सन्तुलन बिठाने में उनका दम निकल रहा है। पत्रकारिता चौबीस घण्टे वाला काम है, इसीलिए देखते–देखते कई लड़कियाँ बीच में ही काम छोड़कर चली जाती हैं। कुछ ने बुटी खोल लिया, कुछ ने पार्लर तो किसी ने पी.आर. एजेंसी खोल ली। लेकिन मेरे लिए पत्रकारिता एक पैशन है। दूसरा कोई काम आता नहीं, और न मैं कर ही सकती हूँ।''

"मेरे लिए भी...मैं भी आपकी तरह ही हूँ जी...कोई और काम नहीं कर सकती...फुल टाइम पत्रकार!...मैंने क्या–क्या नहीं छोड़ा, कितने पापड़ बेले, भूत–प्रेत तक पर रिपोर्टिंग की, तब कहीं आज यहाँ पहुँची हूँ...अभी आगे रास्ता बहुत दुर्गम है मगर मैं तो ख़ुद भूत ठहरी, हार नहीं मानने वाली जी..." अनुराधा ने हाँ में हाँ मिलायी। शालिनी देर से उनकी बहस सुन रही थी।

"मैंने तो अपना प्रेम भी खो दिया"...अनुपमा मायूसी से बोल पड़ी।

"तुम तो दिल्ली तक आयीं, मैं इससे आगे कहाँ जाऊँ?...दिल्ली से आगे रास्ता जाता है...परदेस..." हवा में हाथ लहराते हुए हवाई जहाज़ बनाया अनुपमा ने...

"अरे यार, ये रोना–धोना छोड़ो...अपना कोई अफ़ेयर बताओ... अनुराधा तुम बताओ!...अनुपमा तो साध्वी ठहरी, तुम कुछ कहो..."

"मैं जूनियर साध्वी हूँ...! काम के सिवा कभी कुछ सोचा नहीं... मगर अब बसन्त को लौटता हुआ महसूस कर रही हूँ...ज़िन्दगी बदल जायेगी। और अब काम में भी मज़ा आयेगा..."

"ऐ अनु..." शालिनी ने अनुपमा को टोका, "यह मुँह क्यों उतर गया तेरा ? बदलो ख़ुद को नहीं तो हमेशा बेवफ़ा मर्दों के चक्कर में पड़ी रहेगी। तुझे तो दुर्लभ चीज़ें ही अट्रैक्ट करती हैं....फिर झेलो...मारो लात उनको...तेरा होता तो अब तक लौटकर न आता!...आजकल कोई ऐसा प्रेम करता है क्या?...आहें भरने का ज़माना गया अनु डियर!...अब तू नहीं, और सही, और नहीं, और सही!...जाने किस मिट्टी की बनी है...!"

"ऐ सुनो, अब टॉपिक चेंज करो। इंडियन वीमेन प्रेस कोर की एक टीम विदेश जा रही है–ईरान। चलना चाहेंगी आप लोग ...कौन–कौन मेम्बर है? कल नाम देने का आख़िरी दिन है। नाम लिखवाओ वहाँ...हम सब एक साथ चलेंगे, कितना मज़ा आयेगा...!"

"डार्लिंग छोटी अनु, ईरान ही मिला है क्या जाने को?...जाओ किसी और देश....जो खुला हो,...जहाँ कुछ मौज–मस्ती कर सको..." शालिनी ने एक मज़ाक़िया आपत्ति जतायी।

मीनल से चुप नहीं रहा गया, "ईरान ज़रूर जाना चाहिए, स्त्री होने के नाते एक बन्द समाज को उसके भीतर से देखना चाहिए,

समझना चाहिए। मस्ती के लिए महिला पत्रकारों के साथ जाना ज़रूरी है क्या...?''

अनुपमा का तनाव ढीला पड़ गया। उसने अनुराधा से पूछा, ''तुमने अपना नाम दे दिया है क्या?''

''हाँ, मैंने कल ही फ़ोन करके हिना को बोल दिया। ड्रा में नाम आया तो पक्का जाऊँगी।''

''यार, एक दफ़्तर से स्टाफ़ के दो लोगों को एक साथ छुट्टी नहीं मिलेगी और न ही एक साथ जाने की परमिशन। तुम हो आओ ...मैं अगली किसी ट्रिप में चली जाऊँगी...''

''गर्ल्स, मुझे तो तुम लोगों का ये जनानियों का क्लब समझ में नहीं आता...प्रेस क्लब ऑफ़ इंडिया से अलग क्लब की क्या ज़रूरत थी?...''

''थी ज़रूरत....तुम नहीं समझोगी...तुम अलग दुनिया में विचरण करती हो, वहाँ जाओ तो पता चले न कि क्या ज़रूरत थी?...ख़ैर छोड़ो...''

अनुपमा ने बीच में ही अपनी बात रोक दी। उसके चेहरे पर शाम पसरने लगी थी...कॉफ़ी का दूसरा दौर शुरू हो चुका था।

शालिनी ने ग़ौर किया, अनुपमा किसी बात पर भीतर–भीतर ही परेशान थी। कोई चिन्ता थी जो उसे कुतर रही थी। शायद वह उसका निदान तलाश रही थी। अनुपमा की ज़िन्दगी के अकेलेपन को शालिनी जानती थी। सालों से जिस तरह वह अकेली, जूझती आ रही है, जाने किस नैतिक आवरण में ख़ुद को लपेटे हुए...वक़्त के साथ ख़ुद को नहीं बदलते हुए। ऐसे में ज़िन्दगी की राहें कभी आसान नहीं होतीं। हमेशा इसके साथ अन्याय हुआ लेकिन उसे किसी से कोई शिकायत नहीं थी। अनुपमा कहती भी थी, ''यार, मैं किसी से बदला नहीं ले सकती, किसी को नुक़सान नहीं पहुँचा सकती। हाँ, मुझसे होने वाले फ़ायदे मैं बन्द कर सकती हूँ...बस!...वह भी तब जब किसी की मदद करने के क़ाबिल हुई तो...''

जब से रंजना के बारे में सुना था, थोड़ी देर के लिए इतनी ख़ुश हुई कि लगा जैसे पूरा जहान मिल गया हो। फ़ोन पर ख़बर सुनते ही ख़ुशी के मारे रो पड़ी थी। रंजना ने इतनी कीलें उसके सीने में

ठोंकी थीं! कोई दूसरी लड़की होती तो नौकरी छोड़ गयी होती या रंजना को थप्पड़ मारकर और सम्पादक की इंसल्ट करके रिज़ाइन कर दिया होता। शालिनी को अफ़सोस भी हुआ कि उसे ये सब बहुत देर से पता चला, नहीं तो वो रंजना का गेम कब का बजा चुकी होती। अनुपमा ने सारा दुख अकेले झेला। जब उसे बताया तब तक पानी सिर के ऊपर आ चुका था। फिर शालिनी के लिए बर्दाश्त करना मुश्किल हो गया था। अब जबकि बदला पूरा हो चुका है, यह लड़की ख़ुश होने की बजाय इस ख़बर से दुखी है! अब तो चाहकर भी कुछ नहीं हो सकता। तीर कमान से निकल चुका था। रंजना की हरकतों से शालिनी को भी नफ़रत हो चुकी थी। पूरे दफ़्तर में सबको साधने और मोहने की उसकी कोशिशों का पर्दाफ़ाश हो चुका था। मीनल भले उसकी हरकतों को लाख जस्टिफ़ाई करे....स्त्रीवादी नज़रिये से देखे लेकिन जिस पर गुज़री है वही समझ सकता है। शालिनी एक पत्रकार के तौर पर उसको आँकती थी, जो अपने फ़ायदे के लिए हमेशा साज़िशों में लिप्त रहती थी। जिसे सारे पुरस्कार–सम्मान और इनाम–सिनाम चाहिए, जिसे सारी फ़ेलोशिप चाहिए, जिसे फ्री की सारी यात्राएँ चाहिए, जिसे अख़बार के सारे पन्ने रँगने को मिल जायें ...जिसकी सैलरी हर छह महीने पर बढ़ जाये...जो जब–तब लिव–इन पार्टनर बदल ले। शालिनी इस क़िस्म के वीमेन लिबरेशन को हज़म नहीं कर पा रही थी जो दूसरों के हितों को कुचल कर, उनका दमन करके हासिल हो। शालिनी को कोई महिला विरोधी कहे, उसे ये भी मंजूर नहीं। उसने रंजना के जाते ही मासकॉम में फ़ोन करके दो नयी लड़कियों को भर्ती के लिए बुला लिया था। अब वह अपने अख़बार में डिसिजन मेकिंग में आ गयी थी। यहाँ तक पहुँचने का रास्ता कितना कठिन था, यह बात सिर्फ़ वही जानती थी। स्त्रियों के लिए अपने दम उपलब्धियाँ कई तरह के समझौतों पर टिकी होती हैं। जो समझौते न करें वे औसत जीवन जीती हैं, औसत उपलब्धियों पर सन्तोष करती हैं और गुमनाम मौत मर जाती हैं। रंजना इस बात को समझती थी, तभी उसने अपनी जमात का नुक़सान करके भी अपने औसतपन से उठने का फ़ैसला किया था। शालिनी इस तरह की साज़िश और राजनीति के ख़िलाफ़ थी लेकिन मजबूरी में उसे यही सब रंजना के साथ करना

पड़ा था। अनुपमा को अपनी उस ग़लती का पछतावा हो रहा था जो ज़ाहिरन उसने की ही नहीं थी। उसके भीतर अब तक छुपी बैठी एक संवेदनशील स्त्री जाग चुकी थी। शालिनी ने उसका हाथ पकड़ा, ''अब पछताय होत क्या, जब चिड़िया चुग गयी खेत...''

कॉफ़ी ख़त्म करके चारों वहाँ से उठ खड़ी हुईं। सर्दी के दिन थे और अँधेरा जल्दी घिर गया था। यह दिसम्बर, 2005 की एक शाम थी।

चलते–चलते अनुराधा ने शालिनी से सवाल किया, ''हिन्दी पत्रकारिता का इतना बुरा हाल क्यों है? मैं तो इंगलिश जर्नलिज़्म में जा सकती थी फिर भी मैंने हिन्दी को चुना। मुझे तो इसी में आनन्द आया क्योंकि मुझे सोशल इश्यूज़ पर काम करना था। इस लिहाज़ से मुझे हिन्दी अधिक उपयुक्त भाषा लगी...मगर यहाँ तो बहुत बुरा हाल है!...ख़ासकर दिल्ली में...!''

''मुझे तो दिल्ली ने बहुत कुछ दिया, बदले में बेशक लिया भी...'' अनुपमा के स्वर में उदासी थी।

शालिनी पार्किंग में कार के पास जाते–जाते दोबारा पलटी–''दिल्ली का मोह किसी से नहीं छूटता, जो बाहर जाते हैं, वे भी लौटकर यहीं आ जाते हैं।''

''मुझे भी वैसे दिल्ली से कोई शिकायत नहीं! आख़िर मुझे पहचान तो यहीं मिली! मेरे डैने बड़े थे, खुला आकाश यहीं मिला। मेरे लिए दिल्ली रन–वे है जहाँ से मैं कहीं के लिए भी उड़ान भर सकती हूँ। मैं जल्दी ही कहीं शिफ्ट करूँगी...इस पत्रिका में नहीं रुकना मुझे ज़्यादा दिन...''

''मुझे तो पत्रकारिता ने शालिनी जैसी साथी तोहफ़े में दी...'' मीनल उसका हाथ पकड़कर खिलखिलायी।

अनुपमा के मोबाइल पर एक मैसेज चमका। 'बाहरी एंड संस' के बाहर खड़े होकर उसने मैसेज चैक किया।

रंजीत का मैसेज था, 'जल्दी से अपना मेल चैक करो और रिप्लाई करो।' वह वहीं थोड़ी देर दीवार से लग कर खड़ी रही। जाने क्या होगा ई–मेल में! जर्मनी की सुन्दरता...उसके इतिहास के अलावा भी कुछ होगा! अपने काम के अलावा भी कोई बात होगी!

तुम्हें जल्दी हो सकती है रंजीत, लेकिन मुझे कोई जल्दी नहीं। कल ऑफ़िस में मेल चैक करूँगी...घर पर बस मैं और मेरी किताबें...!! नथिंग एल्स अलाउड...

"Man surprised me most about humanity. Because he sacrifices his happiness in order to make money. Then he sacrifices money to recuperate his happiness. And he is too anxious about the future that he does not enjoy the present; the result being that he does not live in the present or future; he lives as if he is never going to die, and then dies having never really lived."

—DALAI LAMA

अनुपमा अपने कमरे की दीवारों पर तरह–तरह के कोटेशन वाले पोस्टर देखती रहती। उन पोस्टरों से वह बहुत ताक़त पाती थी। रोज़ उन लाइनों को पढ़ती और अपनी ज़िन्दगी के बारे में सोचती। वे महज़ पोस्टर नहीं थे, वे विचार थे जो अनुपमा के कमरे के साझीदार थे...जो उसे मायूस लम्हों में हौसला देने का काम करते थे और आश्वस्त करते थे कि एक दिन वह दुनिया भी ज़रूर बनेगी जिसकी उसे उम्मीद थी। देर–सबेर सही लेकिन जब भी वह वक़्त आयेगा तो इस दुनिया में टिकने के लिए आयेगा। अनुपमा को इस बात का भरोसा था। अपने भीतर सुन्दर मनुष्य को बचाये रखने की कोशिश में वह हर बार विफल हो जाती थी, जबकि यहाँ कोई प्रतियोगिता भी नहीं थी। ऐसे में दीवार पर दर्ज नाज़िम हिकमत की कविता की इबारत उसे रोज़ ताक़त देती। इन पंक्तियों में सुन्दर दिनों की आहटें सुनाई देती हैं–

"मुझे इन्तज़ार है एक चिट्ठी का
जिसमें आयेगी कोई अच्छी ख़बर
हो सकता है उसके आने का दिन वही हो
जिस दिन मैं लेने लगूँ आख़िरी साँस
पर ये नहीं हो सकता
कि न आये वो चिट्ठी"

उस एक चिट्ठी के इन्तज़ार में प्रेमिकाएँ सदियाँ गुज़ार सकती हैं। उसे एक गाना याद आया...वो गाना और नाज़िम की ये पंक्तियाँ दोनों उसे सोच की एक ही ज़मीन पर खड़े दिखाई देते हैं–'आयेगी ज़रूर चिट्ठी, मेरे नाम की, तब देखना, हाल मेरे दिल का लोगो तब पूछना...' यह 'दुल्हन' फ़िल्म का गाना था, जो उसी साल रिलीज़ हुई थी जिस साल अनुपमा पैदा हुई थी।

अनुपमा जानती है कि उसकी जैसी लड़कियाँ इस दौर में एक दुर्लभ प्रजाति मानी जाती हैं। फास्ट फूड के ज़माने में इतने स्लो और अशरीरी प्रेम का रसायन कौन तैयार करेगा? वह भी तब जब इसकी परिणति के बारे में निश्चित तौर पर कुछ भी नहीं कहा जा सके। वह सोचकर मुस्कुरा पड़ती है कि पैंतीस साल की इस लड़की के भीतर पुरातात्त्विक समझी जाने वाली रूमानियत अभी बची हुई है। इतनी दुश्वारियों से गुज़रते हुए भी उसकी भावनाओं का मृदपात्र भरा रहा था, फूटा नहीं। कभी–कभी लगता है, यह कहीं अतिशय भावुकता तो नहीं कि रोज़–बरोज़ इस आगे बढ़ती हुई दुनिया में भी वह प्रेम की उसी पुरातन, नम और मुलायम ज़मीन पर खड़ी है। उसकी कल्पनाओं के श्वेतपाखी अब भी उड़ते हैं। छोटी–छोटी ख़्वाहिशों की बहुरंगी तितलियाँ उड़ती हैं...उसकी हथेलियाँ छू–छूकर। उसके मन के सुदूर प्रान्त में उसका छोटा–सा संसार अब भी नष्ट होने से बचा रह गया है...जिस संसार में वह अब भी अपने अनकहे प्रेम के साथ ज़िन्दगी बसर करती है। किसी भी अपरिचित–अनचाहे का प्रवेश निषेध है उस सुदूर दुनिया में। अनगिन लोग आये उसकी ज़िन्दगी में...चले भी गये लेकिन उस अगम दुनिया तक कोई नहीं पहुँच सका। जो वहाँ अपनी नरम हथेलियों की छाप छोड़ गया था, वह जगह अब भी वैसी नम–मुलायम थी...अपनी समस्त उर्वर सम्भावनाओं के साथ। शादी के कई अच्छे प्रस्ताव उसने ठुकरा दिये थे। उसकी बनावट ही अलग मिट्टी की थी। उसे इन्तज़ार में सुख मिलता था। अपने काम में ही उसे रस मिलता था....जीवन का सबसे ज़ायकेदार रस। साल–दर–साल बढ़ती उम्र की उसे फ़िक्र ही कहाँ रही! उसने मर्ज़ी का जीवन जिया और यही उसके मन की असल ख़ुराक़ थी। अपने पैशन की ज़िम्मेदार वह ख़ुद रही। एक नज़र ख़ुद को आईने में ग़ौर से देखा–उसे उम्र की लम्बी होती परछाईं कहीं नहीं

दिखी। वैसी ही छरहरी काया। दिपदिपाता हुआ गेहुआँ रंग...घने–रेशमी बालों के पेचो–ख़म...और आँखों में चिरन्तन प्रतीक्षा की महकती चमक। काजल का गाढ़ापन भी उस चमक को छुपा पाने में नाकाम था। अपनी भावुकता पर क़ाबू पाकर जीना कितना मुश्किल काम है! जब आप प्रेम में आकण्ठ डूबे हों तो अधजल गगरी की तरह बूँदें नहीं छलकतीं।

उसे याद है, उसकी आँखों में लगा काजल देखकर एक बार पार्लरवाली ने उससे अनायास पूछ ही लिया था–"मैम, आप जर्नलिस्ट हो क्या?"

"हाँ, क्यों?...तुमने कैसे जाना?"

"ज़्यादातर वीमेन जर्नलिस्ट्स की आँखों में मोटा–मोटा काजल लगा होता है...अब तो मैं देखते ही पहचान जाती हूँ। बड़ी–सी बिन्दी एन.जी.ओ. वाली मैडम लोग लगाती हैं...प्रिंटेड ब्लाउज़ पहनती हैं, उनकी साड़ियाँ भी अलग। आप लोगों के कपड़े भी अलग..आप ज़्यादातर कॉटन कुर्ते पहनती हैं, पॉकेट वाले..."

"हाँ, मैं शंकर मार्केट से सिलवाती हूँ...इमरान इज़ माई फेवरिट टेलर...सभी महिला पत्रकारों का वही फ़ेवरेटि टेलर है। उसको न डिज़ाइन बताना होता है न नाप देना पड़ता है, आँखों से नाप लेता है वह..."

इमरान की तारीफ़ का कोई मौक़ा वह नहीं गँवाती। कोई पूछे न पूछे, जहाँ उसकी ड्रेस की तारीफ़ हुई वहीं इमरान का ज़िक्र लाज़िमी है। जाने कितनी हिचकियाँ आती होंगी उसे। जब कई महिलाएँ वाक़ई इमरान का नम्बर और अता–पता पूछती हुई शंकर मार्केट में भटकती हैं...

अनुपमा के साथ–साथ पार्लरवाली भी हँस पड़ी। आँखों से नाप लेने की बात उसने पहली बार सुनी थी।

"मैम, आप पत्रकारों के बात करने का लहजा भी बहुत इंटेरेस्टिंग होता है..." कॉटन में क्लिजिंग मिल्क लेकर वह आँखों के नीचे फैला काजल साफ़ करने लगी।

सुबह से रह–रहकर बायीं आँख फड़क रही है। बार–बार उँगलियों से दबाती है। माँ कहा करती थी, कौन–सी आँख फड़कने से क्या होता है। लेकिन कभी इसकी वैज्ञानिकता उसने जाँचने की कोशिश नहीं की थी। ज़रूरत भी नहीं पड़ी।

आज कुछ अच्छा होना है क्या? क्यों अपने छूटे हुए प्रेम को लेकर बार–बार सोच रही है? रंजीत क्यों बार–बार उसे याद आ रहा है? ऐसा क्या है उसके ई–मेल में...जिसके लिए वह देर रात तक मैसेज करता रहा था। इतना बेसब्र तो वह पहले कभी नहीं हुआ था। ऑफ़िस पहुँचते ही सबसे पहले अपना मेल ही चैक करेगी। घर पर रात में उसने मुश्किल से खुद को ज़ब्त किये रखा। रंजीत बार–बार उसे याद दिला रहा था, सो सुबह–सुबह पहला काम यही करना था। जैसे ही दफ़्तर में दाख़िल हुई, रिसेप्शनिस्ट नीता मेहरोत्रा ने गर्म मुस्कान से हैलो किया। सीढ़ियाँ चढ़ने से पहले ही राजीव चतुर्वेदी भी टकरा गया।

"आप ज़रा केबिन में आइए, कुछ अर्जेंट मैटर डिस्कस करना है। पहले सिर्फ़ आपसे, उसके बाद मीटिंग..."

उसका चेहरा सपाट था–भावविहीन। कोई अनुमान नहीं लगा सकी अनुपमा। अपना बैग अपनी डेस्क पर रखा, कम्प्यूटर ऑन करने के बाद सीधे सम्पादक के केबिन की तरफ़ बढ़ गयी। पता नहीं कौन–सी अर्जेंट बात है? फड़कती हुई आँखों ने तो किसी अच्छी ख़बर का संकेत दिया था। यहीं से मिलेगी कोई अच्छी ख़बर! अपने भीतर की समस्त नकारात्मकता को वह भरसक निकाल बाहर करना चाहती थी।

राजीव जैसे उसी के इन्तज़ार में बैठा था।

"आइए, बैठिए। क्या हालचाल?...कोई नया आइडिया? मीटिंग में डिस्कस करेंगे। उससे पहले कुछ बात करना चाहता था। किसी और के ज़रिये आपको पता चलेगा, तो आपको बुरा लगेगा। आप सबसे सीनियर स्टाफ़ हैं यहाँ की। इसीलिए आपसे बता रहा हूँ। आप चाय लेंगी...?"

"नहीं सर, थैंक्यू। बात क्या है?" अनुपमा का दिल अब वाक़ई ज़ोर से धड़कने लगा था।

"आप तो जानती हैं कि पत्रिका का सर्कुलेशन कितना गिर गया है। हमारे सामने चुनौती आ गयी है। हमें कुछ मज़बूत लोग चाहिए। नीतियों में भी कुछ बदलाव करेंगे,...कन्टेंट पर भी ध्यान देने की ज़रूरत है...आप तो सीनियर हैं! आपसे क्या छिपा है। मार्केटिंग वाले हर मीटिंग में हमें खरी–खरी सुनाते हैं कि कुछ नया करिए, कुछ धमाका करिए...हमारे यहाँ पुराने लोगों में जंग लग चुका है, अब रुटीन ख़बरों से पत्रिका नहीं चलेगी। समय के साथ जिन्होंने खुद को नहीं बदला ऐसी

कई पत्रिकाएँ ख़त्म हो गयीं। चैनलों के आने के बाद तो वैसे भी सबसे अधिक चुनौतियाँ हिन्दी पत्रिकाएँ झेल रही हैं, क्या पढ़वायें पाठक को? क्या परोसें कि वह पढ़े?...''

''मैं समझती हूँ सर। मैंने कई बार आपसे इस पर बात करने की कोशिश की, मेरे पास कई आइडियाज़ भी थे...बुरा मत मानियेगा सर! एक बात ज़रूर कहना चाहती थी...अच्छा हुआ आज आपने बात छेड़ दी तो कहे देती हूँ, हमारी पत्रिका का स्तर हमने भी गिरा दिया है। हमें पाठकों के फ़ोन आते हैं, वे अपनी नाराज़गी जताते हैं कि कैसी तस्वीरें छाप रहे हैं आप लोग? पिछले दिनों जो सेक्स सर्वे छपा था, उसको लेकर बहुत ग़ुस्सा था पाठकों में...वह अंक तो बहुत बिका, मार्केटिंग वालों और विज्ञापनदाताओं की फ़ीडबैक भी अच्छी आयी...''

राजीव चतुर्वेदी ध्यान से अनुपमा की बातें सुन रहा था।

''सर, हम एक न्यूज़ मैगज़ीन हैं, हमें अपना लेवल बनाये रखना होगा। सेक्स सर्वे वाला अंक बिका ज़रूर होगा, मगर उसे कोई पाठक अपने घर लेकर नहीं गया। आप पूछिए अपने सेक्रेटरी से। उसने पत्रिका पूरी पढ़ी और कुछ पन्ने यहीं फाड़कर डस्टबिन में डाल कर फिर ले गया। हमें फ़र्क़ करना पड़ेगा न कि हम किस तरह का प्रोडक्ट निकालते हैं!''

''ये तो पहले से चला आ रहा है, हमने कोई नया काम तो नहीं किया...'' राजीव चतुर्वेदी ने चुप्पी तोड़ी।

''पहले तो एकाध स्टोरी होती थी लेकिन इस बार आपने पूरा अंक केन्द्रित कर दिया...पत्रिका का ओरिजिनल कैरेक्टर ही बदल गया। बेहतर होगा कि हम एक रीडर्स सर्वे करा लें ताकि जान सकें, वे हमारी पत्रिका में क्या पढ़ना पसन्द करते हैं...''

''गुड आइडिया! जल्दी अनाउंस करते हैं। ऐसी स्टोरी करने में बाय द वे आप असहज तो नहीं महसूस करती हैं...?''

''सर, सच कहूँ तो मैंने सोचा नहीं था कि मेरा इतना पतन होगा! लेकिन मैंने कभी मना नहीं किया....जो एसाइनमेंट मिला उन्हें चुनौती समझ कर करती रही...ख़ैर...'' आप मुझे कुछ बताने वाले थे सर? आपने कहा था..." अनुपमा की व्यग्रता बढ़ती जा रही थी।

"ओह हाँ–हाँ, बताता हूँ...वो हम..."

इतने में फ़ोन बज उठा, राजीव ने 'सॉरी' बोलकर फ़ोन उठाया। अनुपमा को अँगुली से इशारा करके बात करने की अनुमति माँगी।

फ़ोन पर जाने कौन था! राजीव बस हाँ–हूँ में बातें करता रहा... बातचीत थोड़ी लम्बी खिंच रही थी।

अनुपमा को बरबस याद आया कि निरंजन कपूर ने उसे नौकरी तो दी लेकिन अन्ततः उसे खिचड़ी संवाददाता बनाकर रख दिया था। उसे ऑफ़बीट स्टोरी की तरफ़ झोंक दिया था। एक बार 'टाइम्स ऑफ़ इंडिया' की छोटी–सी कतरन थमाते हुए कहा, "सेक्स ट्वॉयज़ इंडस्ट्री पर स्टोरी करके लाइए...ख़ूब हिट होगी, बिकाऊ स्टोरी है। हॉट केक!. ..थोड़ी हिचक होगी लेकिन आप ही कर सकती हैं।"

कितनी दिक़्क़त हुई थी उसे ये स्टोरी करने में। वह शुचिता की दुराग्रही नहीं थी और न नैतिकता के पहले से तय मानदण्डों पर यक़ीन रखती थी। थोड़ा स्त्रियोचित संकोच अवश्य था जिसकी वजह से कभी इस तरह की स्टोरीज़ के बारे में सोचा नहीं। वह खोजी पत्रकार थी! इन रंगीन सनसनीखेज़ पन्नों से उसे क्या मतलब? लेकिन उसे मालूम नहीं था कि अख़बारों और पत्रिकाओं की दुनिया एक–दूसरे से अलहदा होती है। पत्रिकाओं में हर स्टोरी के लिए जूझना पड़ता है। हर स्टोरी को चुनौती की तरह लेना होता है। इस ऑफ़र को भी उसने इसी तरह लिया था और तलाश में निकल पड़ी थी। बिना किसी जानकारी के। उसने शरारती मुरली को याद किया जिसकी इन सब चीज़ों में बहुत दिलचस्पी रहती है। मुरली सुनकर पहले तो बहुत हँसा था, "क्या गति हो गयी है तुम्हारी? अब ऐसी स्टोरी करोगी तुम? कर क्या रही हो? मना कर दो..."

"नहीं, अब मैंने चुनौती क़बूल कर ली है तो करके रहूँगी...कितनी भी बेशर्मी क्यों न करनी पड़े।" अनुपमा अपने इरादे पर अड़ी रही।

मुरली ने उधर से अपना माथा ठोंक लिया होगा।

"रंजीत को फ़ोन करो, जर्मनी में उसका कारोबार बहुत अच्छा है। वहाँ यह सब ओपन है, दूसरी कमोडिटीज़ की तरह इन चीज़ों की भी दुकानें हैं। यहाँ तो ढूँढ़ना बहुत मुश्किल है यार...!"

"तुम रहने दो, मैं ढूँढ़ लूँगी..."

"रुक, नाराज़ मत हो...समय तो दे, पता करता हूँ...वैसे बॉस को बोल कि ऐसे काम किसी एजेंसी से करा लिया करे..."

मुरली के हँसने की आवाज़ देर तक फ़ोन पर आती रही थी। लेकिन दो दिन बाद ही मुरली एक सोर्स पर्सन को पकड़ लाया था। अब तीन लोग थे जो इस स्टोरी को करने में इन्वॉल्व थे। वह जीवन का एक मज़ेदार तजुर्बा था जिसे अनुपमा कभी नहीं भूल सकेगी। न वैसी पत्रकारिता करना चाहती है न वैसे अनुभव से दोबारा गुज़रना चाहती है। ऐसी रिपोर्ट्स को वो पत्रकारिता के पतन के रूप में देखने लगी थी।

पालिका बाज़ार की एक छोटी–सी दुकान के थोड़ा पहले मुरली रुक गया। सोर्स पर्सन झामलाल दुकान तक साथ गया। वहाँ दो युवा लड़के पहले से खड़े थे। उनमें से एक से उसने कुछ गुपचुप बात की। फिर अनुपमा के पास आया, "मैम, आप पहले ये मत बताना कि पत्रकार हो...आप बोलना कि लेडीज़ क्लब से आये हो, थोक में सामान चाहिए...जितने तरह का हो, सब दिखाओ, रेट के साथ...और कितने दिन में सप्लाई करोगे? कहाँ से मँगवाओगे?...सारी बातें जो पूछनी हों, बात ही बात में एक–एक कर पूछ लेना...आगे का सोर्स भी यही बन्दा देगा...आप जाओ..."

झामलाल उसे दुकान में छोड़कर चला गया। मुरली भी ओझल। एक युवक बड़े–से काउंटर के पीछे नीचे ज़मीन पर बैठ गया। दूसरे से उसने कहीं जाने को कह दिया। अनुपमा भी सकुचाती हुई काउंटर के नीचे बैठ गयी। उसने तरह–तरह के डिब्बे निकालने शुरू किये. ..साथ–साथ प्राइस भी बताता गया। अनुपमा चुपचाप सुनती रही... बीच–बीच में अपने सवाल पूछ लेती...अचानक युवक ने एक वाइब्रेटर निकाला, "मैडम जी, जब कहिएगा हम लोग क्लब में डेमो देने आ जायेंगे। बहुत–सी महिलाएँ और लड़कियाँ हमारी कस्टमर हैं। हम होम डिलीवरी भी करते हैं। भरोसे का कारोबार है हमारा...हम तो कहते हैं कि मारो मर्दों को पिछवाड़े पर लात...रहें वे अपनी हद में...औरतें चाहें तो क्या नहीं हासिल कर सकती हैं..."

अनुपमा की हँसी बेसाख़्ता निकल गयी। किसी तरह ख़ुद पर क़ाबू किया और बात ख़त्म की। उसे ग़लत क्लब का ग़लत पता दिया और दुकान से निकल भागी।

फ़ोन रखने के बाद राजीव चतुर्वेदी ने देखा, अनुपमा किसी बात पर हँसती जा रही थी। अकेले–अकेले!....वह भौचक! यह क्या हुआ इस लड़की को ? फ़ोन पर कोई ऐसी बात भी नहीं हुई।

"क्या हुआ अनुपमा जी...?...हैलो?"

अनुपमा का ध्यान अचानक भंग हुआ और उसने एकदम से मुँह पर हाथ रख लिया।

"कुछ नहीं, ऐसे ही कुछ याद आ गया था...छोड़िए सर, आप वह बताइये जिस बात के लिए आपने मुझे बुलाया है। बाक़ी बातें तो हो ही गयीं..."

"हाँ, हाँ,... सही याद दिलाया। देखिए अनुपमा जी, मुझ पर बहुत दबाव है कि मैं अपना इरादा बदल दूँ। लेकिन मैं किसी दबाव में नहीं आने वाला। एक बार सोच लिया तो सोच लिया। चाहे कोई रहे...चाहे जाये। किसी के बिना भी मैं पत्रिका निकालकर दिखा सकता हूँ। मैं सम्पादक हूँ, उसी को टीम में रखूँगा जिससे मैं काम ले सकूँ... हद है..."

"क्या हुआ, खुलकर बताइए?" अनुपमा के पल्ले कुछ नहीं पड़ रहा था लेकिन आशंका जैसी कोई चीज़ उसके मन में ज़रूर उभर रही थी। कोई बड़ी बात हुई है!

राजीव अपनी टेबल पर थोड़ा आगे की ओर झुक आया, मानो कोई बड़ा रहस्य खोलने जा रहा हो–"मुझे निरंजन कपूर ने फ़ोन करके बहुत सुनाया है कि तुम चालू लड़की को क्यों रख रहे हो, मुझे तब बहुत क्रोध आया...आप भी उन्हें पसन्द नहीं करती हैं, मुझे आपके बारे में भी आगाह किया गया कि आप कुछ समस्या पैदा कर सकती हैं, लेकिन मुझे परवाह नहीं..."

कुलटा शब्द सुनते ही अनुपमा का पूरा शरीर काँप उठा। ग़ुस्से की एक लहर तलवे से उठती हुई सिर तक चली गयी।

"किसके बारे में बात कर रहे हैं आप...?"

"अगले महीने से रंजना जी यहाँ ज्वाइन करेंगी।"

"ओह....रंजना..."

"जब उनके साथ थी, तब बड़ी साध्वी थी, अब निकाल फेंका तो वो चालू हो गयी। उनके मुँह से ऐसी भाषा सुनकर आपको घिन नहीं आयी?"

"अरे क्या बताऊँ, कैसे बदल जाते हैं लोग देखिए, निरंजन से दोस्ती ख़त्म। वो मेरे फ़ैसले में दख़ल देगा तो कैसे सहूँगा, दोस्ती अपनी जगह, काम अपनी जगह...मेरी टीम, मेरा फ़ैसला, मैं यहाँ उनका पपेट नहीं हूँ..."

राजीव ने थोड़ा ठिठकते हुए कहा। उसके चेहरे पर सख़्ती थी जैसे कोई कड़ा फ़ैसला सुनाते हुए किसी जज के चेहरे पर होती है।

चौखट से बाहर पैर निकालती हुई, अपनी शर्तों पर जीती हुई, हर स्वतन्त्रचेता स्त्री निरंजन कपूर जैसे मर्दों के लिए चालू ही होती है। पुरुषों ने अपने लिए इसके विपरीत कोई शब्द क्यों नहीं गढ़ा। क्या अकेली रंजना ही ज़िम्मेवार है, पुरुषों के पास चरित्र नहीं होता। जिनका अपना कोई चरित्र नहीं होता, वो ही दूसरों के चरित्र को जज करते हैं। स्त्रियाँ जीवन में मिल जायें तो चालू, न मिलें तो चालू।

"पूरा मीडिया मेल डॉमिनेटिंग है राजीव जी, स्त्रियाँ इस्तेमाल की जा रही हैं, हमें ये खेल समझ में आ गया है। पुरुषों का माइंडसेट मैं जितना समझ रही थी, आपने उसे कन्फर्म कर दिया है। मैं वैचारिक स्तर पर और सुदृढ़ हुई हूँ कि मैं ग़लत नहीं सोच रही थी। मेरे मन में जो दुविधा थी, वो आपने और साफ़ कर दी है। मैं बिना किसी पूर्वग्रह के यहाँ से जा रही हूँ, और हाँ, लड़की के काम में कमी निकालिए, उसके काम से उसका मूल्यांकन करिए, उसके चरित्र तक न पहुँचिए। स्त्री का चरित्र उसकी आत्मा से जुड़ा होता है।"

तमतमायी हुई अनुपमा बोले चली जा रही थी। उसे लग रहा था कि अपमान रंजना का नहीं, उन तमाम लड़कियों का हुआ है जो आँख मूँदकर ऐसे पुरुषों पर भरोसा कर लेती हैं। मूर्ख बनती हैं और एक दिन गाली खाकर इस दुनिया से दूर चली जाती हैं। तभी तो कोई टिकती नहीं कि ख़ुद सम्पादक पद तक पहुँच सके। पत्रकारिता को कुलवधुएँ चाहिए। और नयी लड़कियाँ कुलवधुएँ कभी नहीं बन सकतीं।

राजीव, अनुपमा को बैठने का संकेत कर रहे थे। वह बोलते–बोलते उठ खड़ी हुई थी। चेहरा तपने लगा था। संयम बरतते हुए उसने अपनी भड़ास निकाल दी थी।

उसे अनुपमा से रंजना के प्रति एक तल्ख़ और विस्फोटक प्रतिक्रिया की अपेक्षा थी। अनुपमा की समझ में आ चुका था कि राजीव ने उसे अकेले में क्यों बुलाया था। ऐसे फ़ैसले एकान्त में ही सुनाये

जाते हैं। वह एक पल को चकरायी...उसकी आँखों में हैरानी उभरी और अगले ही क्षण लोप भी हो गयी। वह राजीव चतुर्वेदी की पूरी बात संयत होकर सुनना चाहती थी।

अनुपमा की इस अद्‌भुत प्रतिक्रिया पर राजीव का उत्साह ठण्डा हो गया। उसका तीर निशाने से चूक गया था। वह तो किसी चीख़–चिल्लाहट, हल्ला–शोर, रोना–धोना जैसे रिएक्शन की उम्मीद किये बैठा था।

"दरअसल, रंजना को लाने के पीछे मक़सद है। उसको प्रोडक्शन सँभालना होगा। मेरे बाद कोई तो चाहिए जो मेरे पीछे सारा ज़िम्मा उठा ले। अभी सब कोई न कोई मजबूरी बताकर निकल लेते हैं...मुझे एक फुली डिवोटेड हैंड चाहिए। पत्रिका इस समय गहरे संकट में हैं...हम सबको मिलकर काम करना होगा, उसके कॉन्टेक्ट भी बहुत हैं..."

थोड़ी देर के लिए केबिन में एक प्रत्याशित सन्नाटा पसर गया था।

"मैं जानता था कि आपको अच्छी नहीं लगेगी यह बात..."

"जी, ऐसा बिल्कुल नहीं है। मुझे एहसास हो चला है कि रंजना को लेकर मेरी सोच ग़लत थी। मैं ठीक से चीज़ों को समझ नहीं पायी थी तब। इतने घातक और चालाक टूल्स थे कि हम सब लपेटे में आ गये। मैं उन टूल्स को पहचानने लगी हूँ जो हमारे बीच समस्या क्रिएट करते हैं। मैं समझ गयी हूँ...एक दिन वह भी समझ जायेगी...शायद एक–एक कर सारी लड़कियाँ समझ जायेंगी।" उसकी बात बीच में ही काट दी थी अनुपमा ने।

"आप देख लें...मैंने बता देना ठीक समझा। अँधेरे में नहीं रखना चाहता था। आपको जैसा उचित लगे। मैंने अपना फ़ैसला आपको सुना दिया। आगे आप तय कर लें।"

राजीव का स्वर निर्णायक था, जैसे उसे अनुपमा के छोड़कर चले जाने की बिल्कुल ही परवाह न हो।

"मैं आपको ख़ुद बोलने वाली थी कि आप रंजना को यहाँ रख लें...मैं कुछ दिन रेस्ट करना चाहती हूँ। कुछ नया काम सोचना चाहती हूँ...आपने मेरा काम आसान कर दिया...मुझसे इस पत्रिका का बेताल छूट नहीं रहा था...और मैं डेस्क जॉब से बोर भी हो गयी थी..."

वह उठकर खड़ी हो गयी।

"आपके साथ दोस्त की तरह काम किया...एंड इट वाज़ अ नाइस एक्सपीरिएंस ऐज़ वेल। शुक्रिया।"

"इतनी जल्दी! बैठिए, मैं कुछ कहना चाहता हूँ...आप जल्दबाज़ी न करें। पहले अपने लिए एक नौकरी तलाश लें, फिर छोड़ें यहाँ...जब आपको कोई समस्या ही नहीं तो फिर क्यों...?"

अनुपमा कड़वाहट भूलकर हलके से मुस्कुरायी। भीतर से उसे मुक्ति की अनुभूति हो रही थी। जैसे किसी शाप से मुक्ति मिली हो और भीतर आनन्द की लहर दौड़ी।

"सर, फ़िलहाल तो मैं 'गरम मसाला' देखने कनॉट प्लेस जा रही हूँ। इसी हफ़्ते रिलीज़ हुई है ओडियन में। सुना है, मस्त कॉमेडी है। बाद में प्लान करूँगी कि क्या करना है। मेरी चिन्ता मत कीजिए... आय एम फाइन।"

बड़े इत्मीनान से राजीव से हाथ मिलाने के बाद वह उसके केबिन से निकल आयी। पीछे से राजीव की कुछ अस्फुट आवाज़ आयी, शायद वह कुछ कहना चाहता था लेकिन अनुपमा ने अनसुना कर दिया। कहने–सुनने को अब कुछ बचा भी नहीं था। राजीव की सफ़ाई में उसकी कोई दिलचस्पी नहीं थी। उसे अपना डेस्क ख़ाली करना था, इस्तीफ़ा लिखना था, नोटिस पीरियड का मसला सुलझाना था लेकिन इन सभी कामों से पहले रंजीत का ई–मेल पढ़ना था। रंजना की नौकरी की बात सुनकर उसके कलेजे का बोझ हट गया था। उसे लगा कि अब वह पाप–मुक्त हो गयी थी। रंजना की नियुक्ति में ही जैसे उसका मोक्ष छिपा था। डेस्क पर आकर वह जी भरकर हँसी। सुबोजित कोने में अपनी डेस्क पर बैठा उसकी हँसी के मतलब निकालता रहा। अनुपमा बता नहीं सकती थी कि कितनी निर्मम होती है ये अनुबन्धों वाली नौकरियाँ जिसमें पल भर में किसी को भी चलता किया जा सकता है। हर समय गरदन पर जैसे एक तलवार टँगी रहती है। उसे पता है कि किसी को बताने का कोई फ़ायदा नहीं। सहानुभूति के बोल तक न फूटेंगे किसी के मुँह से। उलटा उस से बात करने में कतरायेंगे। क्या पता, सम्पादक तक उनकी कानाफ़ूसी न पहुँच जाये! उनका नम्बर न कट जाये! ख़बर सुनते ही दफ़्तर में सब दूरी बरतने लगेंगे। सिर्फ़ एक अनुराधा को छोड़कर। वह अभी पहुँची नहीं थी। उसे फ़ोन करके सीधे सी.पी. बुलायेगी...पहले ई–मेल चैक करना ज़रूरी था।

जी कड़वा हो गया था राजीव की बातें सुनकर। अपमान का शूल भीतर तक धँस गया था। काश, रंजना ये सब सुन पाती। क्या वो इतनी नादान है कि पुरुषों का खेल समझ नहीं पा रही है या जानबूझकर मक्खी निगल रही है। जब समझ में आयेगा, देर हो चुकी होगी। लेकिन रंजना करे भी तो क्या। उसकी परिस्थितियाँ वो ही जानती होगी...मैं दूर से देख, समझ रही हूँ, मुझे उसके बारे में कोई राय बनाने का क्या हक़ है। बस, अब यहाँ नहीं रहा जा सकता। मन भर गया है। किसी और ठिकाने की चाहत है। ये दुनिया मेरी है और जहाँ मुझे सिर्फ़ डूबकर काम करना है, ख़ुद को साबित करना है। न दैन्यं न पलायनं। कहीं भी जाऊँ, मगर शूल की तरह धँसकर रहना होगा। उसे लगा, उसकी चमड़ी भी मोटी होती जा रही है...उसमें से वही गन्ध उठने लगी है। त्वचा के ऊपर एक और परत चढ़ती जा रही है, यही खोल उसे पैट्रियार्की के मौखिक आक्रमणों, चारित्रिक हमलों और चालू टाइप के संज्ञा–विशेषणों से बचायेगा।

मन को संयत किया। नौकरी छोड़ने के फ़ैसले ने उसे भीतर तक राहत से भर दिया। अपने मन का फ़ैसला, किसी से पूछना नहीं, जहाँ राह ले जाये, बड़ी दुनिया है। काम जानती है, अनुभव भी है, वक़्त लगेगा, मगर काम तो मिलना ही है। इस समय महिला पत्रकारों की माँग भी बढ़ी है। नौकरी की चिन्ता नहीं। अब ज़िन्दगी को रूमानी ऊष्मा से भर लेना चाहिए।

उसे रंजीत की यादों ने घेर लिया।

उसने जी–मेल खोला और सीधे रंजीत के मेल पर चली गयी। जैसे–जैसे मेल पढ़ती गयी, धड़कनों में एक सिम्फनी–सी बजती हुई महसूस हुई। कभी अपने अवरोह के साथ तो कभी अपने आरोह के साथ। ई–मेल के साथ एक फॉर्म अटैच था–

कोलोन रेडियो, हिन्दी प्रभाग से बुलावा था। हिन्दी एडिटर की हैसियत से। पाँच साल के अनुबन्ध पर। उसी का कॉन्ट्रैक्ट लेटर था जिसे भरकर तुरन्त भेजना था। साथ में वीज़ा के लिए एक लेटर था।

ई–मेल में पूरा प्रोसेस डिटेल में लिखा हुआ था। अन्त में लिखा था, "यहाँ बसन्त बहुत इन्तज़ार के बाद आता है...लम्बी सफ़ेद रातों के बाद। जब तुम आओगी, यहाँ बसन्त भी तभी आयेगा।"

फ़रवरी के अन्त तक उसे ज्वाइन करना था। अनुपमा ने फॉर्म डाउनलोड किया, प्रिंट निकाला और बैग में रख लिया। फिर अपना

इस्तीफ़ा टाइप किया, डेस्क पर रखे अपने सामान समेटे, ड्रॉअर ख़ाली किया, किताबें छोड़ दीं, बैग उठाया और नीचे सम्पादक के पी.ए. के पास जाकर इस्तीफ़ा थमा दिया। पी.ए. ने कहा भी, "मैम, आप ख़ुद अन्दर ज़ाकर दे आओ, अभी अकेले ही बैठे हैं, थोड़ी देर में रंजना जी मिलने आने वाली हैं...अभी बॉस किसी से थोड़ी देर नहीं मिलेंगे। आपका एक्ज़िट इंटरव्यू भी होना है मैम...इसके बाद ही कोई कार्रवाई होगी।"

"आय एम नॉट इंटेरेस्टेड, टेल देम...मेरा हिसाब भिजवा देना...थैंक्स...बाय।"

वह पंख–सी हलकी हो चुकी थी। सबसे ख़ूबसूरत समुद्र उसे अब पार करना था, सबसे सुन्दर दिन उसके इन्तज़ार में बाट जोह रहे थे। उसका सबसे सुन्दर इन्तज़ार पूरा हो चुका था।

अनुपमा के जीवन का सबसे सुन्दर बसन्त उसकी राह देख रहा था...!

❐❐